KB274646

정봉렬 산문집

우수리스크의 민들레

우수리스크의 민들레

초판 인쇄 2011년 7월 15일
초판 발행 2011년 7월 20일

지은이 정봉렬

펴낸이 이방원

편집 김명희 · 안효희 · 김민수 | **디자인** 박선옥 | **마케팅** 최성수

펴낸곳 세창미디어 | **출판신고** 1998년 1월 12일 제300–1998–3호

주소 120–050 서울시 서대문구 냉천동 182 냉천빌딩 4층

전화 723–8660 | **팩스** 720–4579

이메일 sc1992@empal.com

홈페이지 http://www.scpc.co.kr

ISBN 978–89–5586–133–4 03810

값 13,000원

잘못 만들어진 책은 바꾸어 드립니다.

우수리스크의 민들레 : 정봉렬 산문집 / 지은이: 정봉렬. — 서울 :
세창미디어, 2011
  p. ;   cm

ISBN 978–89–5586–133–4 03810 : ₩13000

산문집[散文集]

818–KDC5
895.785–DDC21   CIP2011002808

정봉렬 산문집

우수리스크의 민들레

세창미디어

차 례

제3부_ '을지교차로'에서

제4부_ 의자제세(義者濟世)의 세상을 꿈꾸며

자 서(自序)

지난해 큰 비로 반지하방에 쌓아두었던 책들이 많이 젖어 햇빛에 말렸더니 오래 정들었던 그들의 속살이 거의 다 바스라지고 묵은 먼지만 풀풀 날리고는 마침내 일그러진 몰골로 버려지는 신세가 되고 말았다.

미리 살펴 챙겨두지 못한 게으름을 탓하기에 앞서, 곰팡이 냄새를 품어대는 살아남은 책들과 산란한 종이더미의 모습에서 훗날 나의 자화상을 발견하는 것 같아 얼굴이 뜨거워졌다.

이를 계기로 '줄이고, 버리고, 비우고'를 실천해야 할 나이라는 자각과 다짐으로, 젊었을 때부터 여기 저기 아무 문지방이나 겁도 없이 건방을 떨면서 드나들었던 무모하고 무지했던 어지러운 흔적들을 억지로 끌어 모아 정리하였다.

췌언(贅言)과 번사(繁辭)만 중언부언(重言復言)하고 있어 무엇인가 감동을 받을 법한 단 한 줄의 문장도 찾을 수 없었다. 다만 이 졸문들을 읽게 되는 이들과 더불어 지금까지 함께 넘어온 시대의 거친 숨소리나마 같이 느끼고 들을 수만 있다면 더 이상의 원망(願望)이 없을 것 같다.

원고를 간추리고 편집하면서 얻은 가장 큰 수확은 나야말로 시야가 협착하고 생각이 옹색한 사람이라는 것을 만시지탄(晩時之歎)인 가운데 알게 되었다는 사실이다.

지금부터라도 발걸음을 옮겨, 오방(五方)이 개활(開豁)하고 가슴을 활짝 열어 외쳐 볼 수 있는 낮으면서도 자그마한 등성을 찾고자 하는 것은 진작 버렸어야 할 '또 하나의 욕심'일 터이지만….

2011년 5월

정 봉 렬

관제엽서 또는 봉함엽서의 가로 세로 여백을 남김없이 빼곡히 채우고도,
맺음말의 마침표도 찍지 못한 친구들의 편지 속에는
엄혹했던 그 시절 겨울 속에서 밝고도 새로운 소식을
전하는 숨결들이 살아 있었다. 그들 중에는 이미 고인이 된 분도 있고,
오랫동안 소식조차 모르는 벗들도 있다.

제1부

묵은 편지 속의
새 소식

묵은 편지 속의 새 소식

직장 생활 이십몇 년의 대부분을 본점에서만 떠돌다가 최근에 영업점으로 옮기게 되었다. 그동안 사물함에 쌓인 각종 보물(남이 보면 쓰레기)들까지 비좁은 집으로 몽땅 실어다 놓고 보니 가족들의 성화가 이만저만이 아니다. 스스로 생각해도 요즘 국가적 유행어인 '구조조정'의 필요성에 동감하는 바 있어 짐들을 정리하여 버릴 것은 과감히 버리기로 작심하였다.

직장에서 싸온 보따리와 창고 뒤편에 오랫동안 방치했던 낡은 라면상자들을 풀어놓고 약 30년 동안의 편지, 엽서, 카드, 연하장, 그 밖에 경조사와 관련된 인사장들의 정리를 통하여 일종의 '계좌추적' 작업부터 시작하였다. 그런데 몇 날 밤을 지새다시피 하면서도 정작 엽서 한 장 선뜻 버릴 수가 없었다. 타고난 게으름과 오래된 것에 대한 애착, 보내온 사람에 대한 정감 때문일까. 어쩌면 그 빛바랜 봉투를 열 때마다 터져나오는 젊은 날의 기억들, 그 산과 바다에 쟁쟁이며 부서지던 시간의 햇살과 바람 그리고 반짝이는 눈물 때문인지도 모르겠다. 혹은 짧고도 긴 행간 사이로 쓴 이의 열정과 사랑, 희망과 좌절, 때로는 불요불굴의 의지가 시퍼런 힘줄을 드러내며 달려나오기 때문인지도….

"우리의 등록지대는 곡괭이 부러지고 그리매 지워지는 박토였습니다. 그러나 그 지심(地心)에서 우리는 청잣빛 하늘 기리는 사금파리 조각들을 발견합니다. 우리는 깨닫습니다. 여기사 묻혀 있는 학(鶴)들의 외길이라고.”(1974년 5월, 박인제 형의 편지에서)

관제엽서 또는 봉함엽서의 가로 세로 여백을 남김없이 빼곡히 채우고도, 맺음말의 마침표도 찍지 못한 친구들의 편지 속에는 엄혹했던 그 시절 겨울 속에서 밝고도 새로운 소식을 전하는 숨결들이 살아 있었다. 그들 중에는 이미 고인이 된 분도 있고, 오랫동안 소식조차 모르는 벗들도 있다.

지금은 고작해야 전화 한 통, 심지어 팩시밀리나 전자우편으로 목소리도 없이 전해오는 소식에는 그 아프면서도 찬란했던 계절이 함께 할 수 없을 것이기에, 해묵은 편지 속의 봄을 찾아, 이 밤이 가기 전에 옛 친구와 그리운 사람들에게 ‘새소식’이 담긴 편지를 띄우고 싶다.

> 겨울비 내리는 날
> 묵은 우산 펼쳐 들고
> 얼었던 가슴 벌판에
> 봄소식을 지핀다
>
> － 졸시 「편지」 전문

(『샘터』 1999년 6월호)

계량화할 수 없는 효제(孝悌)의 가치

전에 아시아의 네 마리 용(龍)으로 불렸던 나라 가운데 한 나라의 지도자가 '효도법(孝道法)'을 제정, 불효한 자를 처벌한다고 하여 우리나라 언론에서도 중요 뉴스로 보도된 적이 있었다.

그때의 보도에 따르면 청소년의 패륜적인 범죄와 버림받는 노인 문제 등이 날로 심각해지고 있는 우리나라야말로 바로 그러한 법을 제정, 시행해야 한다는 여론도 없지 않았다.

만약 어떤 사회가 어버이를 잘 섬겨야 할 도리인 효도라는 윤리 강목을 법으로 강제할 수밖에 없다고 한다면 그 사회는 분명히 무엇인가 문제가 있다고 보아야 할 것이다. 왜냐하면 인간사회에서 어떤 문제이건 법에 호소한다는 것은 최후의 수단이거나 최종적인 선택이어야 하기 때문이다.

우리는 오늘날 이른바 정보화 사회의 표상인 컴퓨터시대를 살아가면서 그 첨단문명이 주는 혜택과 고통을 동시에 누리고 있는 셈이다.

그러나 이 세상의 모든 것을 다 계량화한다고 해도 인간의 정의(情誼)와 사랑만은 수치로 나타낼 수 없을 것이다. 특히 어버이의 자식에 대한 사랑, 즉 어버이의 은혜는 하늘과 땅에 비유하는 것 이외에는 달리 나타낼 말이 없으며, 부모 형제에 대한 효제(孝悌)라는 윤리가치는 아무리 발달된 컴퓨터라 할지라도 그 참된 내용을 숫자나 그래프로 표현할 수 없을 것이다.

효제란 값을 매길 수 없는 인류의 문화유산처럼, 다가오는 미래 사회에서 인간의 인간다운 삶을 담보할 수 있는 지고(至高)의 가치를 지닌 마지막 덕목이 될지도 모른다.

매사를 쉽게 살아가려는 풍조, 순서를 당장에 뛰어넘으려는 성급함, 자기중심의 쾌락주의적 경향 등에 익숙해 있는 이 땅의 젊은 세대들에게는 복고적인 유교윤리가 아닌 생활 속의 기본원리로서의 효(孝)에 대한 새로운 인식과 작은 실천이 아쉽다고 할 것이다.

(△△경제, 1995. 3.)

나무와 환경교육

우리나라 남해안 지방에 조상들이 슬기를 발휘하여 수백 년 동안 가꾸어 온 방조림(防潮林)이 많이 훼손되고 있다는 뉴스를 본 적이 있다. TV화면에는 방조림뿐만 아니라 섬에서 자란 아름드리 나무들이 베어지고, 지역개발 또는 골재채취 등의 이름으로 아름다운 다도해(多島海)가 보기 흉하게 파헤쳐지고 있었다.

우리는 사람을 잘 키우고 가르쳐서 훌륭한 인물이 되게 하는 교육의 역할을 나무를 심고 숲을 잘 가꾸어 좋은 목재를 생산해 내는 '식목(植木)과 육림(育林)'에 비유하여 말하곤 한다. 학식과 능력이 있고 인품이 남달리 뛰어난 사람을 인재(人材)라고 부르며, 집을 짓거나 가구 등을 만드는 재료로 쓰이는 나무를 가리키는 재목(材木)이라는 말은 나라나 겨레를 위하여 크게 일할 만한 능력이나 전망이 있는 인물을 뜻하는 말로 쓰인다. 그리고 한 가정이나 한 나라의 중요한 직책을 맡아 다스릴 만한 큰 인재를 일러 기둥과 대들보를 뜻하는 동량(棟梁)이라고 부른다.

흔히들 교육은 국가의 백년대계라 하여 그 중요성을 수없이 강조하고 있으나, 오늘날 같이 산업화된 사회에서 나무를 잘 기르고, 숲을 훌륭하게 가꾸는 일 또한 아무리 강조해도 지나치지 않을 것이다.

돈을 벌기 위하여 목전의 이익만을 위하여 어른들이 앞장서서 자연을 훼손하고 환경을 파괴하는 일을 공공연하게 자행하게 되면, 어떻게 우리나라의 미래와 인류의 장래를 짊어지고 갈 인재나 동량을 키워낼 수 있을 것인가?

우리의 선인(先人)들은 산에 나무를 심어 가뭄과 홍수를 방지하는 한편, 그 나무에서부터 땔감을 구하고 집과 가구를 장만하였다. 오늘날 선진 각국 대도시의 잘 가꾸어진 공원과 숲과 가로수는 공해로부터 공기를 정화시켜 주고, 새와 짐승들이 깃을 치고 서식하는 장소로도 제공되고 있다.

인간의 무분별한 자연파괴로부터 환경과 생태를 보호하고 보다 행복한 지구의 미래를 창조하기 위해 새로이 그 중요성이 제기되고 있는 환경교육의 참된 의미는 바로 나무를 심고 숲을 가꾸는 데서부터 찾을 수 있을 것이다.

(△△경제, 1995. 4.)

‘가정의 달’ 斷想

하늘보다 높고 바다보다 깊은 부모님의 은혜와 고마우신 스승의 가르침을 기리며, 천진무구한 어린이의 모습으로부터 인간존중의 정신과 올바른 교육의 가치를 깨닫게 하는 ‘가정의 달’ 5월을 맞이하였다.

현재 우리나라는 온 세계가 놀랄 만한 경제발전과 고도성장을 이룩함으로써 이른바 ‘후기산업사회’로 진입하고 있다. 이와 같은 산업화사회의 진전에 따라 우리 사회도 생산활동은 직장에서, 소비활동은 가정에서 하는 ‘가정과 직장의 분리현상’이 심화되는 등 각종 생활양식과 가치관이 급격히 변화하는 문화적 충격의 시대를 겪고 있다.

우리 한국인은 이러한 변화의 물결을 지혜롭게 극복하고, 보다 내실을 기하여 삶의 질을 향상시키는 한편, 세계화의 추세에 적극 대응함으로써 21세기 미래사회에는 선진대국으로 발돋움해야 할 역사적인 과제도 안고 있는 셈이다.

우리 사회가 현재 직면하고 있는 여러 가지 문제에 대한 해법의 하나로, 우리의 전통문화와 미풍양속의 참뜻을 내일에 비추어보는 형안(炯眼)을 갖고, 우리의 각 가정에서 반드시 실천하고 다음 세대에 전승해야 할 윤리적 가치와 덕목들을 재인식할 필요성을 들 수 있을 것 같다. 윤택하고 건전한 사회는 화목한 가정에서부터 비롯된다는 동서고금의 진리 속에는, 우리 전래의 값진 유산인 효(孝), 제(悌), 충(忠), 신(信)에 바탕을 둔 경로효친(敬老孝親)과 우애(友愛)의 정신이 그 핵심을 이루고 있다.

물리적, 공간적으로 분리된 오늘날의 직장과 가정을 무형적으로 결합하여 직장생활과 가정생활을 잘 조화시켜 나가기 위해서는, 인화단결이 잘되는 직장문화를 창달하여 우리 고유의 전통을 새롭게 살려, 상하·동료·가족이 서로 유대, 화합하는 노력과 아울러 직장과 가정을 하나로 연결시키려는 노력도 함께 필요할 것이라는 생각을 해본다.

가정의 달 5월을 맞이하여 직장과 가정의 소중함을 또다시 인식하는 계기로 삼아 우리 한국의 직장인들 모두가 맡은 바 업무에 최선을 다하는 직업적 의무와 가정의 화목과 행복을 추구하는 가족적 의무를 동시에 달성할 수 있도록, 일상생활 속에서 효제(孝悌), 충서(忠恕), 신의(信義) 등 값을 매길 수 없는 전통적 윤리강목(倫理綱目)을 묵묵히 실천해 나간다는 소망을 염원해 본다.

이러한 소망의 출발점은 이 땅의 직장인이라면 누구나 성실한 직무수행을 통하여 자기가 속한 조직의 발전을 도모함으로써 직장과 함께 가정도 더욱 안정되고 풍요로운 삶을 누릴 수 있게 된다는 일체감과 주인의식을 갖는 데 있다는 사실을 자각하는 지점이 될 것이다.

(○○신문, 1995. 5.)

핵가족시대와 유아교육

우리나라가 산업화 사회로 발전하면서 수반된 여러 가지 변화 가운데 불가피한 현상의 하나로 대가족시대에서 핵가족시대로 전환된 점을 들 수 있을 것이다. 이 핵가족화 현상에 따라 우리사회는 부지불식(不知不識)간에 개인과 사회의 제반 윤리의식과 가치관이 크게 변모되고 있다.

우리나라의 전통윤리는 농경사회를 배경으로 하여 형성된 대가족중심의 이른바 '가까운 사람들 사이의 윤리'이었다고 할 수 있으나, 이 시대의 사회윤리는 전통윤리와 더불어 산업화가 진전되면서 그 중요성이 부각된 개인중심의 '낯선 사람들 사이의 윤리'와의 적절한 조화와 균형을 요구하고 있다.

세계가 놀랄 만한 우리나라의 경제발전과 양적 성장의 이면에는 패륜적인 청소년범죄와 버림받은 노인문제 등이 큰 그늘로 드리워져 있다.

이처럼 심각한 사회문제는 핵가족화로 상징되는 새로운 사회현상을 전통윤리와 새로운 사회윤리 간의 조정 통합을 통하여 우리 사회가 이를 적절히 수용, 대처하지 못한 탓이기도 하거니와, '자기 자식'만 위하고, '내 자식만 잘되면 최고'라는 어른들의 생각과 행동양식, 가정교육 등이 빚어낸 당연한 귀결이라고도 하겠다.

특히 '세살 버릇 여든까지'라는 속담이 있듯이 어렸을 때부터의 올바른 가정교육의 중요성은 아무리 강조해도 지나치지 않을 것이다. 오늘날의 획일화·규격화된 유아교육체제와 컴퓨터게임에 가장 먼저 친해질 수밖에 없는 핵가족시대의 어린이들에게 대가족제도하에서 유아시절부터 조부모, 부모, 아저씨 등 어른들을 통해서 배우는 '사람됨됨이 교육'이 갖고 있는 장점들을 가르치기를 기대하기란 어려운 실정이다.

자기만 알고 남의 존재와 남의 것의 소중함을 이해할 줄 모르는 이기적인 인간만을 양산하게 될 핵가족시대의 유아교육, 가정교육의 폐해를 미리 헤아려볼 때, 순진무구한 어린이들에게 어리석은 어른들의 나쁜 영향들이 주입되기 전에 부모나 윗사람들에 대한 공경, 기초질서, 남을 이해하고 존중하는 정신들을 입력시키는 교육제도와 사회적인 관심이 무엇보다도 중요하다고 할 것이다.

(○○경제, 1996. 1.)

공명(孔明)의 재산공개
– 삼국지연의 유감(有感)

동서고금을 막론하고 그 많고 많은 주의, 주장 가운데 세상살이에 가장 편리하고 생명력 있는 '주의(主義)'가 있다면, 그것은 아마도 '염량주의(炎凉主義)'라는 이름의 처세교(處世敎)이리라. 감탄고토(甘呑苦吐)하고 조변석개(朝變夕改)하는 인심, 세력이 있을 때는 아첨하여 좇고 세력이 없어지면 푸대접하는 세속의 형편을 일러 염량세태(炎凉世態)라고 하듯이, 염량주의란 세가 좋은 편을 따라 아첨하여 처신하는 태도나 경향을 풍자하는 말이다.

생각하면 이 염량주의는 참으로 강력한 이데올로기임에 틀림없다. 세계 어느 나라의 역사를 보더라도 이 '이즘'의 신봉자들은 왕조나 정권의 바뀜에 상관없이 영원한 여당(만년야당이라는 기득권도 마찬가지이다)의 일원으로 살아남는다. 당대의 민중은 별다른 거부감도 없이 그들의 계속되는 '우월적 지위'를 용인하거나, 심지어 그들의 탁월한 변신술에 환호하거나 박수까지 보낸다. 그것은 아마도 역사 속의 숱한 충격에 면역되어 버린 민중의 일상적인 타성 탓이기도 하려니와, 어쩌면 망각과 미망(迷妄)이라는 편리한 습속을 지닌 인간의 숙명 때문인지도 모른다.

그러나 이 처세교의 신도들이 언제나 역사의 승리자일 수는 없다. 그들 가운데는 간혹 영어(囹圄)의 몸이 되어 결백과 억울함 또는 정치보복임을 호소하거나, 새삼스레 그 염량세태를 한탄하는 아이러니를 보여주는 사람들도 있다. 그런가 하면 과다한 재산보유 덕분에 그들이 오랫동안 누비고 다녔던 그 화려한 무대에서 악수도 박수도 없이 퇴장하는 사람들도 있다.

"영리한 토끼를 잡고 나면 그 다음은 사냥개를 삶아먹는다" 또는 "신 신고 발바닥 긁는다" 등의 고전 속 한 서린 권력무상의 교훈을 남긴 채….

어떤 호사가(好辭家)가 얘기했던가? 역사란 인간의 허망한 집념과 오만한 의지가 빚어내는 드라마"라고!

그러나 "옳고 그르고 이름 날리고 패하고 간에 머리를 돌리면 허황하다(是非成敗轉頭空)"라는 삼국지연의 서사(序詞)가 가르쳐주듯이, 완전한 승자도 영원한 패자도 없이, 어제의 동지가 오늘의 적이 되어 내일을 걸고 싸워야 하는 오욕과 영광의 인간사 — 그 영고성쇠와 이합집산의 일대파노라마는 정녕 우리에게 인생의 무상함을 일깨워주기도 하지만, 그럼에도 불구하고 그 무상을 넘어 인간의 존엄성과 진실한 삶의 실체를 통하여 우리가 지켜야 할 가치규범과 걸어야 할 역사의 대도(大道)를 제시해 주기도 한다.

난세를 살아가는 온갖 인간군의 생멸과 천하대세의 흐름을 설파하면서 때로는 인간사의 덧없음과 천리(天理)의 무궁함을 일러주기도 하는 『삼국지연의(三國志演義)』 — 그 책 속의 무수한 인간상 가운데 중국 역사상 가장 매력 있는 인물 중의 하나로 평가되는 제갈량-공명. 그의 재산공개가 함축하고 있는 바는 정말 감동 그 자체가 아닐 수 없다.

사가(史家)는 물론 시인묵객, 필부촌로에 이르기까지 공명을 애호한 까닭은, 그의 풍부한 기략, 자유자재한 계책, 신출귀몰한 용병술 때문은 결코 아니라고 생각한다. 물론 공명의 심모원계(深謀遠計)와 신기묘산(神妙奇算)은 전략가로서뿐만 아니라 정치가나 외교가로서도 높이 평가하기에 충분할 줄 안다.

그러나 그런 측면에서보다도 유비와의 군신수어지교(君臣水魚之交)에 대하여 한 개인으로서의 신의와 의리를 다하고자 한 점, 자기 자신에 대하여 성실과 겸허한 자세를 잃지 않은 점, 또한 공직자로서의 지위에 임하여는 오직 우국충정과 공정무사, 청렴결백으로 신명을 바친 점 등에서 그의 참다운 매력을 발견하고, 그에 대한 여러 가지 평가를 이해할 수 있지 않을까 한다.

공명의 진면목은 전후출사표(前後出師表)나 여러 가지 일화, 특히 그가 죽음에 임하여 임금 유선(劉禪)에게 올린 표문에 잘 나타나 있다. 그 유표(遺表)의 끝머리에 자신의 재산을 공개하고, 자기의 장례비용을 임금에게 부탁하는 대목은, 작금 공직자윤리법에 따라 재산을 등록하기 전에 상당부분을 처분(매매, 증여, 은익, 도피)하거나, 재산공개 대신에 공직을 포기하기도 하는 우리나라의 현실에 비추어 모두가 한번쯤 깊이 새겨보아도 좋을 것 같다.

『臣의 집에는 성도성 밖에 뽕나무 팔백 그루와 척박한 밭 오십 頃(成都城外八百桑, 薄田五十頃)이 있사와 자손의 의식은 넉넉하오나, 다만 신(臣)이 밖으로 나도는 동안에는 소용되는 바를 모두 관(官)에서 바랐삽고, 따로 모둠이 있지 않사와 신이 죽는 날에 안에 비단 한 조각, 밖으로 푼돈이 따로 없어 끝까지 폐하께 심려를 끼치게 되었음을 송구히 여기옵니다.』

유비의 지우(知遇)를 받아 천하삼분지계(天下三分之計)를 제시한 후 몸을 일으켜, 한 나라의 재상으로 머물기 20여 년, 이러한 결벽증에 가까우리만큼 깨끗한 공명의 처신은 "자본주의체제에서 재산 많은 것이 무슨 죄가 되리요?"라는 염량세태에 비추어 볼 때 혹 시대착오인 것으로 치부될 수도 있을 것이다.

그러나 우리는 권력을 통하여 부정한 사람이나, 부패한 집단이 결코 민중의 갈채를 받거나 역사를 선도할 수 없다는 점과, 설사 그들이 고도의 분장술로 일시 민심을 호도할 수 있을지는 몰라도, 도도히 흐르는 역사의 대도, 그 준엄한 심판을 영원히 피할 수는 없으리라는 믿음을 삼국지연의와 제갈공명에 대한 민중들의 사랑에서 읽을 수 있지 않을까 한다.

만절(晚節)을 보고서야 초심(初心)을 안다지만, 재물로 인하여 역사에 처량한 이름을 남기고서야 어찌 삼국지연의를 읽은 사람이라 할 것인가!

누이야 諷刺가 아니면 解脫이다
네가 그렇고
내가 그렇고
네가 아니면 내가 그렇고
우스운 것이 사람의 죽음이다
우스워하지 않고서는 생각할 수 없는 것이 사람의 죽음이다
八月의 하늘은 높다
높다는 것도 이렇게 웃음을 자아낸다

    - 金洙暎의 「누이야 장하고나!」 중에서

(『산은소식』 창간 6주년 특별기고, 1993. 8.)

나의 오랜 친구이자 스승인 책

- 동양인의 삶과 정신문화의 원형질(原形質), 열국지(列國志)

연전에 친한 친구가 나를 찾아와서 자기와 평소에 친교가 각별한 어떤 분이 부득이한 사정으로 일시 영어(囹圄)의 신세가 되었는데, 면회를 가서 넣어주겠다며 적당한 책을 소개해 달라고 부탁하였다. 나는 조금의 망설임도 없이 즉석에서 김구용(金丘庸)의 열국지(列國志)(어문각 간) 한 질을 추천하였다. 이전에도 고위직에 물러나서 쉬고 있거나, 선거에 낙선했거나, 큰 조직의 중역으로 승진이 좌절되는 등 이른바 '때를 기다리는 사람들'에게도 열국지를 권한 적이 있었기 때문이었다.

열국지는 『삼국지』나 『수호지』처럼 약간의 사실에다 많은 부분을 덧붙여 섞어 빚은 가공적인 소설이 아니라, 관자(管子), 안자(晏子), 춘추(春秋), 한비자(韓非子), 좌전(左傳), 국어(國語), 전국책(戰國策), 여씨춘추(呂氏春秋), 공자가어(孔子家語), 오월춘추(吳越春秋), 설원(說苑), 사기(史記), 열녀전(烈女傳), 열선전(列仙傳) 등 많은 서적에서부터 추려낸 사실적인 근거를 가진 역사책이면서도 시, 소설, 전기 등 다양한 형식의 글들이 함께 어우러진 종합문학전집이라고도 할 수 있다.

열국지의 내용은 주(周)나라 주선왕(기원전 8세기)에서부터 진시황이 천하를 통일할 때까지(기원전 3세기) 약 550여 년간의 이야기이다. 이 시대는 역사에서 춘추전국시대(春秋戰國時代)라고 불리는데, 이 말은 공자의 저술인 춘추(春秋)와 후대의 책인 전국책(戰國策)에서 유래된 것이다. 서주(西周)가 견융(犬戎)의 침입을 받아 호경(鎬京)에서 낙

읍(洛邑)으로 동천(東遷)한 기원전 770년[이후를 동주(東周)라고 부른다]에서 진(晉)나라가 삼분되어 한(韓), 위(魏), 조(趙)로 독립한 기원전 403년까지를 춘추시대라고 하고 다시 이로부터 진시황이 일통천하(一統天下)한 기원전 221년까지를 전국시대라고 일컫는다.

열국지에는 많은 대소국가들이 등장하지만(마치 아테네와 스파르타 등 그리스의 도시국가들이 연상되기도 함) 춘추오패(春秋五覇: 제환공, 진문공, 초장왕, 오왕부차, 월왕구ㄴ천)와 전국칠웅(戰國七雄: 秦, 楚, 燕, 齊, 趙, 魏, 韓)의 흥진과 명멸이 주류를 이루고 있다.

춘추전국시대는 사가(史家)들이 세계 역사상 유례가 드문 혼란기와 난세라고 말하고 있지만, 우리는 암흑기라는 이 시기에 공(孔), 맹(孟), 노(老), 장(莊), 양(楊), 묵(墨), 열(列), 순(筍)을 비롯하여 음양가(陰陽家), 법가(法家), 병가(兵家), 농가(農家) 등 제자백가(諸子百家)가 쏟아져 나와 동양사상의 전성기를 구가하였다는 사실에 주목하지 않을 수 없다. 서양의 역사와 문화, 철학과 문학을 이해하려면 그리스 신화와 헬레니즘에 대한 지식이 필수적이듯, 동양문화의 이해를 위해서는 열국지에 분포되어 있는 지식의 섭렵이 필요하다고 할 수 있다.

춘추전국시대는 천군만마의 함성과 혼전만이 아니라 지용(智勇), 변설, 학술, 문장이 그 새로움을 다투고, 생사공존(生死共存), 정사상혼(正邪相混), 순박병진(純駁竝陳), 모책불측(謀策不測), 기변백출(奇變百出)의 시대였다. 오늘날 우리가 교과서나 일상생활에서 접하고 있는 고사(故事), 숙어, 인물 등 그 출처를 거의 다 열국지에서 만날 수 있다. 따라서 열국지에 등장하는 인물들도 남녀노소를 막론하여 문자 그대로 부지기수이며, 난마의 소용돌이 속에서 왕후장상(王侯將相)과 영웅호걸(英雄豪傑), 여민대중(黎民大衆)에 이르기까지 온갖 가지의 경우와 어려운 입장을 만나게 되고 그에 대한 판단과 행동 및 결과를 독자들은 체험하게 된다.

열국지에는 우리 동양인의 삶과 문화 그리고 정신의 원형질(原形質)이 살아 숨 쉬고 있다. 오늘날 내일에 살아남기 위해 무한경쟁에 돌입하고 있는 수많은 기업과 조직, 국가의 흥망성쇠를 읽을 수도 있고, 부와 권력과 명예의 부침 속에서 '인간은 무엇으로 사는가?'라는 질문과 그 해답을 찾을 수도 있으며, 사람사이의 사랑과 의리의 참된 의미와 도리도 헤아려 볼 수 있다. 또한 열국지에서 수없이 등장하는 정치적인 사건들이 오늘의 현대사에서 또는 지금도 생생한 현실로 재현되고 있음을 독자들은 깨닫게 된다.

열국지는 나의 오랜 친구이자 항상 곁에서 가르침을 주는 스승이기도 하다. 열국지를 처음으로 접한 것은 1964~5년도에 KBS 라디오방송에서 당대의 성우 구민(具珉)이 매일 아침 10분씩 낭독하는 프로에서부터였다(당시에는 라디오가 귀해서 마을회관을 중심으로 집집마다 유선으로 연결한 엠프방송시설을 통해서 들었다). 중3시절(1965년) 도서실 담당 선생님을 졸라 열국지 전 5권을 구입하도록 하여, 내용도 잘 이해하지 못하면서 몇 번이나 읽고, 나중에는 학교에 책을 두고 졸업하기가 아쉬웠던 기억을 간직하고 있다. 이후 열국지는 나에게 상상력의 바다이기도 하고, 나를 지도자나 경영자로 만들거나 때로는 초부(樵夫)나 어부 또는 은둔일사(隱遁逸士)로 만들기도 한다.

이 책의 번역자인 시인 김구용 선생은 "우리가 열국지에서 옛사람의 일을 읽고 현재와 미래를 다시 생각해 볼 수 있다면 그것만으로 족하다. 세상은 고금(古今)이 다르지만 인간성은 고금이 마찬가지"라고 설파하셨지만, 오랜 독자의 한 사람인 나는 감히 그 말씀을 수정하고 싶다.

― 세상도 인간성도 고금이 마찬가지라고….

(『산은소식』 1999. 9.)

‘늦게 오는 자’에 대한 심판(審判)

이데올로기의 종언과 역사의 아이러니

미국의 저명한 사회학자 다니엘 벨이 동·서 냉전체제가 공고해져 가던 1959년 5월 ‘이데올로기의 종언(終焉)(The End of Ideology)’을 예언한 지 만 30년이 지난 1989년 5월, 미국의 젊은 정치학자 프랜시스 후쿠야마는 『National Interest』지에 발표한 그의 논문 『역사의 종언(The End of History)』에서 자유민주주의야말로 사회주의를 극복하고 인류사회의 궁극적인 체제로서 정착될 ‘최후의 이데올로기’라고 선언하였다.

‘그 해, 1989년 5월’, 역사의 신(神)은 동독 국민이 비자 없이 여행할 수 있는 국가인 헝가리와 자유민주주의체제로서 영세중립국가인 오스트리아 간의 국경개방이라는 드라마를 연출하였다. 이 드라마에 내포되어 있는 상징성은 동독 국민들의 서독으로의 집단탈출사태를 야기시키면서, 마침내 동독을 포함한 동구공산체제의 와해와 독일의 통일, 그리고 소련을 비롯한 동구제국의 민주화혁명이라는 역사적 대장정의 봉화대─ 그 찬연한 불꽃으로 타올랐다.

1971년 이래 18년간 동독을 통치해 온 강경파 공산당 지도자 호네커정권은 당시, 소련, 헝가리, 폴란드의 개혁·개방정책을 정통사회주의에 대한 배반이라고 비난하고, 마지막까지 개혁불요론(改革不

要論)을 내세우면서 동독국민들의 '아래로부터의' 개혁 · 개방 요구를 거부하였다.

같은 해(1989년) 10월 7일 동독건국 40주년 기념행사에 초대되어 참석한 소련의 최고지도자 고르바초프는 "역사는 너무 늦게 오는 자를 심판한다"는 유명한 연설로 동독의 개혁 · 개방을 촉구하면서 자신의 개혁종용을 무시하고 강압정치를 자행해 온 호네커에게 공개적이고도 강력한 경고를 하기에 이르렀다. 이러한 고르바초프의 동독방문을 계기로 동독국민의 개혁 및 민주화 요구 시위는 전국적인 규모로 확대되었다. 그로부터 열흘이 경과한 10월 18일, 동독공산당 지도부는 호네커를 권좌에서 축출하여 민심을 무마하려고 하였으나, '너무 늦게 오는 자'에 대한 역사의 심판을 향하여 대세는 이미 기울어져 있었다.

이후 1989년 11월 9일 감격적인 베를린장벽의 붕괴, 1990년 3월 18일 자유총선을 통한 동독국민의 선거혁명, 1990년 7월 1일 '동 · 서독 화폐 · 경제 사회통합' 및 통합국가조약 발효, 드디어 1990년 10월 3일 동독의 서독으로의 편입에 의한 독일통일이 완수됨으로써, '늦게 오는 자'의 일원이었던 동독은 지구상에 더 이상 존재하지 않게 되었다.

'늦게 오는 자'에 대한 역사의 심판은 호네커정권으로 대변되는 동독에 대하여서만 내려진 것은 결코 아니었다.

1985년 5월 소련의 최고지도자로 등장한 고르바초프는 그의 저서 『개혁, 우리나라를 위한 신사고(新思考)와 세계(Perestroika, Newthinking for our Country and the World)』를 통하여 이른바 개혁(Perestroika: Reform)과 개방(Glasnost: Openness)이라는 세기적인 유행어(catch phrase)를 창출하여, 사회주의체제를 유지하면서 동시에 빈사상태에 빠진 소련경제를 회생시키기 위한 마지막 몸부림을

쳤으나, 결국 실패로 끝나고 말았다.

그 과정에서 소련은 동독을 포함한 동구제국의 사회주의체제 붕괴에 대하여 아무런 조치도 취할 수 없었다. 결국 고르바초프가 하계 휴가 중이던 1991년 8월 19일 "반혁명주의자 고르바초프"의 실각을 발표했던 소련의 강경보수 쿠데타세력의 이일천하(二日天下)의 혼란 과정에서 골수 공산주의자이면서 개혁·개방의 전도사로 자임했던 고르바초프는 실권(失權)하게 되었고, 이후 모스코바 '붉은 광장'에 서 있던 레닌의 동상이 민중들에 의해 끌어 내려지고, 사회주의 이데올로기는 그 종주국인 소련에서조차 폐기처분되어지는 역사의 아이러니를 온 세계는 바라볼 수 있었다.

면죄부(免罪符) 없는 역사의 법정(法廷)

잘 알려진 바와 같이 사회주의 이데올로기는 산업혁명의 부작용이 만연했던 19세기 중엽, 칼 마르크스 등 일단의 사상가·혁명가들에 의해 당시 서구사회의 암울한 사회현실에 대한 반동으로 형성·발전되어, 1917년 러시아에서 레닌에 의해 최초로 체제화(體制化)되었다.

이 이데올로기는 제2차 세계대전 전후 국제정치적 역학관계의 재편과정에서의 혼란을 틈타 소련 인근 동구 제(諸) 국가와 이제 막 식민지상태에서 해방된 신생국들에게 전염병처럼 퍼져 나갔다.

민족분쟁, 정치적 갈등과 경제적 빈곤 속에 빠진 국가들은 대부분 사회주의 혁명의 침투대상이 되었으며, 이들 국가의 기존질서와 체제는 민족해방, 노동자·농민 해방, 독재타도 등의 미명하에 무너져 내리거나 혼란을 겪을 수밖에 없었다. 이 혼란과정에서는 '革命'이 모든 수단을 정당화하였다.

그러나 사회주의 이데올로기는 국가권력체제로 현실화되는 순간
부터 몰락의 과정을 걷기 시작했다고 해야 할 것이다. 즉 사회주의는
체제화됨과 동시에 그 이론적인 매력을 상실할 운명에 처해졌으며,
제2차 세계대전 이후의 경이로운 사회주의 확산과정은 바로 비인간
화의 심화와 더불어 고통에 찬 이데올로기의 와해과정이었다.

칼 마르크스의 이론은 그가 살았던 동(同) 시대에는 나름대로의
비전을 제시해 주었다고 할 수 있지만, 이후 사회주의 이데올로기에
의해 분식(粉飾)된 국가체제는 예외 없이 빈곤이 심화되었으며, 이에
따른 국민들의 내부적 불만을 억제하기 위해서는 오직 무자비한 숙
청과 탄압만을 선택할 수밖에 없었다. 역사의 보편적인 가치기준으
로 볼 때, 빈곤과 탄압은 인류가 한결같이 거부해 온 악(惡)이었으며,
인간의 존엄성을 짓밟는 집단적인 범죄의 서식처(棲息處)로서 반드시
극복해야 할 인간사회 공동의 적이었다.

고르바초프 집권당시 외교안보담당 정치국원이었던 야코블레프
가 '공산주의의 종언(The End of Communism)'에서 갈파한 것처럼,
결국 사회주의는 자본주의에서 출발하여 자본주의로 회귀하는 가장
길고도 고통에 찬 과정에 불과하였으며, 이 과정에서 남은 것이란,
절대적 빈곤상태의 유산(遺産)과 공산혁명지도자들의 동상들과 기념
비, 낡고 음울한 분위기의 건축물, 그리고 자본주의의 붕괴가 아닌
사회주의의 몰락을 확인한 "역사의 필연법칙"의 도착(倒錯)이라는 역
설적이면서도 준엄한 역사의 심판뿐이었다.

기존의 사회주의체제가 진정한 의미에서의 "역사의 필연법칙"에
따라 대부분 지구상에서 사라져 갔듯이, 북한 사회주의체제도 미구
(未久)에 붕괴될 운명에 처해져 있다. 북한 사회주의체제도 이미 몰락
한 사회주의제국들과 마찬가지로 '인간의 민주적 삶의 이상을 실현하
는 체제로서의 정당성뿐만 아니라, 인간의 기본적인 생존권을 영위

하는 데 필요한 최소한의 식량과 생활필수품을 효율적으로 생산, 분배하면서 경제적 부(富)를 축적해 나가는 제도로서의 적합성과 실질적 기능마저 이미 상실한 것'으로 평가되고 있다.

따라서 북한 위정자들에게는 과감하고도 획기적인 개혁·개방을 선택함으로써 변혁과정에 수반되는 체제붕괴의 위험성을 감수하는 길과, 현 체제를 고수함으로써 필연적으로 맞이하게 될 갑작스런 체제붕괴를 자초하는 길 이외에는 아무런 선택의 여지가 없을 것이다.

만약 북한 위정자들이 실질적인 개혁·개방이 아닌 통제와 억압의 수단을 동원하여 현 체제를 고수하려고 할 경우에는, 시간이 갈수록 경제적·사회적 침체와 부조리가 심화됨에 따라 가속적으로 확대 적용될 전체주의적 통제와 억압으로 사회경제 전반에 걸친 왜곡과 모순을 가일층 심화시키는 결과만을 초래하게 될 것이다.

그러한 결과에 힘입어 북한체제가 궁극적으로 붕괴될 경우, 북한의 왜곡된 경제체제를 효율적이고 생산적인 시장경제체제로 변혁하고, 시장경제 질서에 낯 설은 2,200만 명을 먹여 살리면서 그들에게 자생력을 갖게 해 줄 수 있도록 교육을 시켜야 하는 등의 비용이 북한체제의 침체와 부조리, 왜곡과 모순의 심화정도에 비례하여 증대될 것임은 자명한 이치이다.

현재 북한 위정자들은 당면한 경제적 난국과 체제와해의 방어수단으로써 남한과의 대결을 통해 끊임없는 알력과 분쟁을 야기하고 있다. 즉 북한이 직면하고 있는 경제적 침체와 사회적 모순의 책임을, 그들 최고 통치자의 지도체계의 부조리와 사회주의 경제체제 내의 구조적 모순에 있다는 사실을 극력 감추면서, 이를 남한과 미국의 책임 등 대외적 요인에 있다고 전가하고 있다.

'늦게 오는 자'는 "중앙집권적 사회주의 통제계획경제체제"를 여전히 고수하고 있는 북한당국이나 이에 추수뇌동(追隨雷同)하는 주사파

등 종북세력(從北勢力)들만일 수는 없다. '어제'로부터 아무런 교훈도
받아들이지 않는 자, '내일'을 예비하기 위하여 '오늘'을 열심히 뛰지
않는 자 등 21세기를 지향하는 통일열차(統一列車)- 그 역사의 플랫
폼에 '너무 늦게 오는 자'들의 손에는 한 장의 승차권도 쥐어지지 않
을 것이다.
　'늦게 오는 자'- 그들을 심판하기 위해 열릴 역사의 법정(法廷)에
는 어떠한 면죄부(免罪符)도 존재하지 않을 것이다.

(『산은소식』 1996. 10.)

우수리스크의 민들레

지난 6월 17일부터 26일까지 필자는 국제기획부 황진훈 씨, 국제투자부 박성목 씨와 함께 연수의 한 과정으로 러시아의 연해주 일원과 중국 吉林省의 延吉, 훈춘, 長春 등 두만강경제개발지역(TREDA: Tumen River Economic Development Area)의 일부를 주마간산(走馬看山)격으로 돌아본 적이 있었다. 이 글은 당시 러시아에서 겪은 개인적인 체험과 소감의 일단을 주관적인 입장에서 정리해 본 것이다.

두만강개발지역은 중국의 훈춘-북한의 나진·선봉(웅기)-러시아의 포시에트를 잇는 小삼각지역과, 중국의 연길-북한의 청진-러시아의 블라디보스톡을 잇는 大삼각지역으로 구분되며, 유엔개발계획(UNDP)의 주관하에 두만강지역개발계획(TRADP: Tumen River Area Development Program)에 따라 개발이 추진 중이나, 인프라 미비, 각국 간의 이해관계 대립, 투자재원 부족 등으로 개발계획의 실행은 답보상태에 있다(필자 註).

두 시간의 실종- 이데올로기의 잔해 속으로

일제가 우리나라를 강점하였을 때 우리 민족의 주요 독립운동 거점지역 중 하나였던 해삼위(海蔘威), 즉 블라디보스토크(Vladivostok)로 향발한 6월 17일 토요일, 서울의 아침- 무덥고 찌푸린 날씨 탓인지 나에게는 우리 민족의 고토를 찾아간다는 설렘보다는 짜증과 함께 막연한 불안이 동행하고 있다는 느낌이 들었다.

조간신문의 머리기사는 남·북한 당국자 간에 '쌀회담'이 조만간 개최될 것이라는 뉴스로 장식되어 있었는데, 형식논리상 한국을 인정하지 않으려는 북한당국의 집요하면서도 시대착오적인 대남전략과 우리 언론의 성급한 보도내용이 함께 어우러져 원인모를 불안감을 더욱 부채질하는 것 같았다.

예정시간보다 다소 지연된 9시 50분경에 김포공항을 이륙한 KAL기는 동해 푸른 물과 비원(悲願)의 일본열도 근해를 지나 약 3시간 만에 블라디보스토크 항 알촘 비행장에 착륙하였는데, 러시아영토로 진입하자마자 일종의 타임머신으로 변해 있었다. 차고 간 시계는 오후 1시를 가리키고 있었으나 현지시간은 오후 3시, 나는 시침(時針)을 조정하지 않은 채로 이데올로기의 잔해더미 속에서 역사의 퇴영(退嬰)과 더불어 신생(新生)의 고통과 발전이 공존하는 구소련, 러시아로 빠져들었다.

실종된 두 시간에 대한 의미 부여, 안중근(安重根) 의사가 이등박문(伊藤博文)을 목표로 거사를 꾀하고 성공을 결의했던 '그 해삼위에 내가 왔구나'라는 상념도 잠시, 서울에서부터 동행했던 짜증스러움과 불안감이 현실로 나타나서 활개 치기 시작하였다.

기내에서의 긴 기다림, 세관통과시의 지리함과 으스스함 등 비상식적인 통관절차를 거쳐 공항건물을 나섰을 때, 만국고물자동차전시장(萬國古物自動車展示場)을 방불케 하는 공항주차장에는 체제전환국의 혼란을 상징하는 듯 좌 또는 우로 달린 운전석이 혼재(混在)하는 자동차들이 적당한 무질서를 연출하면서 이리저리 교차하며 움직이고 있었다.

행방불명된 숙소를 찾아

우리 일행의 가이드는 우수리스크 사범대학 한국어과 교수로 있는 한국인 박모씨, 우리가 탄 낡은 봉고차(한국제)의 기사는 타슈켄트에서 이주해 온 고려인 김씨(연안 김씨)였다. 알촘 비행장에서 구소련 제국의 극동함대사령부가 있는 블라디보스토크로 향하는 연도(沿道)의 황량한 풍경 중에서 가장 인상적인 것은 길가에 수없이 피어 있는 노랗고 하얀 민들레꽃들이었다.

움푹 패어진 크고 작은 구덩이들로 점철된 듯한 포장도로를 따라 1992년 1월 1일부터 외국인에게 개방된 극동 제1의 군항 블라디보스토크에 들어섰다. 영화에서나 보았음직한 고색창연한 러시아풍의 붉은 벽돌건물 사이, 낡은 보도블록 위로 흰 피부에 늘씬한 다리의 젊은 여인들이 간혹 걸어가고 있었지만, 토요일 오후의 공원벤치에는 활기 잃은 노약자들만이 햇볕을 피해 드문드문 앉아 있었고, 중심가도 한산하기 짝이 없었다.

수정처럼 맑은 블라디보스토크 외항(外港)의 쓸쓸함, '아름답다'는 말 외에 달리 표현할 길이 없을 것 같은 내항(內港)에 가득 쌓여 있는 폐선들, 우스꽝스럽게 여겨지는 극동함대사령부의 기이한 위용(偉容)(?), 활력이 사라진 공장 굴뚝들의 을씨년스러움, 마치 시간이 정지된 듯한 적막감이 감도는 토요일 오후의 투명한 햇살…. 어느 것 하나 놓치고 싶지 않은 풍경들을 뒤로 한 채 일행은 러시아에서의 첫 밤을 보내기로 예정된 숙소를 찾아 나섰다. 그러나 예약해 놓았다는 호텔이 행방불명되었다고 한다. 우리가 묵기로 한 숙소는 낡은 군함을 개조한 선상호텔이었다는데 지금 어디로 옮겨갔는지 알 수 없다는 것이다. 시트가 다 해어진 봉고차에 약간씩 지친 몸을 싣고 이곳저곳 수소문하여 찾아보았으나 그 선상호텔을 찾을 수는 없었다. 점심을 굶은 상태였기 때문에 허기부터 채우기로 하고 알촘 공항에서 하지 못했던 환전이 가능하다는 시외버스 정거장 부근으로 이동하였다.

그곳에서 어렵사리 루블화로 바꾼 뒤, 기다랗게 줄지어 늘어선 노점상에서 거의 대부분이 한글로 표기되어 있는 캔 음료와 한국산 초코파이를 몇 개 사서 KAL기에서 내릴 때 갖고 온 제주도 생수와 함께 마시며(각자 두 통씩이나 들고 다니느라 힘들었던 이 물의 소중함을 나중에야 알게 된다) 식량과 생필품의 부족으로 어려움을 겪고 있는 러시아의 현실을 절감할 수 있었다.

블라디보스토크에서의 일박을 위해 호텔을 찾아 몇 군데 더 방황하였으나 예약이 되어 있지 않은 상태에다 야간에는 마피아가 지배한다는 치안부재 상황으로 인해 만약의 경우 금전이나 신변의 안전보장이 불확실하다는 가이드의 설명에 겁을 먹은(?) 우리는 고려인(동포)이 비교적 많이 거주하는 쌍성자(雙城子), 즉 우수리스크(Ussuriysk)로 이동하기로 하였다.

독립운동을 하며 이 길을 앞서가신 선열들을 생각하며 해삼위에서 쌍성자로 통하는 길을 달렸다. 길옆에는 낮게 깔리는 북반구의 바람을 타고 민들레 꽃씨들이 눈 내리듯 낭자하게 흐드러져 날리고 있었다.

수분하(綏芬河)(Suifenho) 가는 길 - 주유소 앞의 마피아

러시아의 밤은 짧았다.

밤 11시에도 어둡지 않았는데 새벽 4시에 먼동이 텄다.

우리가 이틀 동안 묵게 된 호텔은 우수리스크 시청 바로 옆에 위치하였는데 이 바닥에서 가장 괜찮은 숙소라고 했다. 그 호텔은 방에 낡은 침대(뜯어진 시트 안에 짚이 보였다) 2개, 변기통이 깨어진 채로 방치되어 있는 수세식 화장실, 찬물만 나오지만 샤워가 가능한 5층짜리 건물이었다. 로비에서 마침 광복 50주년 기념 독립군관련 다큐멘터리 제작차 러시아에 온 KBS 취재진 일행을 만나게 되었고, 이 건물 1층에서 사무실을 갖고 무역업을 하고 있는 부산출신 芮모 사장(우수리스크에서 봉제공장을 차려 경영하다 러시아인에게 넘겨주었다고 함)과 그와 함께 일하는 고려인 方선생 그리고 중국·러시아 등을 오가며 장사를 한다는 수원출신 젊은 협객 정모씨 등을 만나 다음날 아침 시장구경과 일행 중 기독교인들의 예배를 위해 고려인교회로 안내해 주겠다는 약속을 받았다.

늦은 시간이기도 하였지만 우수리스크 시청앞 광장과 호텔앞 주차장에는 인적이 끊어진 상태였는데 주차해 놓은 빈 차를 볼 수 없었다. 이야기를 들어보니 이곳에서 문단속을 가장 잘해야 할 데가 바로 차고라고 하며, 만약 옥외에 차를 세워둔 채 밤을 새웠을 경우, 누가 바퀴 따로 운전대 따로 뜯어가도 별 대책이 없다는 것이었다.

호텔 층마다 따로 있는 관리인— 러시아 중년부인에게 치약 또는 비누 등을 주고 얻은 끓는 물로 사발면을 익혀 아침을 때운 우리는 예(芮)사장, 방선생, 정협객 등과 함께 아침시장을 둘러보았다. 시장구경을 하는 동안 일행은 현지 경찰들로부터 신분증제시 등 조사를 받기도 하였는데, 떼를 지어 몰려다니는 그들 중에는 아침인데도 술 냄새를 풍기는(버젓이 경찰관 복장을 한 채로) 자들도 여럿 있었다.

교회로 갈 사람은 가고, 각자 약간의 자유시간을 갖기로 하여 나는 혼자서 우수리스크 시내를 이리저리 배회하였는데 길가 곳곳에 피어 있는 민들레꽃을 바라보며 왠지 모를 비애를 느끼게 되었다. 이 슬픔의 감정은 여정이 계속되는 동안, 서울에서부터 동행했던 불안감과 대체되어, 우수리스크뿐 아니라 이후 수분하(綏芬河), 연길, 도문, 훈춘, 용정, 백두산, 두만강변 어디든지 민들레꽃이 피어 있는 곳이면 되살아나는 것이었다.

우수리스크에서 우리의 다음 일정을 점검해 본 결과 당초 계획되었던 중국 입국경로의 변경이 불가피한 것으로 밝혀졌다. 당초 예정된 일정은 해삼위에서 숙박을 하고 인근 나호드카(Nakhodka) 한국공단부지와 쌍성자 부근 고려인촌 예정지인 도보카츠카린스키 기지 등을 방문한 후 배편으로 슬라비얀카로 이동하여 자르비노 항과 핫산 군청을 방문하기로 되어 있었다. 그곳에서 국경도시인 클라스키노(러시아)-장령자(중국)-훈춘 등의 경로로 러·중 국경을 통과하여 훈춘 개발특구를 시찰할 당초의 예정은 러시아측의 사정으로 현재 통관이 불허되고 있다는 것이다.

따라서 우리 일행은 다음날 아침 우수리강을 따라 북쪽으로 이동하여 그레데코보(Gredekovo)-수분하를 통하여 중국으로 입경(入境)하기로 하고, 러시아에서 두 번째 저녁은 예사장, 방선생, 현지동포 등과 어울려 밤이 새는 것을 잊었다.

수분하로 가는 길- 방선생이 운전하는 예사장의 회사 봉고차로 우수리스크 시내를 벗어나기 직전 주유소에서 급유를 하려는데, 누군가 한쪽에서 뭐라고 고함을 질러댔다. 건장한 러시아인 한 사람이 트럭을 한 대 세워둔 채 우리에게 다가오라고 손짓하고 있었다. 방선생이 잠시 긴장했다가 우리를 하차시킨 후 차를 그 사람에게 몰고 가자 그 사람은 트럭에서 크고 작은 기름통을 꺼내 우리 차에 기름을 부어대고 천연덕스럽게 방선생으로부터 기름값을 받아 챙기고 있었다. 우리 동포 방선생은 풀기 잃은 목소리로 주유소 앞에서 버젓이 기름을 팔 수 있는 힘 있는 마피아세력이라고 설명해 주었다.

그레데코보에서 수분하까지는 기차로 통과하는 데 20분이면 충분한 거리지만 2시간 정도 걸린다고 한다. 그레데코보 국경세관(간이 역사 안에 있는)을 우여곡절 끝에 겨우 통과하여 기차 안에 들어섰을 때, 나를 기다리고 있는 중국에서의 여정은 러시아보다 더 한층 변화 무쌍하게 전개될 것이라는 예감이 엄습해 왔고, 쓰레기가 널브러져 있는 철로연변에는 때늦은 노란 민들레꽃이 납작하게 피어 있었다.

참담한 열사의 길
다하는 어느 날
우리네 지나온 길섶에
한 포기 풀로 선들 어떠랴

  - 졸시 「바람」 중에서

(『산은소식』 1995. 8.)

서중한담(暑中閑談)

천취한중득(天趣閑中得) 심화정중개(心花靜中開)(참다운 멋은 한가한 가운데 얻어지고, 마음의 꽃은 고요한 가운데 핀다)라는 명구(名句)가 있다. 이러한 시구(詩句)는 1992년 이 땅의 여름과 같은 대책 없는 무더위와 온갖 사회적 불쾌지수의 연속선상에서 정신적 탈출을 감행할 수 있는 일종의 묘약(妙藥)이 될 수도 있다.

답답할수록 시원한 것을 생각하는 지혜, 눈코 뜰 새 없이 바쁠수록 마음의 여유를 간직하는 한가로움, 혼란스러운 가운데서도 조용한 경지에 도달하는 자세, 이것이 바로 동양정신의 핵심인 도(道)의 세계에 다름 아니다.

유비(劉備)가 제갈량(諸葛亮)을 세 번째 찾아갔을 때, 그 집에 걸려 있던 "담박이명지(淡泊以明志) 영정이치원(寧靜以致遠)"이라는 대련(對聯)도 다 같은 유(流)인 난세의 처방전이라고 할 수 있다.

명나라 말기에서 청나라 초기에 살았던 중국의 문호 김성탄(金聖嘆)은, 어느 해 여름 그의 친구와 함께 여행 중 비를 만나 길이 막혀, 열흘 동안 어느 절간에 꼼짝없이 갇혀 있게 되었다고 한다. 음식물의 부족, 파충류나 곤충들의 습격, 살인적인 무더위, 이민족지배하의 지식인으로서의 울분과 비애, 또는 남모를 고통 속에서, 두 사람은 더위를 잊기 위하여 인생의 참된 멋과 진정한 행복을 느낄 수 있는 한 때, 즉 인생에 있어서의 유쾌한 경우 서른세 가지를 간추려보았다고 한다. 이른바 김성탄의 「서중쾌담(暑中快談) 삼십삼절(三十三節)」 가운데는 권세의 획득이나 명리(名利)의 추구 등과 관계 있는 항목은 하나도 없다. 그 중 십이절(十二節)을 임의로 인용해 본다.

1. 때는 六月 어느 무더운 날, 태양은 中天에 걸려 있고, 산들바람 한 점 없다. 하늘에는 구름 한 조각 보이지 않고, 앞뜰이나 뒷마당은 모두 가마 속같이 찐다. 나는 새도 아주 그림자를 감추고, 땀은 온 몸을 마치 폭포수처럼 흘러내린다. 점심을 먹으려고 해도 혹서 때문에 수저를 들 생각이 나지 않는다. 그래서 돗자리를 한 장 가지고 오라고 하여 땅바닥에 펴놓고는 그 위에 드러누워 본다. 그러나 그 돗자리가 축축해서 파리 떼가 얼굴 근처를 날아다니며 쫓아도 막무가내로 달아나지 않는다. 이렇게 되면 나로서는 어찌해 볼 도리가 없다.
별안간 그때 우렛소리가 우르릉 우르릉 들려오며, 검은 구름이 겹겹이 하늘을 덮으면서 싸움터로 향하는 대군처럼 당당한 기세로 밀려온다. 다음 순간 처마에서 비가 폭포처럼 떨어지기 시작한다. 그러자 땀은 걷히고, 축축하던 땅도 없어지고, 파리 떼는 모두 어디론지 사라져 버려, 비로소 겨우 밥을 먹을 수 있게 된다.
아, 이 또한 유쾌한 일이 아니냐!

2. 근 십년동안이나 만나지 못했던 친구가 돌연 저녁에 찾아온다. 문을 열고 그를 맞이하여 배로 왔는지 육로로 왔는지 묻지도 않고, 또 침대와 걸상에 앉아 쉬란 말도 하지·않고는 곧장 내실로 들어가서 미안한 태도로 이렇게 말을 건넨다. ─ "소동파의 아내처럼 술이나 좀 듬뿍 사다 주지 않겠소?" 그러면 아내는 싫은 얼굴이라고는 조금도 보이지 않고 얼른 금비녀를 빼서 "이걸 팔까요?라고 한다. 그거라면 사흘 동안은 실컷 마실 것 같다.
아, 이 또한 유쾌한 일이 아니냐!

3. 물 항아리에 물이 흘러나오듯이 자기집 애들이 옛 문장을 유창하게 외우고 있는 것을 나는 가만히 듣고 있다.

아, 이 또한 유쾌한 일이 아니냐!

4. 식사 후의 심심풀이로 한 가방을 열어 가지고 그 속에 든 물건을 뒤적거린다. 그러자 우리 집에서 돈을 꾸어간 사람들의 몇십 장 몇백 장이나 되는 차용증서 뭉텅이가 나왔다. 그 차주(借主) 가운데에는 고인(故人)이 된 사람도 있고, 아직 살아 있는 사람들도 있다. 그러나 어떻게 되었든 도저히 받을 가망은 없다. 나는 몰래 그것을 뭉치로 하여 불을 살라 그 연기가 사라져 없어질 때까지 바라보고 있다.

아, 이 또한 유쾌한 일이 아니냐!

5. 아침에 눈을 뜨니 어젯밤에 그 누가 죽었다고 집안 사람들이 수근대고 있는 모양이다. 나는 곧 누가 죽었느냐고 집안사람들에게 묻는다. 그리고 그것이 우리 고을에서도 제일 말할 수 없이 타산적인 녀석이었다는 것을 안다.

아, 이 또한 유쾌한 일이 아니냐!

6. 한 달 동안이나 꼬박이 장마가 져서 주정뱅이나 병자 모양으로 늦잠을 자서 이젠 일어나기도 싫다. 그때 창밖에서 비가 개었다는 것을 알리는 새의 지저귀는 소리가 갑자기 들린다. 나는 부리나케 일어나서 침실의 커튼을 젖히고 창문을 열어보니, 아름다운 햇살이 쨍쨍 내리쪼이고 있고, 나무들은 목욕을 하고 난 것처럼 깨끗하다.

아, 이 또한 유쾌한 일이 아니냐!

7. 겨울밤에 술을 마시고 있는 동안에 방안이 아주 추워진 것을 갑자기 깨닫는다. 창문을 열고 밖을 내다보니 함박눈이 펄펄 내리고, 땅에는 벌써 서너너더 치나 눈이 쌓여 있다.

아, 이 또한 유쾌한 일이 아니냐!

8. 여름날 오후, 새빨간 큰 소반에다 새파란 수박을 올려놓고 잘 드는 칼로 자른다.
아, 이 또한 유쾌한 일이 아니냐!

9. 음부(陰部)에 조그마한 습진이 몇 개 생겼으므로, 문을 꼭 닫아걸고는 가끔 더운 김을 쏘이거나, 더운 물에 적시거나 한다.
아, 이 또한 유쾌한 일이 아니냐!

10. 우연히 가방 속에서 어떤 옛 친구의 자필편지를 발견한다.
아, 이 또한 유쾌한 일이 아니냐!

11. 길을 떠났던 사람이 먼 여행을 마치고 돌아온다. 정든 성문이 보이고, 강 양쪽 둑에서 아낙네들과 애들이 고향의 사투리로 말을 주고받는다.
아, 이 또한 유쾌한 일이 아니냐!

12, 빚을 전부 갚아 버린다.
아, 이 또한 유쾌한 일이 아니냐!

어쩌면 관능적이라고도 할 수 있는 김성탄류의 피서법이 아니더라도, 1992년 여름의 무더위를 우리는 통쾌하게 돌파하고 있다.

비록 땅 사기사건 배후의 의혹들이 불식되지 않을지라도, 삼연패 뒤의 사연승과 같은 역전드라마에 답답한 가슴이 시원해진다. 찌는 듯한 열대야 속에서 올림픽 승전보에 환호작약하며 더위를 잊는다. 특히 일본선수를 제치고 세계마라톤을 제패한 황영조 선수의 쾌거에 우리는 하나가 되어, 서중한담(暑中閑談)이 아닌 진짜 서중쾌담(暑中快談)을 나누고 있다.

  ─ 정쟁(政爭) 귀신, 분열(分裂) 귀신, 특혜(特惠) 귀신, 비리(非理) 귀신 모두 물러가라! 이 무더위에 짜증나게 하는 온갖 잡귀들아! 이 땅에서 물러가라!

(『산은소식』 1992. 8.)

우리는 하나가 되어, 서중한담(暑中閑談)이 아닌 진짜 서중쾌담(暑中

세기말(世紀末)의 혼돈(混沌) 속에서
– 에릭 홉스봄의 『극단의 시대: 20세기 역사』를 읽고

　　1980년대 말에서 1990년대 초에 이르기까지 동유럽 공산주의 정권들의 와해, 베를린장벽의 붕괴와 독일의 통일, 구소련체제의 몰락 등으로 보장받은 것 같았던 사회주의에 대한 자본주의의 승리– 그 달콤했던 환호성의 여운이 채 사라지기도 전에, 새로운 세기를 눈앞에 두고 있는 우리에게 펼쳐지고 있는 불확실성과 체제의 불안, 그리고 미래에 대한 잿빛전망 등은 전시대의 일부와 동시대, 또한 다음 세기의 일부를 살아가야 할 세대들에게 20세기 역사에 대한 특별한 의미 부여와 자리매김을 요청하고 있다.

　　소련을 위시한 공산주의국가들의 사회주의 계획경제체제가 파산했다는 사실은 이론의 여지가 없으나, 그럼에도 불구하고 이러한 사실로부터 경제를 보다 효율적으로 조직화할 수도 있을 집단적, 평등주의적 민주적 형태가 불가능하다는 주장이 입증된 것은 아니며, 또한 시장기구의 힘에 모든 것을 맡기는 것이 인간사회 조직의 자연스러운 체제이며 최적의 선택임을 확인해 준 것도 아니다.

　　사회주의국가들이 몰락하기 직전인 1980년대의 선진자본주의 국가들의 경제실적이 결코 좋았던 것은 아니었으며, 오히려 생산과 분배의 영역에 대한 광범위한 국가개입으로 시장의 자유로운 작동을 규제한 나라들이 보다 경제성장에 성공적이었다. 이와는 역설적으로

1980년대 이후 국제경제관계의 영역에서는 범지구화된 국제금융시장 앞에서 정부의 힘이 지속적으로 감소하는 경향이 나타났는데, 특히 환율변동은 각국의 수출입관련 산업들을 붕괴시키거나 불필요한 인플레이션 압력을 가중시키는 등 기존의 자본주의적 질서에 파괴적 영향을 미쳐왔다.

오늘날 이러한 국제금융의 무질서는 각국의 통화당국의 통제 밖에 있는 국제금융시스템과 더불어 세기말의 혼돈을 더욱 부채질하고 있다.

이와 같이 역사적으로, 아울러 지적으로 혼미와 혼란이 교차하는 시대에 에릭 홉스봄(Eric Hobsbawm)의 『단기 20세기사(1914~1991): 극단의 시대(Age of Extreme: The Twentieth Century, 1914~1991)』는 우리에게 20세기에 대한 명료한 이해와 '새로운 천년기(千年期)를 향한' 인류사회의 구조(자본주의경제의 사회적 토대를 포함한) 자체의 불확실한 변화에 대한 전망과 질문을 제시하고 있다.

― 우리는 어떠한 길을 걸어왔고, 어떻게 문제를 해결해 왔는가(또는 해결하지 못했는가)?

― 우리는 어디로 향하고 있는가?

3단계 시대구분과 주요내용

『극단의 시대』는 우리 시대(할아버지, 아버지, 나, 아들 세대의 교차 세대)인 단기 20세기를 다루고 있다.

단기 20세기는 제1차 세계대전이 발발한 1914년부터 소련이 붕괴한 1991년까지이며, 하나의 동질적인 시대로 볼 수 있는 세기가 100년이 채 안 된다는 의미에서 홉스봄은 '단기 20세기'라고 명명하고 있다.

홉스봄은 이미 그의 『19세기 역사 3부작』에서 1789~ 1914년까지를 '장기 19세기'로 명명하고, 이를 다시 '혁명의 시대(1789~1848)', '자본의 시대(1848~1875)', '제국의 시대(1875~1914)'로의 3단계 시대구분법을 제시한 바 있다.

단기 20세기사 『극단의 시대』도 역시 '파국의 시대(1914~1945)', '황금시대(1945~1973)', '붕괴의 시대(1973~1991)'의 3단계로 시대구분을 하고 있으며, 이러한 시대구분에 따라 구성내용도 3부로 나뉘어져 있다.

(1) 파국의 시대 (The Age of Catastrophe: 1914~1945)

홉스봄은 사라예보 총성에서 시작된 제1차 세계대전에서 제2차 세계대전 종결까지의 시기를 자유주의적, 부르주아적, 유럽중심적 문명에게는 '파국의 시대'였다고 명명하였다(제1장~제7장).

19세기에 부상, 발전했던 그 문명(홉스봄의 19세기 3부작은 그 문명의 역사를 다룬 것이다)은 두 차례의 세계대전(제1장 총력전의 시대)과 각 전쟁에 뒤이은 두 차례의 전세계적 반란 및 혁명의 물결(제2장 세계혁명), 전례 없는 경제위기(제3장 경제적 심연 속으로), 그리고 파시즘-권위주의 체제의 부상(제4장 자유주의의 몰락)에 의하여 뒤흔들렸고, 거대한 식민제국들은 결국 와해되었다(제7장 제국들의 종식).

'파국의 시대'에 가장 독특한 국면은 "공동의 적" 파시즘에 대항한 "자유주의적 자본주의와 공산주의의 일시적이고도 기묘한 동맹"(제5장 공동의 적에 대항하여)이라고 홉스봄은 지적하고, 20세기 역사 전체에서 전무후무한 예외적인 이 시기에 대하여 "20세기사의 중심이자 결정적인 시기"라고 기술하고 있다.

'파국의 시대'는 제1차 세계대전 발발에서 2차 대전 종전까지로 홉스봄의 표현에 의하면 '31년간의 전쟁'으로 특징지어진다.

지금까지도 논란의 대상으로 남아 있는 제1차 세계대전 발발원인에 대하여 홉스봄은 강대국들이 ‘전부 내놓지 않으면 안 된다’는 비타협적 자세로 나왔기 때문이라고 설명하고 있다. 제한전이었던 이전의 국가간 전쟁과는 달리 1차대전은 거의 무제한적 목적을 위해 수행되었기 때문에 외교적 노력이 성공할 가능성도 희박했다는 것이다.

홉스봄의 분석은 2차대전에서 더욱 설득력을 지닌다. 제2차대전은 한마디로 세계패권을 잡으려는 히틀러의 야심에서 비롯됐다고 할 수 있다. 제2차대전이 제1차대전과 구별되는 것은 이데올로기적이고 민주주의적인 요소가 강했다는 점이다. 당시 두드러졌던 파시즘, 민주주의, 공산주의 등은 서로 얽혀 반목을 일삼았기 때문에 본질적으로 공존이 어려웠던 것이 사실이었다. 1941년 이후 국제사회에서 이데올로기적으로 반대 입장인 국가 간에도 동맹이 가능하게 했던 ‘적의 적은 우방’이라는 패러독스가 가능했던 것도 당시의 혼미상태를 대변하는 것이다.

‘파국의 시대’의 핵심적 내용은 다음과 같이 요약할 수 있다.

(i) 제1차 세계대전은 인류 역사상 유례 없는 총력전(Total War)이 시작된 시점이었다. 이때부터 전쟁 사상자 중 군인보다는 민간인의 숫자가 훨씬 많아진 대량학살의 시대가 되었고, 전쟁을 위한 대중동원은 전체 국민의 20% 이상을 포괄하게 되었기 때문이다.

(ii) 이 시대는 자본주의적이고 자유주의적, 부르주아적이면서 동시에 과학, 지식, 교육, 물질과 도덕의 진보로 상징, 추앙되던 서구문명의 붕괴를 의미한다.

(iii) ‘파국의 시대’에 속하는 기간 동안 사회주의를 지향하는 러시아혁명과 1918~1919년의 독일혁명 이외에도 장기간의 게릴라전을

통한 혁명의 가능성도 열렸고, 또한 자유주의의 몰락을 의미하는 파
시즘도 맹위를 떨쳤다.

(2) 황금시대 (The Golden Age: 1945~1973)

이 시대는 제2차 세계대전 이후 자본주의가 유례 없는 경제적 번
영을 구가한 시기다(제8장~13장).

선진자본주의국가들에서 대량실업은 사라졌고 빈곤은 크게 줄어
들었다. 여기서 홉스봄이 특히 강조하고 있는 사실은 소련이 제2차
세계대전에서 나치독일에 대한 승리에 결정적으로 기여함으로써 자
유주주의적 자본주의를 구제했던 것과 마찬가지로 전후에는 자본주
의에게 스스로 개혁할 자극을 제공함으로써 또 다시 서방자본주의를
구제했다는 기묘한 역설이다.

또한 홉스봄은 '황금시대'의 경제적 번영(제9장 황금시대) 자체보
다는 '황금시대'가 낳은 엄청난 사회적, 문화적 변동에 주목하고 있
다. 홉스봄은 제10장(사회혁명)에서 농민층의 급격한 감소, 고등교육
인구의 급증, 노동계급내의 변화, 노동인구 및 고등교육인구에서의
여성비율의 증가 등을, 제11장(문화혁명)에서 가족의 위기, 청년문화
의 부상, 前 자본주의적 유대의 쇠퇴 등을 검토하고 있다.

이러한 "인류역사상 가장 크고 가장 급속하고 가장 근본적인 혁
명"에 비하면 냉전의 역사(제8장 냉전)는 역사적 중요성이 훨씬 덜하
지만 '황금시대'와 '붕괴의 시대'를 한데 묶는 유일한 시대개념으로
보아 홉스봄은 중요하게 다루고 있다.

'황금시대'의 경제적 핵심내용은 다음과 같이 요약될 수 있다.

(i) 기술혁명과 포드주의(Fordism)에 따른 자동화는 세계인의
일상생활을 변화시켰다. 예전에는 부자들이나 가졌던 냉장고, 세탁

기, 자동차, 그리고 전화기 등이 이제 대중의 향유물이 되었다.

(ⅱ) 호황과 불황의 경기순환은 정부의 개입으로 온건화되었고, 대중적 실업은 이제 선진국에서 찾아보기 어렵게 되었으며, 절대적 빈곤은 복지제도와 소득증가로 해소되었다.

(ⅲ) '황금시대' 기간 중 제3세계에서는 지속적인 인구증가에도 불구하고 식량생산이 그를 앞질러 기아상태를 면할 수 있었고, 1960년대까지 소련의 경제성장률은 서구국가들보다 높았다.

(ⅳ) 인류의 대다수는 '황금시대' 기간 중 "선진화"와 "근대화"의 대열에 들어서게 되었다.

(3) 붕괴의 시대 (The Landslide: 1973~1991)

세 번째 시대이자 단기 20세기 역사의 마지막 시대에 대하여 홉스봄은 붕괴의 시대(산사태) 또는 "위기의 몇십 년(제14장: The Crisis Decade)"이라고 명명하고 있다. 이 시대는 저자의 표현대로 "이 책을 쓸 때 아직 끝나지 않은 시대"이며, 현재에도 진행 중인 시대라고 할 수 있다(제14장~제19장).

'황금시대'가 역사상 처음으로 단일한 세계경제를 창출했기 때문에 세 번째 시대의 위기는 전세계가 직면한 위기였다.

1980년대와 1990년 초반의 자본주의세계는 '황금시대'에 사라졌던 문제들, 예컨대 대량실업, 극심한 빈부격차, 심각한 주기적 불황 등에 다시 직면하였고, "현실사회주의"국가들은 1980년대 말과 1990년대 초의 붕괴를 향해 치달았으며, 부국들과 빈국들 사이의 경제력 격차는 갈수록 벌어졌다.

'붕괴의 시대'는 1973년 오일쇼크와 함께 시작되었다.

'붕괴의 시대'의 핵심내용, 즉 홉스봄이 이 시대를 '붕괴의 시대'로 파악하는 이유로 다음의 세 가지 측면을 강조하고 있다.

（ⅰ) 세계경제의 불안정성과 불확실성 심화

1983년 유럽공동체국가들의 실업률은 10%에 달했는데, 이러한 현상은 단순한 주기적인 것이 아니라 구조적인 문제를 드러낸 것이었다. 1980년대 이후 아프리카, 서아시아, 남미제국 역시 심각한 불황과 기아상태가 계속되었다. 공산권국가들도 1970년대부터 퇴보의 징후가 노골화되었다. 결국 동서진영의 위기는 정치, 경제에 의해서 총체적인 세계위기로 연결되었고, 이러한 위기는 전세계의 정부들을 통제 불가능한 "세계시장"에 의해 좌우되도록 만든 1970년대 이후의 경제적 세계화(globalization)에 근본적인 원인이 있다고 그는 보고 있다.

（ⅱ) 세계정치의 불안정성과 불확실성의 일반화

고르바초프의 페레스트로이카 이후 공산체제의 붕괴는 정치적 불확실성, 불안정성 그리고 혼란과 내전의 거대한 저수지를 형성하였고, 지난 40년간 국제관계를 안정시켜 온 균형을 파괴하였다. 따라서 국제체제의 안정성에 의지해 온 국제정치체제의 불안정성이 여지없이 노정되었고, 그동안 잘 기능해 온 선진자본주의국가의 의회 민주주의도 위기조짐을 보이고 있다. 또한 경기침체와 신자유주의 정부의 탄압에 의해 노동조합이 쇠퇴해 가고, 사회민주주의와 노동당 역시 그 중심 지지자세력이었던 노동자계급의 분열로 힘을 잃어 갔다.

(ⅲ) 사회적, 도덕적 위기

홉스봄은 세계경제와 세계정치의 불확실성보다 '붕괴의 시대'에 두드러지게 야기된 사회적, 도덕적 위기의 문제를 더욱 심각한 것으로 간주하였는데, 이는 바로 18세기 초반 이후 근대사회가 공유해 왔던 믿음과 가정의 위기로 표현되고 있다.

특기사항

이 책의 제목 및 구성자체가 암시하듯이 『극단의 시대』는 기본적으로 유럽인이 바라본 세계사이다. 3단계 시대구분과 그 제목의 상징성이 가장 잘 부합되는 지역은 역시 선진자본주의 세계 특히 서구사회일 수밖에 없다. 예컨대 '황금시대'는 선진자본주의 국가들의 '황금시대'일 뿐이었다. 독자의 한 사람으로 이 책의 내용에 관하여 몇 가지 특기사항을 열거하기로 한다.

(1) 홉스봄은 『극단의 시대』에서 '제3세계'를 집중적으로 다루고 있다. 제7장(제국들의 종식), 제12장(제3세계), 제15장(제3세계와 혁명) 등 제3세계를 중점적으로 다루고 있을 뿐만 아니라, 나머지 각 장에서도 해당 주제가 제3세계에 갖는 의미를 검토하고 있다.

(2) 홉스봄은 『극단의 시대』에서 민족국가 또는 민족문제의 중요성을 의도적으로 경시하고 있다. 그의 또 다른 저서인 『1786년 이후의 민족과 민족주의』에서 "민족주의는 인위적인 발명품"에 불과하다는 견해의 일관성에 기인한 것으로 여겨진다.

(3) 홉스봄은 자유주의경제의 전지구화를 토마스 홉스의 현대판 "Leviathan"으로 상정하고 있으며, 따라서 자본주의의 미래에 대하여 우리에게 우울한 진단을 제시하고 있다.

(4) 『극단의 시대』는 20세기를 관통하는 사회혁명과 문화혁명을 역동적으로 다루고 있다.

사회혁명과 관련하여 홉스봄은 20세기 후반부에서 가장 극적인 사회변화의 예로 (ⅰ) 전지구화와 농업의 구조재조정에 다른 농민의 급감, (ⅱ) 문맹률 감소와 교육의 폭발적 증가, 특히 대학교육의 확산과 대학생의 정치세력화, (ⅲ) 노동자의 혁명의식 내지 단결력의 약화 등을 들고 있다.

문화혁명과 관련하여서는 (ⅰ) 서구의 고전적 핵가족의 붕괴와 성(性)의 자유화 범람, (ⅱ) 사회에 대한 개인의 승리, (ⅲ) 청년문화와 대중문화의 확산, (ⅳ) 가족의 해체 등 사회적 그물망과 가치체계의 와해 등을 들고 있으며, 이들 속에 자본주의의 위기가 잠복해 있다고 경고한다.

(5) 홉스봄은 제3세계와 관련하여 한국의 경제성장 요인으로, 성공적인 토지개혁과 높은 교육열 등을 언급하고 있으며, 특히 급격한 사회적·경제적 변화에도 불구하고 옛 사회적 그물망과 관습들이 아직 해체되지 않는 것이 경제적 성공의 열쇠라고 주장하고, 한국과 일본의 낮은 이혼율을 그 본보기로 제시하고 있다.

새로운 천년기(千年期)를 향하여

홉스봄이 『극단의 시대』에서 지적하고 있는 경제성장의 정체(停滯), 국가재정의 위기, 그리고 급변하는 문화적 정체성(正體性)들은 선진자본주의 국가들에게 새로운 문제들을 야기하지만, 과연 '산사태: Landslide'라는 상징처럼 선진자본주의 국가들의 지반이 침식되고 있는가에 대하여는 의문이 제기될 수 있다. 특히 IMF 구제금융 사태 등 오늘날 외환 금융위기를 맞아 정치·경제·사회 등 국가질서 전체의 재편과정을 겪고 있는 동아시아 국가들에게 단기 20세기사 『극단의 시대』는 결코 낙관적인 전망을 제시하지 않고 있다.

그러나 홉스봄은 『극단의 시대』를 통하여 우리에게 필요한 상상
력과 통찰력을 부여하고 있다.

끝으로 일종의 묵시록적 분위기를 느끼게 하는 마지막 패러그래
프를 인용함으로써, 이 책을 읽는 과정에서의 지적 흥분과 열정, 그
리고 무지와 반성에 갈음하고자 한다.

"우리는 우리가 어디로 가고 있는지 모른다. 우리는 역사가 어떻게 우
리를 이 지점까지 몰고 왔으며, 왜 그러했는지를 알고 있을 뿐이다. 그러
나 한 가지는 분명하다. 인류가 인정할 수 있는 미래를 가지려고 한다면
그것은 과거나 현재를 연장함으로써 이루어질 수는 없다. 그러한 기반
위에서 세 번째 천년기(千年期)를 건설하고자 한다면 우리는 실패할 것
이다. 그리고 그 실패의 대가, 즉 사회를 변화시키지 못할 경우의 결과는
암흑뿐이다."

(『산은소식』 1999. 1.)

역사의 묵시록(黙示錄)

– 산은사료관을 열고 나서

21세기 첫 해인 2001년은 9 · 11 테러라는 미증유의 사태로 야기된 문명사적 긴장이 지속되는 가운데 인류 역사에 또 하나의 묵시록이 제시된 한 해로 기록될지도 모른다.

도대체 역사란 무엇인가?

사실인가? 의식인가?

존엄한 인간생명을 초개같이 여기는 저들의 신념, 인류의 문화유산인 바미안 석불(石佛)을 미사일로 파괴하는 저들의 엄숙한 행위 등은 거룩한 가르침(종교)의 화신인가? 광기에 연유한 열정인가?

역사의 주인은 사람인가? 이념인가? 민족인가? 권력인가?

역사는 시간 속에 존재하는가? 공간 속에 거주하는가?

이렇게 역사에 대한 의문부호는 예로부터 끝이 없었다.

필자가 '산은사료관'의 설립업무를 맡아, 사료관을 기획하고 사료를 수집, 선별하여 지난해(2001년) 12월 전시, 개관하기까지 품었던 한국산업은행의 역사에 대한 인식문제도 물음표의 연속에 다름아니었다.

산업은행 역사의 실체는 무엇인가?

사람인가? 업무인가?

전통인가? 개발인가?

손에 잡히고 눈에 보이는 유물 또는 하드웨어인가? 노하우 또는 소프트웨어인가?

사람과 자산과 건물은 물론 직장에 대한 사랑과 음주문화까지 고스란히 물려준 식산은행을 사료관에 어떻게 담아낼 것인가?

이제 곧 몇 년 지나 2004년이면 한국산업은행은 창립 50주년을 맞게 되고, 그 반세기의 역사 저쪽에는 36년의 식산은행(1918~1950: 조선식산은행, 1960~1954: 한국식산은행)이라는 전사(前史)가 있고, 또 그 위에는 식산은행의 전신인 6개 농공은행(1906~1918) 12년이 있으며, 특히 그 중 하나인 한호(漢湖)농공은행의 본점건물이 산업은행의 을지로 사옥이 되었는데, 이들의 역사를 얼마나 취급 또는 외면해야 할 것인가 하는 고민도 없지 않았다. 왜냐 하면 농공은행 이후 거의 100년의 역사는 이 땅의 금융발달사 그 자체이며 그 중심에는 언제나 식산은행과 산업은행이 자리하여 왔기 때문이다.

사료관 설립과 관련하여 봉착한 또 다른 어려움은 그동안 본점과 지점들의 잦은 이전과 클린 오피스 운동 등에 연유한 사료의 유실과 망실로 인한 수집의 애로에만 있는 것이 아니라, 우리들의 역사에 대한 무지와 무관심이 너무 오랫동안 깊고 두텁게 쌓여 왔다는 점이었다. 그러나 정기적으로 편찬, 발간되어 온 연사(年史), 조사부의 각종 간행물, 창립기념 앨범, 사보 등에 소중한 자료나 사진 등이 조금씩이라도 실려 있었기에 사료관의 씨줄과 날줄을 엮어갈 수 있었다.

본래 산업은행의 업무와 성격, 역사 등이 다른 은행들과는 달리 특수하면서도 복잡하고 다양한 만큼 사료관에 표현해야 할 역사에 대한 정보의 질과 양이 특별해야 할 것이라는 중압감에 시달리는 가운데, 사료관을 통하여 산은인의 체취와 독특한 산은문화 그리고 한국역사 속에서의 산은의 역할을 이해하고 느낄 수만 있다면 하는 바람으로 내용을 기획, 구성하였다.

'산은사료관'에는 400장이 넘는 사진과, 7,000명에 육박하는 산은인의 이름이 들어 있다. 특히 장엄한 백두산 천지를 배경으로 1954년부터 2001년까지 산업은행에 몸담았던 모든 산은인의 이름들을 새김으로써, 통일 후 북한산업의 개발을 선도하게 될 산은의 꿈과 의지를 나타내고자 하였다. 그러나 '산은인의 합창'으로 불리어지는 이 산은인의 벽화는 개관 당일 내방한 70여 명의 산은동우회 원로선배님들이 보여준 반응과 감동으로 인해 기획자인 필자의 의도와는 전혀 다른 역사적(?) 해석을 낳게 되었다. 본인들의 이름뿐만 아니라 이미 작고하신 선배, 동료, 친구들의 이름을 발견하고 감회에 젖어드는 그분들의 물기어린 눈망울 속에는, 몇 권의 대하소설로도 다 소화할 수 없는 각자의 인생사와 산업은행의 역사와 더불어 같은 숨을 쉬어온 시대사가 어찌 녹아 있지 않을 것인가?

역사란 설명이 필요한 객관적 대상이 아니라, 개인의 사관에 따라 달리 해석, 평가될 수 있는 일종의 묵시록일지도 모른다. 당대를 경악시킨 사건이든 형해화(形骸化)된 흔적이든 역사는 말이 없고, 오직 그 이름만을 남길 뿐이 아닐까?

다만 그것이 사람이나 또 다른 무엇의 이름이라 할지라도 나중에 오는 이들에게 무언의 함성이거나 기도는 노래가 되어 살아나기도 할 것이기 때문에….

(어느 원로 선배님의 증언에 따르면 「산은인의 합창」 코너 1954년도에 새겨진 함기용(咸基鎔) 씨라는 분은 산은(식은) 육상부 출신으로서 1950년 4월 20일 미국 보스턴 마라톤대회에서 한국선수가 1, 2, 3위를

차지하는 쾌거를 달성하였을 때 바로 우승을 차지한 장본인이라고 한다.
1950년 동아일보에 의하면 1착 함기용, 2착 송길윤, 3착 최윤칠이었으
며, 한국 스포츠사상 보기 드문 그 위업은 그해 북의 남침에 의한 6.25
동란의 발발로 말미암아 역사의 뒤안길에서 빛이 바래져 국민들에게 많
이 알려지지 못했던 것으로 추정된다. 필자 註).

(『산은소식』 2002. 1.)

이 세상에는 길이 많기도 하다. 산길만 해도 호젓한 오솔길이 있고, 진달래 흐드러진 비탈길이 있고, 가파른 바윗길도 있다.

강에는 물길, 바다에는 바닷길, 하늘에는 하늘길, 들에는 들길이 있고, 장사에도 상도(商道)가 있고, 힘들이 다투는 장(場)에는 권도(權道)가 있다.

희고 검고, 크고 작고, 넓고 좁고, 곧고 구부러지고, 깨끗하고 더럽고— 또한 흙먼지길, 황토길, 진흙탕길, 자갈길이 있는가 하면, 탄탄대로(坦坦大路)도 있고 끊어질 듯 이어지는 잔도(棧道)도 있다.

제 길을 잠시라도 이탈하여 외도(外道)를 걷게 되면 패가망신의 지름길이 되기도 하고, 조금이라도 빨리 가려고 사잇길을 무리하게 가다가는 십리도 못가서 발병 나기도 한다.

제**2**부

길 이야기

길 이야기

〈1〉

무슨 무슨 리스트가 있다고 하더니만 이제는 아무개 게이트로 진화하고 있다.

게이트 하면 미국의 워터게이트만 있는 줄 알았는데, 최근 10여 년을 지나는 동안 우리나라가 각종 문(門: 게이트)을 가장 많이 생산하는 나라가 되었다. 어느 나라건 절대 수입할 리 없는 값비싼 대문(大門) 말이다.

우리나라 대통령을 지내신 한분은 당선 이전이나 재임 중에도 "대도무문(大道無門)"이라는 휘호를 즐겨 하시었다고 한다. 큰 길에는 문이 없다! … '큰 길에 문을 달려면 공사하기도 어렵고 여간 귀찮은 일이 아니라서 그런가 보다'라고 생각해 보기도 했지만, 큰 길, 즉 대도(大道)의 본래의 뜻이 바른 길, 즉 정도(正道)라서, 사람이 정도를 걸어가면 잠시라도 부끄러운 부분을 숨길 문이 필요 없고 무슨 게이트도 생기지 않는다는 뜻이라는 것을 최근에야 나름대로 이해하게 되었다.

그러나 큰 길이든 똑바로 난 길이든 우리나라에는 게이트가 많이 생긴 것은 사실이다. 온 국토를 가로 세로로 길을 뚫어 놓고, 중요한 길목마다 관문(關門: 톨게이트)을 만들어 놓고 합법적으로 돈을 뜯어

내고 있다.

우리 사회에 문이 없는 길을 걷거나 보기란 정말 어려운 것일까?

〈2〉

살아오면서 "길"이란 관문에 막힌 적이 한두 번이 아니라서 그런지, 아직도 '길'은 가장 난해한 언어이다.

'길이 아니면 가지를 마라'고 하고, '아는 길도 물어가라'고 한다.

'가지 않은 길'에 감동을 받았는가 하면, '길 없는 길'에서는 경허(鏡虛) 스님이 걸었던 길을 지도에 표시해 보기도 하였다.

김구(金九) 선생이 좌우명(左右銘)으로 삼았다는 다음과 같은 서산대사(西山大師)의 게송을 읽고서는 한 사나흘간 구부정한 어깨를 세워 똑바로 걷는 연습을 하기도 했는데, 당연히 작심삼일(作心三日)에 그쳤다.

눈 온 들길을 걷는 나그네여
갈팡질팡 걷지 말라
오늘 그대의 발자국은
뒷날 후인의 이정표가 되리라

踏雪野中去　不須胡亂行
今日我行跡　遂作後人程

〈3〉

이 세상에는 길이 많기도 하다. 산길만 해도 호젓한 오솔길이 있고, 진달래 흐드러진 비탈길이 있고, 가파른 바윗길도 있다.

강에는 물길, 바다에는 바닷길, 하늘에는 하늘길, 들에는 들길이 있고, 장사에도 상도(商道)가 있고, 힘들이 다투는 장(場)에는 권도(權道)가 있다.

희고 검고, 크고 작고, 넓고 좁고, 곧고 구부러지고, 깨끗하고 더럽고— 또한 흙먼지길, 황토길, 진흙탕길, 자갈길이 있는가 하면, 탄탄대로(坦坦大路)도 있고 끊어질 듯 이어지는 잔도(棧道)도 있다.

제 길을 잠시라도 이탈하여 외도(外道)를 걷게 되면 패가망신의 지름길이 되기도 하고, 조금이라도 빨리 가려고 사잇길을 무리하게 가다가는 십리도 못가서 발병 나기도 한다.

또 남이 부러워하는 출셋길이 있는가 하면, 퇴출의 비애를 맛보는 영락(零落)의 길도 있고, 죽는 길이 사는 길이 되고 사는 길이 죽는 길이 되기도 하는 운명의 작란(作亂)이 지배하는, 사람으로서는 불가해(不可解)한 길도 있다.

길이 하도 많아서인지 또는 자신이 걸어야 할 올바른 길을 찾기 위해선지는 몰라도 공자께서는 "아침에 길을 들어 알게 된다면, 저녁에 죽어도 좋으리라"(朝聞道, 夕死可矣: 論語 里仁 제8장)고 하였다. 정말 어려운 말이다.

요한복음 제14장 6절은 "예수께서 이르시되 내가 곧 길이요 진리요 생명이니 나로 말미암지 않고는 아버지께로 올 자가 없느니라"라고 선언하고 있다. 정말 엄청난 말씀이다.

'길'교(教)의 시조(始祖) 노자의 "도덕경(道德經)" 제1장에서는 "말할 수 있는 길은 불변의(영원한) 길이 아니고, 명명할 수 있는 이름은 불변의(영원한) 이름이 아니다"라고 했는데, 수십 번을 읽어도 정말 모르는 말이다.

길을 찾기도, 자기가 찾은 길을 제대로 찾아가기도 쉽지 않다고

들 말하지만, 요새는 내비게이션이 하도 잘 발달해서(특히 하늘에서
잘 쏴줘서) 길을 찾아 헤매는 사람들이 별로 없다고 한다. 특히 보행
자를 위한 내비게이션까지, 그것도 손바닥(핸드폰) 안에 쏙 들어와서
안내해 준다니까….

〈4〉

한 40년 저쪽의 세월에, 엿판을 지고 길을 찾아 길 떠나는 친구
를 따라 길을 헤맨 적이 있었다. 처음에는 출가하려는 친구를 만류,
설득할 수 있을 것이라는 자신감과 길이 막혀 방황하던 시절의 자학
적인 오기가 발동하여 발길 닿는 데로 함께 걷고 또 걸었다. 포장된
도로도 없었고, 지도도 시계도 없었다. 둘이서 알고 있는 모든 노래
를 악을 써가며 불러보기도 하고, 하루 종일 싸운 듯이 한마디 말도
안하고 견디기도 하였다.

5일장이 서는 날 읍내에서 엿을 사서는 이름 모를 산골마을의 어
린이들에게 나눠주기도 하고, 화전민(火田民)을 만나 끼니를 얻어먹
고 50원짜리 지폐를 주었더니 옥수수를 한보따리 주는 바람에 인근
마을에 내려와서는 잠시 도둑질한 것으로 오해받기도 하고….

상여집이나 성황당 또는 강가에서 새우잠을 자기도 하고, 폭양이
내려쬐는 가로수 없는 자갈길과 키만큼 자란 풀섶 길을 칡넝쿨을 다
리에 칭칭 감고(뱀에 물릴까 봐서) 헤치고 지나기도 했다. 밤하늘에 총
총한, 쏟아지는 수많은 별, 개구리 소리보다 더 선명한 풀벌레 소리,
이슬 내린 상쾌한 새벽길, 산등성이에 해가 솟아오르기 직전, 그 작
은 빛살의 속삭임….

바람이 불면 살짝 보여주는 야릇한 나뭇잎의 배면(背面)에 눈이
자주 갈수록, 친구와의 헤어져야 할 갈림길이 점점 가까워졌다. 나뭇

잎이 등을 돌릴 때, 친구는 이른바 실상(實相)의 길을 찾아 빈 엿판을
지게에 지고 산으로 떠났다. 그 길로 친구는 속리산(俗離山)의 어느
절에 출가하였으니, 법랍(法臘)이 40은 족히 넘었으리라.

　－ 속리산 하면 해운(海雲) 최치원(崔致遠)의 시구(詩句)를 빼먹고
그냥 갈 수는 없으리라.

　　길은 사람을 멀리하지 않는데
　　사람이 길을 멀리 하고

　　산은 세속에서 떨어지지 않는데
　　세속이 산을 벗어나려 하누나

　　道不遠人人道遠
　　山非離俗俗離山

　　〈5〉

　　눈길에 서서
　　먼 산을 바라본다
　　지금은 아득하기만 한 저 산이
　　길을 떠날 때에는
　　금방이라도 손에 잡힐 듯이 손짓했었지

　　새벽길은 어깨 위로 부서지는 바람으로 시작되고
　　먼동이 트는 하늘가로 천랑성(天狼星)이 꼬리를 감추자

아쉬움도 그리움도 삼키며 눈보라가 길을 숨겼지
길은 끊어진 듯 이어지고
저 산모퉁이 지나 기다리는 새 길에는
반짝이는 강물이나 바다가 보이는 언덕이 있을까

눈길에 서서
사랑하는 이름들을 뇌어본다

강물도 바다도 다 담겨 있는 그윽한 눈길 그리며….

   – 졸시 「눈길에 서서」 전문

(2009. 4.)

나이 이야기

〈1〉

　근년에 들어 각종 경조사에 참석하는 빈도가 부쩍 늘어나고 있다. 그럴 나이가 되었다고 다들 말한다. 특히 조문(弔問)을 가게 되면 상주(喪主)에게 의례적인 인사말로 고인의 나이를 물어보고 그에 맞는 적당한 위로의 말을 건네는 것이 상례이다.

　그런데 요사이는 향년(享年) 팔십대가 보통이고 구십을 넘긴 분들도 꽤 많은 편이라서 칠십대 후반에 돌아가신 분들에게 장수(長壽)하셨다든가 또는 호상(好喪)이라고 상주에게 말했다가는 결례가 될 정도로 한국인의 수명이 늘어나고 있다.

　구구팔팔이삼사(九九八八二三死)(아흔아홉까지 팔팔하게 지내다가 이삼일 만에 이승을 하직하자!)라는 한국 중년들의 건배사(乾盃辭)는 더 이상 희망가(希望歌)나 구호(口號)가 아닌 현실이 되고 있다.

　한국은 먹고살 만한 나라 중에서 가장 빠르게 출산율이 저하되고 있을 뿐만 아니라, 고령화(＊ 총인구 중에서 65세 이상의 노인인구의 비중이 높아 사회·경제적으로 많은 변화와 충격이 예상되는 연령구조의 기형적인 현상)의 진행속도와 평균수명의 증가속도가 가장 빠른 나라에 속한다고 한다.

　노인인구는 갈수록 늘어나고 젊은 세대의 인구가 차츰 차츰 줄어들게 되면, 정치, 경제, 사회, 문화 등 국가전반에 걸쳐 중·장기적으로 엄청난 영향을 미치게 되어 한국사회에 일대 대변혁을 초래하게 될 것이다.

전 유엔 사무총장 코피 아난(Kofi Anan)은 "고령화는 세계경제의 시한폭탄"이라고 연설한 적이 있었다. 영국의 저널리스트이자 경제학자인 Paul Wallice는 "고령화는 진도 9의 지진과 같은 충격을 세계경제에 줄 것"이라고 경고한 바 있다.

그럼에도 불구하고, 세계경제와 한국의 미래를 걱정해서, 또는 다음 세대나 후손들의 부담을 들어주기 위해, 노인들이 자진해서 저승으로 빨리 갈 리도 없고(* 노인이 '내가 빨리 죽어야지'라고 하는 말은 '세계 3대 거짓말'에 들어간다고 하니까), 전 세계적으로 '고려장(高麗葬)' 제도를 만들어 시행할 수도 없는 노릇이다.

누구나 나이를 먹으면(아무리 먹기 싫어도) 노인이 되는 법(세계 공통으로 적용되는 가장 강력한 효력을 지닌 법)이다. 그러나 "아니다! 나이는 숫자일 뿐이다!"라고 외치면서 젊은이들보다 더 멋있고 건강하게 열정과 낭만을 구가하는, 나잇값을 안 하는(못하는 것이 아니라) 약간 덜떨어진(?) 노인들도 늘어나고 있다. (아마 내 친구들도 대체로 그러하리라….)

〈2〉

나이에 어울리는 삶을 살아야 한다는, 나이에 맞는 사고와 행위를 해야 한다는 옛사람들의 가르침이 아직도 우리의 일상생활 속에 조금은 남아 있는 것 같기도 하다.

노인에게는 성현들이 노욕(老慾), 노추(老醜), 노괴(老怪)를 경계했는데, 요즘도 팔십이 넘은 나이에도 별별 일에 다 나서서 감 놔라 배

놔라 하며 주책을 부리는 몇몇 과거 정상급 노인네들을 보면 민망해 보이기도 하고, 속으로 욕을 하기도 한다.

젊은이들에게는 그에 맞는 패기와 도전정신과 탐구심이 있어야 한다. 그런데 우리 사회에는 나이에 어울리지 않게 규격화된 애늙은 이들을 많이 보게 되는데, 천재성을 뛰어넘은 그 조숙증에 걱정이 뒤따른다는 느낌을 갖는다.

인생은 나이로 구성된다고 할 수 있다(피타고라스적인 입장에서는 인생은 숫자로 이루어진다!). 그래서인지 옛사람들이 나이에 대해 붙인 이름도 가지가지이다. (* 유식한 척하는 것을 용서하시라!)

우선 다들 알고 있는 바와 같이 논어(論語)를 출전(出典)으로 하는 지학(志學: 15세), 이립(而立: 30세), 불혹(不惑: 40세), 지천명(知天命: 50세), 이순(耳順: 60세)이 있다. 또한 인생칠십고래희(人生七十古來稀: 사람은 옛날부터 70세까지 사는 예가 드물다)라는 지금은 실효된 말에서 유래한 고희(古稀) 또는 희수(稀壽)(70세)도 있다.

남자 나이 20세를 약관(弱冠)이라 하고, 스무살 전후의 꽃다운 여자의 나이는 방년(芳年) 또는 방령(芳齡)이라고 불렀다. 61세를 회갑(回甲), 환갑(還甲), 갑년(甲年)이라 하고, 62세를 진갑(進甲)이라고 해서 별도로 잔칫상을 받았지만, 지금 회갑, 진갑 찾아먹는 사람은 원시인 취급을 받는다.

80세를 산수(傘壽)라고 하고, 망구(望九)라고도 불렀는데, 나이 80이면 나이를 우산으로 가려야 한다, 즉 집안일이나 사회 일에 간여하거나 나서지 말라는 뜻이다. 八十을 포개면 우산 산(傘) 자의 약자(略字)가 된다는 것도 재미있고, 할망구라는 여자노인에 대한 비칭(卑稱)도 망구(望九)에서 비롯된 것이다.

90세를 졸수(卒壽)라고 하고, 망백(望百)이라고도 하는데, 이는 구십을 넘으면 나이를 졸업했기에 90세 이상 되면 나이를 자랑하거나 세지 않는다는 뜻이다. 九十을 포개면 졸업 졸(卒) 자의 약자이다. 다만 99세만은 백수(白壽)라는 영광스런 이름이 주어졌으니' 일백 백(百)자에서 한 一자를 빼면 흰 백(白) 자가 되기 때문이다.

또한 88세를 미수(米壽)라고 하고, 77세를 희수(喜壽)라고 하고, 66세를 미수(美壽)라고 불렀는데, 이는 파자(破字) 또는 약자(略字)에서 연유했지만 다 나름대로 나이에 맞는 교훈적인 뜻이 내포되어 있다. [* 쌀 미(米) 자는 파자(破字)하면 八十八이 되고, 七十七을 포개면, 기쁠 희(喜) 자의 약자, 六六을 포개면 아름다울 미(美) 자의 약자이다.]

상수(上壽)라고 부르는 100세를 넘어 108세를 다수(茶壽)라고 불렀는데, 이는 백팔번뇌를 끊은 신선의 나이를 의미하며, 차 다(茶) 자를 파자하면 108이 된다.

어느 상가에서 나이 이야기가 나와 좀 유식한 척을 해볼까 하고 망설이고 있었는데, 좌중의 어느 선배가 "우리 나이 66세를 무엇이라고 부르는 줄 아는가?"라고 물었다. 옳거니 하고 '아름다울 미(美)자 미수입니다'라고 나서려는 찰나에 다른 선배 한분이 먼저 "지공(地空)! 남자는 지공거사(地空居士), 여자는 지공보살(地空菩薩)"이라고 대답하였다.

"아! 그것은 불교에서 유래된 것입니까? 어느 경전에 나옵니까?"라는 안타까운 지식욕(?)에 대한 한 선배의 가르침은 "지공이란 지하철 공짜"란 뜻!!!

〈3〉

나이에 대한 이런 저런 생각을 하다 보니까 '나이란 무엇인가'라는 기본적인 의문이 솟아난다.

나이란 숫자인가?

인생이 나이의 주인인가? 나이가 인생의 주인인가?

영국의 호반시인 워즈워스(William Wordsworth: 1770~1850)의 「무지개」라는 시 속에서 해답을 혹시 찾을 수 있을지도 모르겠다.

무지개

하늘의 무지개를 볼 때마다
내 가슴 설레느니,
나 어린 시절에 그러했고
다 자란 오늘에도 매한가지,
쉰 예순에도 그렇지 못하다면
차라리 죽음이 나으리라.
어린이는 어른의 아버지
바라노니 나의 하루하루가
자연의 믿음에 매어지고자.

(2009. 3.)

이방인들과의 노래에 얽힌 추억

지난 북경올림픽 개막행사를 TV로 시청하면서 느끼고 감동 받은 장면이 많았지만(나중에 알려지기로는 어린 소녀의 노래는 립싱크였고, 북경하늘을 장엄하고 화려하게 수놓은 불꽃들은 컴퓨터그래픽이었다지만), 세계인이 올림픽이라는 지구촌 인류의 축제에 함께 춤추고 환호할 수 있는 공감적 토대는 바로 음악, 즉 노래일 것이라고 단언해 본다.

오래 전의 개인적인 얘기이지만 '노래는 인간의 보편적 언어'라는 명제의 참뜻과 그 감동을 절실하게 느껴본 경험이 아직도 가슴 한 구석에 남아 있다.

1988년 서울올림픽이 개최되는 기간을 포함하여 약 6개월 동안 독일에서 중국인 4명, 탄자니아인 1명, 폴란드인(여성) 1명과 연수생활과 여행을 함께 하면서 재미있는 추억과 교분을 쌓은 적이 있었다. 이들 이방인들보다 나이가 많은 탓으로 내가 일종의 조장 역할을 하게 되었는데, 체제와 문화의 차이뿐만 아니라 언어의 장벽으로 인하여 상호간 의사소통이 어려웠으며, 연수 초기에는 같은 숙소(모두 독방에서 자취)를 드나들면서 마주쳐도 인사하는 것마저 서로들 어색해 할 정도였다.

독일어를 잘하고 영어도 조금 하는 키는 작았지만 얼굴은 예뻤던 마리아라는 30대 초반의 폴란드여인(미혼)은 중국인들과는 인사도 건네지 않으면서(같은 사회주의국가인데 왜 그럴까라는 의문이 들었다) 탄자니아에서 온 키 큰 검은 친구(기혼)와 항상 함께 어울리며 다녔다. 나는 점심시간에 여러 번 그 두 사람이 구내식당에서 식사하는 테이블에 의도적으로 함께 앉아 대화를 시도하여 조금씩 친밀도를 넓혀 갈 수 있었다.

영어를 조금 하고 독일어는 전혀 모르는 흑인청년에게는 헤밍웨이의 소설로 영화로도 나온 '킬리만자로의 눈'에 대하여 아는 체하였는데, 그는 정작 아직도 눈을 본 적도 만져본 적도 없다고 하였다. snow라는 단어는 알지만 전혀 그것이 무엇인지 실감나지 않는다는 것이었다. 나중에 연수가 끝날 즈음 눈이 많이 내리고 쌓이던 날 저녁, 그 친구가 눈을 만지며 펄쩍펄쩍 뛰는 모습은 마치 아직 길들이지 않은 검은 망아지를 연상케 하였다. 어느 날 나와 친해진 그가 고향에 사가지고 갈 물건목록(밭에 돌아가며 물을 뿌리는 스프링쿨러와 몇 가지 공구)을 보여주면서 도움을 요청하였다. 내가 아는 교민을 통해 그러한 물건을 구입할 수 있는 상점을 알아보고 '아프리카의 미남'의 금의환향을 준비하는 데 동행해 주었는데, 연수가 끝난 후 헤어질 때 정말 고맙다는 진심어린 인사를 받아 가슴이 뭉클해졌었다.

마리아는 어깨에 제법 큰 가방을 맨 채로 한손에는 항상 책을 들고 다녔는데, 어느 날 독일어판 도스토옙스키 소설집을 들고 있어서 약간 아는 체를 하였다. 그녀의 반응은 아시아에서 온 녀석이 도스토옙스키를 어떻게 아느냐는 듯이 의아해 하는 것이었다. 나는 그 책에 수록되어 있는 '도박사'를 비롯하여 그녀가 아직 읽어보지 못했다는 도스토옙스키의 진정한 대표작 『악령』의 주인공 이름(스따브로긴, 샤도프, 끼릴로프 등)까지 들먹이면서 기선을 제압하고는, 작품을 잘 알지는 못하고 이름만 겨우 기억해 낸 폴란드의 저항시인 안토니 슬로님스키, 알렉산드 바트, 그리고 폴란드의 대표적 민족시인 즈비그니에프 헤르베르트까지 주워섬김으로써 그 오만했던 '바르샤바의 여인'을 경악시킨 나머지 '한국인'에 대한 존경심까지 이끌어 내기에 이르렀다.

　　중국인 4명과는 비교적 빨리 수월하게 친해질 수 있었다. 서로가 모자란 영어, 독일어에다 한자의 필담으로 보완하면서 어느 정도 의 사소통이 가능하였다. 그들은 항상 외출이나 쇼핑 등에도 행동을 같 이하였으며, 독일에 와서 장만한 외투와 카메라도 모두 같은 제품이 었다. 그들 중 나이가 가장 젊고 남경대학 경제학과를 나왔다는 인민 건설은행의 양(楊)이라는 친구가 가장 영민하다는 느낌을 받았는데 (나중에 그가 인민건설은행의 고위직에 올랐다는 소식을 들었다), 그는 내 가 중국의 고전과 역사, 문학 등에 관하여 아는 체하는 것에 자극을 받아 몇 차례에 걸쳐 나의 '구라'가 진짜인지 가짜인지 테스트해 왔 다. 번번이 그들이 쳐놓은 문제의 그물을 잘 빠져나갈 뿐만 아니라, 그 들 가운데 바둑 잘 둔다는 친구와의 바둑시합도 나와는 상대가 되지 않아(나는 1급인데, 그는 5-6급 수준) 그들로서는 은근히 국가적(?) 자존 심이 상하였을 터였다. 마침내 그들은 나와의 '최후의 결전'을 모의하 여 1:4의 시합을 요청하여 왔는데, 내가 이기면 나를 '따꺼'(大兄)로 모시겠다는 조건이었다. 그것은 수호지에 나오는 108호걸들의 이름 또는 별호(別號)를 제시하면 별호 또는 이름을 알아맞히는 게임이었 다. 나는 속으로 쾌재를 부르면서(나는 자칭 수호지박사였다) 당시 가지 고 간 옥편을 사용해도 좋다는 양해를 받은 후 이른바 중국인 4명을 상대로 '프랑크푸르트 대첩(大捷)'을 거두었다. 그들은 돌아가면서 중 국 동요에 나오는 표자두 임충이나 흑선풍 이규, 화화상 노지심, 행 자 무송, 소리광 화영, 벽력화 진명 등 천강성 36명 가운데 일부만을 알고 묻는 데 그치지만, 나는 그 당시까지만 해도 천괴성 호보의 급 시우 송강, 천강성 옥기린 노준의, 천기성 지다성 오용, 천간성 입운 룡 공손승, 천용성 대도 관승, 천수성 혼강룡 이준, 천속성 신행태보 대종, 천교성 낭자 연청 등 천강성 36명 외에도 지괴성 신기군사 주무 등 지살성 72명의 별호와 별이름까지 거의 다 줄줄이 꿰고 있던 터라, 전투는 일찌감치 4명 모두 일제히 포권하며 '따꺼'하고 외치는 것으로 끝이 났다.

이렇게 조장의 넓은 오지랖 덕분인지 7명이 모두가 서로 친숙해지자 저녁식사 후 각자의 방으로 초대하여 차를 마시거나 맥주를 마시면서 시간을 보내는 기회가 잦게 되었으며, OJT 연수차 다른 도시로 함께 여행하는 경우도 몇 번 가지게 되었다. 그러나 여전히 언어소통이 원활하지 못한 탓으로 우리들이 나눌 수 있는 대화의 내용과 수준은 제한적일 수밖에 없었다. 그러던 어느 날 제법 긴장했던 공동과제를 끝내고 모두가 홀가분한 기분으로 한잔씩 하는 자리에서 한국에서는 이런 파티에서는 꼭 노래를 해야 한다며, 각자 돌아가며 한 곡씩 부르자고 제안하였다. 놀랍게도 한 사람도 꽁무니를 빼지 않고 모두들 노래를 열심히 너무나 잘 부르는 것 같았다. 이를 계기로 우리들은 함께 모여 분위기 좋은 곳이면 노래를 통하여 풍성한 대화와 친분(나 빼고 나머지 6명은 간혹 춤도 추었다)을 쌓아 갔다.

가사도 이해하지 못하고 가락도 달랐지만 노래는 체제와 국적의 장벽을 넘어 우리 이방인들의 자유와 순수의 공감지대에 메아리되어 울려 퍼졌다.

중국인 장(蔣)이 맑고 청아한 음색과 고음에서의 멋진 바이브레이션으로 자기 고향 민요를 열창할 때에는 모두가 숨을 죽였고, Mr. 탄자니아가 자기 고국의 노래 「밤비레마와」를 춤을 추면서 부를 적이면 모두가 박수를 치고 흥에 겨워 같이 춤을 추었다. '바르샤바의 여인' 마리아는 우리가 알 수 없는 오페라의 아리아 몇 소절을 소프라노로 뽑고 나서는 앵콜송으로 꼭 폴란드 국민가요를 한 곡씩 불렀는데, 애조 서린 곡조 때문에 분위가 숙연해지거나 가끔씩 일행들의 눈물을 찔끔거리게 한 적도 있었다.

어느 날 마리아가 부른 폴란드 노래가 너무 감동적이고 그 가락도 우리 한국인에게 친숙한 것 같아 기회가 있을 때마다 그 노래를 청하고 가르쳐주기를 부탁하였더니 오히려 먼저 한국 노래를 가르쳐 달라는 것이었다. 나는 6명의 이방인들에게 비교적 쉽고 같은 곡조이면서 가사가 다른 「달아 달아 밝은 달아」는 중국친구들에게, 「새야 새야 파랑새야」는 탄자니아 청년과 폴란드 처녀에게 각각 한국말로 겨우 1절만 따라 부르게 하고, 그 뜻을 설명하느라 진땀을 흘렸다.

달아 달아 밝은 달아
이태백이 놀던 달아
저기 저기 저 달 속에
계수나무 박혔으니

옥도끼로 찍어내어
은도끼로 다듬어서
금도끼로 집을 짓고
양친부모 모셔다가

천년 만년 살고 지고
천년 만년 살고 지고

　－ 「달아 달아 밝은 달아」 전문

새야 새야 파랑새야
녹두밭에 앉지 마라

녹두꽃이 떨어지면
청포장수 울고 간다

새야 새야 파랑새야
너 어이 나왔느냐
솔잎 대잎 푸릇키로
봄철인가 나왔더니
백설 펄펄 흩날린다
청송녹죽 날 속였네

새야 새야 파랑새야
만수무연 풍년새야
너 뭣 하러 나왔느냐
여름인가 나왔더니
온갖 풀이 날 속인다

연잎 대잎 푸르길래
새봄인 줄 알았더니
백설 펄펄 휘날리고
동지섣달 분명하다

─「새야 새야 파랑새야」 전문

마리아는 너무나 쉽게 우리 가락을 익히고 나중에는 혼자서 한
국어로 노래를 잘 불러 감탄을 자아내기도 하였는데, 내가 가르쳐준
곡조가 무언가 폴란드인에게 친숙하다는 느낌을 준다고 하는 것이었
다. 외세의 침략을 많이 받은 비극적인 역사를 갖고 있는 폴란드의

역사와 문화 그리고 국민들의 정서가 우리 한국과 적지만 일부 유사한 점이 있는 까닭일 것으로 미루어 짐작하였다.

이런 저런 곡절 끝에 마리아와의 몇 번에 걸친 단독 인터뷰 또는 데이트(?)를 통하여 그 애절한 폴란드의 노래 가사와 가락을 불충분한 상태지만 채집을 하게 되었다. 가락은 가슴 속에 담아두었으며, 가사는 그녀의 열성적인 설명(독일어와 영어)에 힘입어 그 뜻만을 영어로 옮길 수 있었다. 4절까지 있는 이 슬픈 폴란드 독립운동 가요의 제목(그녀는 정확한 제목을 모른다고 함)을 나는 「폴란드 빨치산의 노래(Poland Partisan Song)」라고 임시로 명명하고 한국에 돌아가면 한국어로 노랫말을 번역하고 악보도 복원해 보겠다는 야무진 꿈도 꾸었으나, 오랜 세월이 지난 지금 그때 가슴 깊이 묻어두었던 노래의 가락과 감동이 제대로 살아나기를 기대한다는 것은 아무래도 무리일 것이라는 생각이 든다.

그 노래의 영어 노랫말 내용은 대충 다음과 같다.

1. I can't come today to you

    I must go now in the darkness of the night

    Don't look for me through the window

    Your look will be drawn in the fog

2. You need not to know

    I am going to sleep in the forest

    I can't stay here

    There is waiting for me woody brother(company)

3. When I won't come back
   In the spring my brother should sow in my field
   My bones they will be grown with moss
   They will dung a proud piece of the earth

4. Go then on one morning to the field
   Put your hand on the bandle of rye
   And kiss it as a lover
   I will live in the corn—stalks(stems)

(2008. 9.)

나를 감동시킨 그 한마디

〈1〉

　'책을 읽다가 문득 저자와 한마음이 되는 구절, 혼자 흥얼거려보는 노랫말이 가슴을 적실 때, 정다운 사람과 감동을 주고받았던 그 한마디, 아니면 책상 앞에 붙여놓고 좌우명으로 삼는 그 한마디에 얽힌 사연'에 관한 원고청탁을 편집자로부터 받았다.

　나뿐만 아니라 누구나 지금까지 살아오는 동안 '나를 감동시킨 그 한마디'가 어찌 한둘이겠는가? 학교수업이나 강의 중에서, 책에서, 노래에서, 영화나 드라마 속의 대사에서 또는 대화, 연설, 설교, 설법 등 우리의 삶 곳곳에 감동과 깨달음의 옹달샘이 솟아나고 거기에서 인생에 의미와 활력을 가져다준 작지만 큰 울림들— '나를 감동시킨 그 한마디'는 아직도 우리들 각자 모두의 가슴 속에 살아 있을 것이다.

〈2〉

　중학교에 입학했을 때 영어 선생님이 칠판에 크게 'Boys, be ambitious!(소년들이여, 야망을 품어라!)'라고 적어놓고 몇 번이고 따라 읽게 한 뒤에 어린 우리들에게 "모름지기 뜻을 크게 가져야 한다”고 역설하시던 장면이 아직도 눈에 선하다. 세월이 많이 흘러 내가 어른이 되어 율곡(栗谷) 이이(李珥) 선생이 금강산에서 불교를 공부하다가 하산한 직후인 20세에 쓰셨다는 자경문(自警文)을 읽고 큰 감동을 받았는데, 총 15항 중 제1항의 첫머리가 바로 '먼저 뜻을 크게 가져야 한다(先須大其志)'는 것이어서 깜짝 놀랐던 기억이 남아 있다.

　1970년 지리산 천왕봉에 처음 올랐을 때, 일명(一名) 방장산(方丈山) 일명(一名) 두류산(頭流山)이라고 새겨진 지리산 최고봉 표석의 뒷면(옆면에는 해발이 새겨져 있었던 것으로 기억된다)에 '萬古天王峯 天鳴猶不鳴(만고 천왕봉이여! 하늘은 울어도 너는 아직 울지 않았다)'이라는 시구가 세로로 두 줄이 적혀 있었다. 그것을 처음 보았을 때 밀려온 형언할 수 없는 감동은 이순(耳順)을 눈앞에 둔 지금까지 그대로 살아 있다. 특히 '하늘은 울어도 아직 울지 않았다(天鳴猶不鳴)'는 그 한 마디는, 지금까지 살아오면서 마주했던 실의와 좌절의 고비마다 참고 견디며 일어서게 하는 마법의 주문(呪文)이나 마치 무협소설에나 나오는 상승무공의 비급(秘笈)인양 나의 힘을 다시 솟구치게 하는 것 같았다. 나는 지리산 정상 위로 덮쳐오는 푸른 하늘을 찔러 쪼개고도 남을 기개와 올곧고도 의연한 광대무변(廣大無邊)의 도(道)의 경지를 나타내고 있는 그 시의 저자와 출전을 찾아보았다. 짐작한 바대로 그 시는 우리나라 선비의 표상이신 남명(南冥) 조식(曺植) 선생의 「天王峯」이란 시에 근거한 것이었다. 그런데 「제덕산계정(題德山溪亭)」이란 남명 선생의 같은 시(세 번째 轉句만 다르다)가 있는데, 이 시의 내용이 '頭流山 兩端水'의 하나인 덕천강변의 정자(德山溪亭)를 노래한 것이 아니라 천왕봉을 주제로 하고 있으므로, 세간에 전해진 바와 같이 원시(原詩)는 「天王峯」이며 나중에 정자에 주련(柱聯) 등으로 쓰이면서 제목이 잘못 바뀐 것이 아니었을까 하고 나름대로 짐작하고 있다. 참고로 남명 조식 선생의 시 「天王峯」의 원문과 시조 「頭流山 兩端

水를」은 아래와 같다.

天王峯

請看千石鐘 (청컨대 천석들이 큰 종을 보라)
非大扣無聲 (큰 것으로 두드리지 않으면 소리 나지 않으리라)
萬古天王峯 (만고에 우뚝 선 천왕봉이여)
天鳴猶不鳴 (하늘은 울어도 아직 울지 않는다)

[*「題德山溪亭」에는 '萬古天王峯' 대신 '爭似頭流山(어찌하여 저 두류산은)'으로 바뀌어 있다.]

頭流山 兩端水를

頭流山 兩端水를 예 듣고 이제 보니
桃花 뜬 맑은 물에 山影조차 잠겼으라
아희야 武陵이 어디메요 나는 여긴가 하노라

아무튼 언제부터인가 천왕봉 정상의 그 표석은 다른 것으로 바뀌고 그 시구도 지금은 달리 남아 있지 않은 것은 정말 유감이 아닐 수 없다.

〈3〉

무슨 공부를 한답시고 대학 도서관에 칸막이 있는 고정 좌석을 차지하고서는, 열심히 파고 외어야 할 책 대신에 그 내용을 외우다시피 하는 『삼국지』를 다시 읽고 있었다. 내가 가장 좋아하는 삼고초려(三顧草廬)의 대목에서 예전에는 전혀 눈에 들어오지도 않았던 글귀가 눈에 번쩍 뜨이는 것이었다.

> 大夢誰先覺 (큰 꿈을 누가 먼저 깨닫느냐)
> 平生我自知 (평생을 내 스스로 아는 것을)
> 草堂春睡足 (초당엔 봄잠이 흡족한데)
> 窓外日遲遲 (창밖엔 아직도 해가 많이 남았구나)

유비가 공명을 세 번째 찾아갔을 때 공명은 낮잠을 자고 있었기 때문에 유비는 섬돌 아래에서 시립(侍立)하고 있었는데, 위 글귀는 공명이 낮잠에서 깨어나자마자 읊은 시였다. 특히 책상 앞에 앉으면 엎드려 잠자기를 주로 하던 나에게 '草堂春睡足 窓外日遲遲'라는 두 시구는 나의 게으름과 무기력함을 합리화시켜 주는 묘약이 되고 말았다. 나는 천군만마를 얻은 기분으로, 유비가 처음 공명을 찾았을 때 본 공명의 집 중문에 붙은 대련(對聯)인 '淡泊以明志 寧靜以致遠(담박함으로써 뜻을 밝히고, 편안하고 고요히 함으로써 멀리 생각한다)'이라는 명구와 위 두 시구를 함께 책상 앞에 붙여놓고서는 책을 보다가 졸음이 오면 아예 편안히 잠을 청했다. 마치 꿈속에서 내가 제갈공명이 되는 봄꿈을 꾸기라도 하는 듯이. 나중에는 그 무렵 어떤 책에서 본 '天趣閑中得 心花靜中開(참다운 멋은 한가한 가운데서 얻어지고, 마음의 꽃은 고요한 가운데서 핀다)'라는 구절까지 보태어, 당시 정진해야 할 공부에 집중하지 못하고 몸에 밴 나타(懶惰)와 일탈(逸脫)의 버릇을 짐짓 한가로운 겉멋으로 호도(糊塗)하는 구호(口號)로 삼았다.

그렇게 머리에 잘 안 들어오는 공부를 억지로 계속하던 중 '뜻밖의 사고(?)'를 계기로 심신의 안정과 건강회복에 도움이 될까 하여 유불도(儒佛道) 삼교(三敎)의 서책들을 조금씩 접하게 되었다. 내가 만난 모든 '가르침의 책'마다 '한마디의 감동'을 넘어서서 평생의 좌우명으로 삼아야 할 경구들로 가득 차 있었다.

불교에 관한 책들은 주로 거의 다 죽어가고 있는 나를 발견하여 병원으로 업고 간 생명의 은인 김석진 스님(당시는 학생)이 소개해 주었는데, 가장 먼저 본 책은 백봉 김기추 거사의 『금강경강송』이 아니었나 싶다. 그 책에서인지 확실히 기억나지 않지만 '直心可得太古音(올곧은 마음이 철저하면 태고의 소리를 들을 수 있다)'이란 한마디가 전광석화처럼 전율을 일으키며 다가와서 흐물흐물해진 내 심신을 일으켜 세웠다. 나중에 '直心'이란 유교의 세계에서도 중요한 실천윤리의 하나로 강조되고 있다는 것을 알게 되었지만(송나라의 주희나 조선의 우암 송시열 같은 분도 '直心' 두 글자를 평생을 두고 가슴에 새기고 살았다고 한다), 그때의 나에게는 '直心可得太古音'이란 그 한마디는 선불교에 관한 책에 많이 나오는 선시(禪詩)나 게송(偈頌)을 읽게 되는 계기가 되었다. 나아가 삼조(三祖) 승찬(僧璨) 스님의 저서 『신심명(信心銘)』에 나오는 '털끝만큼이라도 차이가 있으면 하늘과 땅 사이로 벌어진다(毫釐有差하면 天地懸隔하나니)'라는 대목을 내 나름대로 견강부회하여 '直心'의 관점에서 억지해석을 하려고 하였으며, 서산대사(西山大師)의 다음과 같은 유명한 게송을 읽고는 한동안 똑바로 걷는 연습을 하기도 하였다.

눈 온 들길을 걷는 나그네여 (踏雪夜中去)

갈팡질팡 걷지 말라 (不須胡亂行)

오늘 그대의 발자국은 (今日我行跡)

뒷날 후인의 이정표가 되리라 (遂作後人程)

〈4〉

　1974년과 1975년은 시절도 엄혹했고 개인적으로도 참담한 시간의 연속이었다. 유신체제를 반대하는 대학가의 시위가 빈발할수록 긴급조치와 이에 수반된 각종 포고령은 점점 강화되었고, 개인적으로도 공부할 제반여건들은 점점 열악해져 갔다. 절친한 벗들은 대부분 군대로 절간으로 자의반타의반 떠나들 갔고 나의 몸과 마음은 괴롭고도 외로웠다.

　이무렵 노자의 『도덕경』을 읽게 되었는데 제56장의 첫머리에 나오는 '아는 자는 말이 없고, 말하는 자는 알지 못한다(知者不言 言者不知)'라는 절묘한 말씀과 만나게 되었다. 이 장은 도덕경 제4장에 나오는 유명한 화광동진(和光同塵: 빛과 먼지의 화합과 동거)의 도를 달리 새롭게 부연, 강조하고 있는데, 결국 지자와 언자의 분별은 간택 또는 양자택일의 오류와 마찬가지로, 즉 하나를 취할 경우 또 다른 하나는 배제할 수밖에 없는(반대의 경우도 마찬가지이다) 허구의 나락에 떨어지는(거짓논리에 귀착되는) 것과 같다는 것이다.

　심오한 것 같으면서도 알쏭달쏭한 '知者不言 言者不知'와 화광동진(和光同塵), 현동(玄同) 등과 같은 깊고도 드높은 도의 언어에 빠져들면서, 그 당시에 절박했던 개인적인 좌절감과 시대적인 절망감을 동시에 외면하고 싶었던 내면적인 자기합리화의 함정에 안주하는 비겁한(?) 지적 유희(知的遊戱)의 시간을 보내게 되었다.

　이와 같은 짧고도 긴 도락(道樂)의 계절을 지나오는 동안 유불도 삼교의 아취가 깊이 스며 있는 '바람이 만리를 불어도 산은 끄떡 아니하고(萬里風吹山不動) 물이 천년을 두고 쌓여도 바다는 변함이 없어라(千年水積海無量) 오동나무는 천년을 늙어도 언제나 가락을 지니고 있고(桐千年老恒藏曲) 매화는 추운 겨울에 필지라도 향기를 팔지 않는다(梅一生寒不賣香)'라는 천고(千古)의 대련(對聯)을 접하게 되는 감동을 맛보았으며, '난초는 깊은 산 속에 홀로 피면서 사람이 찾지 않아도 저절로 향기를 품어내고(蘭在深林之中 不以無人而不芳) 군자가 덕을 닦고 도를 추구함에 있어서는 아무리 곤궁해도 절개를 바꾸지 않는다(君子修德入道 不以困窮而改節)'라는 대쪽 같은 선비정신을 표현하고 있는 명구와 만나기도 하였다.

그러던 중 우리나라 도학(道學)의 큰 스승 화담(花潭) 서경덕(徐敬德) 선생의 시「述懷」(일명 讀書有感)를 우연히 읽게 되었는데, 그 뜻과 경지를 나름대로 이해하는 것과는 별개로 문득 나의 생각과 일상이 너무 겉 늙은이 행세를 하고 있다는 반성이 밀려오는 것이었다. 비싼 하숙비와 학비를 축내면서 선시(禪詩)와 노장(老莊)의 심오한 내용 공부보다는 언어적 풍류의 시늉에만 젖어 있던 나에게 화담선생 만년(晚年)의「述懷」는 부끄러움과 함께 미몽(迷夢)에서 깨어나게 하는 회초리가 되었다. 그 시의 原文은 다음과 같다.

　　　　讀書當日志經綸　晚歲還甘安氏貧
　　　　富貴有爭難下手　林泉無禁可安身
　　　　採山釣水堪充腹　咏月吟風足暢神
　　　　學到不疑知快闊　免敎虛作百年人

다시 몸과 마음을 추스르고 현실적인 문제들과 직면하면서 얼마 남지 않은 '학생의 시간' 즉 일종의 면죄부가 주어졌던 '청춘시대'의 마무리를 위하여, 그리고 그동안의 방황과 허송에 대한 보상과 변명의 구실을 삼으면서도 스스로와의 약속을 다짐할 수 있는, 보다 질기고 강인한, 대할 때마다 감동이 지속될 수 있는 좌우명이 필요하였으며, 마침내 결정적인 '그 한마디'가 가슴에 꽂혀 왔다. 오늘의 노력이 없는, 주어진 또는 일방적이고도 맹목적인 '참음'과 '기다림' 그리고 막연한 '희망'만으로는 결코 '봄'도 '눈부신 아침'도 '꽃피는 바다'도 만날 수 없으리라는 자각과 함께. '내일을 위하여 목마름을 참는 것은 아니다'(졸시 「내일에 부르는 노래」에서)라는 시상(詩想)과 함께.

그리하여 그때 만난 나의 좌우명, 즉 '나를 감동시킨 그 한마디'는 아직도 가슴 깊이 꺼지지 않는 불씨로 남아 있으며, 나의 문학과 정신적 삶의 원동력의 하나로 살아 있다. 그것은 '意不求魚況釣周(그 뜻이 고기 잡는 데 없었거늘 하물며 주나라를 낚으려고 했겠는가)'라는 시구(詩句)인데, 그 출전은 고려시대 시인이자 학자인 최해(崔瀣)의 「太公釣周(태공이 주나라를 낚다)」라는 제목의 아래와 같은 시이다.

當年罷釣釣無鉤
意不求魚況釣周
終遇文王眞偶爾
此言吾爲古人羞

(태공이 위수에 낚싯대 드리울 때 낚시에 바늘이 없었나니
그 뜻이 고기 잡는 데 없었거늘 하물며 주나라를 낚으려고 했겠는가
나중에 주문왕 만난 것은 참으로 우연인 것을
주나라를 낚았다고 우리가 말하는 것은 옛사람께 부끄러운 일일세)

졸옹(拙翁)이란 호를 썼던 최해는 해운(海雲) 최치원(崔致遠)의 직계후손으로, 원나라에 가서 과거에 급제하고도 이국땅에서의 벼슬과 부귀영화를 마다하고 고국으로 돌아와 어지러운 세상을 한탄하고 은거한 삶이 자신의 조상 최치원과 흡사하다는 점이 이채로운 분으로, 고려사(高麗史)에도 행적이 실려 있고, 동문선(東文選)에 여러 편의 시

가 전해지고 있다.

한 개인이나 역사의 진실은 '결과'만으로 재고 자를 수는 없다. 불우와 운수를 탓하기에 앞서 우리의 삶 가운데 최선을 다하고자 하는 '과정'의 벌판에 피고 지는 풀꽃, 그 뜨겁고도 질박(質朴)한 아름다움을 사랑하리라는 다짐을 나는 실의에 빠지거나 어떤 어려움에 직면할 때마다 하게 된다.

'의불구어황조주(意不求魚況釣周)'의 감동을 되새기면서.

(2007. 3.)

수수께끼 산고(散考)

〈1〉

연전에 한 친구가 TV의 어느 퀴즈프로에 출연한 적이 있었다. 그 때 그 친구는 어찌된 셈인지 한 문제도 맞추지 못하고 가만히 앉아 있기만 하여 그 프로를 시청하던 그를 아는 많은 사람들을 안타깝게 하였었다. 나중에 그를 만나 연유를 물었더니 그 친구의 얘기인즉 정답을 알아도 다른 출연자보다 동작이 느려서 '부저'를 눌러보았자 아무 소용이 없더라는 것이었다.

또 몇 해 전에 청춘남녀들이 마주 앉아서 일정한 시간 동안 많은 낱말을 알아맞추는 퀴즈놀이가 한참 유행일 때, 같은 직장에 다니는 분이 약혼녀와 함께 그 TV프로에 출연해서 우승을 차지하는 것을 본 적도 있다.

그러나 요사이 각종 매스컴에서 대유행하는 퀴즈게임은 그렇게 재미가 있는 것 같지 않다. 각양각층의 퀴즈에 출제되는 문제들을 살펴보면, 통찰력과 지혜 또는 기발한 착상과 재치를 필요로 하기보다는 암기된 교과서적 지식을 요구하는 상식문답에 지나지 아니하거나, 단편적인 지식을 남보다 재빠르게 대답하는 이른바 스피드게임에 치우쳐 있는 느낌이다. 특히 웃음과 재치로써 지혜를 겨루는 것이 가장 소망스럽다고 할 어린이나 학생프로에 그러한 경향은 더욱 두드러진

다. 특정 퀴즈프로를 위한 문제집까지 시중에 판매되고 있다고 한다.

하여튼 TV나 라디오, 신문 등 각 언론매체마다 다투어 퀴즈에 관한 프로나 기사를 편성, 편집하고 있으며(바둑이나 장기의 묘수풀이도 이에 해당된다고 하겠다), 어린이와 학생은 물론 일반인의 관심과 호응도는 대단한 것처럼 보인다. 구미와 일본 등에는 이미 오래 전부터 퀴즈광(狂)이라고 불리는 사람들이 상당수 출현했다는 얘기이고 보면….

〈2〉

퀴즈란 수수께끼의 현대적 변형, 즉 대중사회의 문화적 산물이라고 할 수 있다.

수수께끼란 말을 사전에서 찾아보면, (1) 어떤 사물을 바로 말하지 않고 비유적 묘사나 표현을 하여, 그것을 알아맞추는 놀이, (2) 어떤 사물의 내막이 복잡하고 이상하게 얽혀 쉽게 풀 수 없는 일을 이르는 말이라고 정의되어 있다.

이 수수께끼는 지방에 따라 수수재끼, 수수잡기, 수수작기, 말지러미, 말잡기, 식기지름, 수께질금, 수리치기, 옛수제끼기, 숭기잽기, 준추새끼잡기, 야바구, 지지적꿈, 수리짓기, 수리적금, 깍퉁이, 껑퉁이 등의 방언으로 다양하게 불리어진다고 하며, 한자말로는 미어(謎語), 유사(庾辭)라고 하고, 글자 수수께끼는 파자(破字)라고 한다.

동서양을 막론하고 수수께끼는 속담이나 설화, 신화 등과 같이 상고시대부터 생성, 성립하여 세대에서 세대로 전승, 발전한 것으로서, 주로 구전을 통하여 더러는 문헌이나 기록을 통하여 나라 또는 민족 간에 이동하고, 그 이동의 과정에서 변화 또는 변형되어 왔으며, 따라서 동서양간에는 많은 공통되는 수수께끼가 존재하고 있는 것이다.

　일부 민속학자들은 '수수께끼는 기지(機智)의 유희(遊戱)일 뿐만 아니라 사건의 해결을 추구하는 문제'(C. S. Burne) 또는 '바른 대답의 발견을 목적으로 하는 질문'(E. B. Tylor) 등으로 정의하는 한편, 수수께끼놀이는 일부러 모르게 말하여 생각하게 하는 일종의 훈련과정으로서 특히 어린이들이 평소에 생각하고 궁리하는 수련을 쌓음으로써 사물에 대한 직관력과 통찰력을 기르게 하는 역할을 했다고 주장한다.

　그러나 예나 지금이나 남녀노유(男女老幼)를 막론하고 수수께끼놀이를 좋아하는 것과 오늘날의 많은 퀴즈광(狂)의 출현 등에 대한 규명은 합리주의적 목적론에 의해서가 아니라, 인간의 '유희본능(遊戱本能)'과 '상징능력(象徵能力)'과 같은 인간문화의 근원과 관계 지어져 있다는 문화론적 접근을 통하여 더욱 극명한 설득력을 확보할 수 있으리라고 본다.

　문화의 근원에 착안할 때 우리는 먼저 예술과 종교가 미분화(未分化)된 상태에서의 인간의 유희에 주목하게 되며, 또한 인간의 언어·기호·문자 등 상징(symbol)을 조작할 수 있는 상징능력(symbolism)이 문화창조의 기본이며, 이러한 상징능력이 인간존재의 본질이라는 점을 간과할 수 없게 된다.

　'유희(遊戱)하는 인간(homo ludens)'을 문화의 근원으로 파악한 호이징가(Huizinga: 1872~1945)에 의하면, 유희는 생활유지의 직접적인 필요를 넘어서, 도리어 생활에 의미를 부여해 준다. 그것은 농담과 진담의 경계를 오락가락하면서 일상생활의 관습이나 계율에서 자유롭게 해주며 그것은 일상생활보다 높은 세계의 질서를 창조한다. 유희는 리듬과 하모니를 가지고 인간을 깡그리 사로잡아 신성한 감흥에 몰입시키는 점에서 예술과 종교와 상통한다. 신성한 제사·성년식·결혼식·수확제·사육제(謝肉祭) 등에서는 일상생활이 정지되고 미(美)와 신성(神聖)의 의식(儀式)으로서 유희가 벌어진다.

이러한 인간의 본질에 대한 파악은 인간의 노동과 레크리에이션의 의의는 물론 인간생활의 예술적, 종교적 의미를 설명해 주면서, 동시에 수수께끼놀이의 속성이 인간문화의 근원과 깊은 관련을 맺고 있음을 시사하고 있는 것이다.

한편 수수께끼는 문화창조의 기본인 인간의 상징능력의 소산임에 틀림없다. 말부르크(Malburg) 학파의 '생산'이란 관점을 인간의 언어·신화·예술·제도 등에 적용하여 인간은 '상징적 동물(animal symbolicum)'이라는 20세기의 가장 대표적이며 포괄적인 문화적 인간학을 수립한 카시러(Ernst Cassirer: 1874~1945)에 의하면, 인간은 다른 동물들과는 달리 감수계(感受系)와 반응계(反應系)의 중간에 상징계(象徵系: symbol system)가 있어서, 다른 동물들처럼 단순히 "물리적 우주" 속에 사는 것이 아니라 "상징의 우주"라는 새로운 차원에서 살게 되었으며, 언어, 신화, 예술, 종교 등은 이 상징이라는 그물을 짜고 있는 여러 가지 씨줄과 날줄이라고 한다. 인간은 이 상징계라는 매개를 통하지 아니하고는 아무것도 보지도 듣지도 못한다. 그러나 인간은 이 상징능력을 통해서 비할 데 없는 광대하고 자유로운 영역을 개척, 획득한 것이다. 그는 상징능력이란 우리 인간과 실재 사이의 제2의 가구물(假構物)을 형성하는 능력이라고 규정하고 있으며, 이러한 언어·기호·문자 그 밖의 심벌의 조작을 통하여 인간은 새로운 높은 차원의 우주, 즉 문화적인 세계에 살게 되었다는 것이다.

〈3〉

인간문화의 근원과 깊게 관계 지어져 있을 뿐만 아니라 소중한 인류의 유산이기도 한 수수께끼는 동서양의 많은 신화나 설화 속에 혼재되어 전해지고 있어 아직도 밝혀져야 할 수수께끼를 스스로 남기고 있다.

서양문화의 기저를 형성한 그리스신화 속의 오이디프스와 스핑크스(Sphinx)의 수수께끼 이야기는 서양문화의 본질을 함축하고 있는 대표적인 사례가 될 것이다.

스핑크스는 길목을 지키고 있다가 통행인을 가로막고 자기가 묻는 수수께끼를 맞추지 못하면 죽여 버리고, 그것을 풀면 살려서 보내 주었다. 그 수수께끼는 "처음에는 네 발로 걷다가 다음에는 두 발로, 마지막에는 세 발로 걷는 것이 무엇이냐?"라는 것이었다. 아무도 이 난문(難問)을 풀지 못했으나 오이디프스만이 이 수수께끼를 풀었다고 한다.

이 수수께끼는 가장 1차적인 인간의 정의를 물은 것이다. 인간인 네 발짐승과 구별되는 특징은 직립인(直立人)이라는 점이므로, 지면에서 앞발(손)을 해방시켜 손을 자유로이 사용한 데서 인류의 문화가 발생했음을 상기할 때, 비록 신화 속의 이야기라 할지라도, 과학과 합리성을 추구하는 논리적, 분석적인 서구문화의 연원을 시사한 점에 경탄하지 않을 수 없다.

한편 우리나라도 수수께끼사전이 간행되었을 정도로 수수께끼 문화가 매우 발달되었으며, 그 수수께끼는 채집된 것만도 5천을 헤아린다고 하며, 그 소재도 광범위하여 자연과 인간생활에 미치지 않는 곳이 없다고 한다.

우리나라에서 수수께끼가 문헌상 처음 나타나고 있는 것은 『삼국유사(三國遺事)』라고 한다.

신라 21대 소지왕(비처왕이라고도 한다)의 서출지(書出池)의 설화,

제27대 선덕여왕의 세 가지 예지(豫知) 등이 그것이다.

그러나 『삼국유사』에 실려 있는 설화 중 가장 빼어난 것은 48대 경문왕에 얽힌 수수께끼라고 생각된다. 경문왕의 즉위 내력부터가 수수께끼를 풀이하는 과정이지만, 특히 경문왕의 당나귀 귀에 관한 설화는 이와 흡사한 그리스신화 속의 마이다스(Midas)王의 이야기와 비교할 때, 인간문화의 근저에 와닿는 수수께끼의 유희성에 있어서나, 강열한 민중의식을 풍유(諷諭)하는 탁월한 상징능력에 있어서나 차원 높은 예술성에 있어서나 서양의 그것보다 훨씬 차원 높은 위치에 있음을 알 수 있다.

신라 제48대 경문왕이 임금의 자리에 오르자 귀가 갑자기 길어져서 당나귀의 귀처럼 되었다. 왕후와 나인들은 모두 알지 못했으나 오직 복두장(幞頭匠) 한 사람만이 그것을 알고 있었다. 그러나 평생 동안 남에게 말하지 않았다. 그는 죽으려 할 때 도림사(道林寺)의 대숲을 찾아가서, 사람이 없는 곳으로 들어가 대를 보고 외쳤다. "우리 임금님 귀는 당나귀 귀다(吾君耳如驢耳)."

그 후부터 바람만 불면 대소리가 났다. "우리 임금님 귀는 당나귀 귀"라고.

王은 이 소리를 싫어하여 이에 대숲을 베어 버리고 대신 산수유나무를 심었더니 바람이 불면 다만 그 소리는 "우리 임금님 귀는 길기도 하다(吾君耳長)"라고만 했다.

그리스신화에서의 마이다스왕도 경문왕과 같이 귀가 당나귀 귀 같았었고, 이 사실을 알고 있는 이는 오직 이발사뿐이었다. 이발사는 말하지 않겠다는 약속을 왕에게 했다. 그러나 그는 말하지 않고는 견딜 수 없었으므로 갈대밭으로 가서 구멍을 파고 "마이다스왕의 귀는 당나귀 귀"라고 그토록 하고 싶어 하던 말을 '토설'한다. 이 '토설'을 문학에 있어서는 카타르시스(Chatharsis: 淨化)라고 하는데, 아리스토텔레스는 여기에서 비극의 이대요소인 '연민과 공포'를 이끌어 낸다. 아리스토텔레스는 우리가 비극을 보고 그것에 동화하여 가는 이유는 인간의 내부에 괴어 있는 공포와 연민이 비극에 가 닿기 때문이라고 설명하면서, 마이다스왕의 이야기를 매우 높게 평가하고 있다.

그러나 우리나라의 삼국유사에 실려 현전하고 있는 경문왕의 설화는 아리스토텔레스가 말하는 카타르시스의 비극적인 요소를 포함하고 있음은 물론, 특유의 우의성(寓意性)이 함축하고 있는 날카로운 상황의식과 풍자성은 밀도 있게 전개되는 스토리와 함께 수수께끼 문화의 압권으로서 오늘을 사는 우리에게 미해결의 수수께끼를 제시하고 있는 것으로 생각된다.

위정자가 자기의 귀가 당나귀 귀라고 외치는 대숲을 베어 버리고 산수유나무를 심었더니 "우리 임금님 귀는 길기도 하다"라고 우회하여 살아나는 민중의 소리야말로, 억압되고 닫쳐진 상황을 해소하려는 민중의 해답이면서 동시에 영원한 수수께끼가 아니겠는가!

– 소연(騷然)함으로 하여 더욱 적막했던 상춘(傷春)의 비애가 성하(盛夏)의 무더위 속으로 침몰하는 이 시절, 임금님의 귀를 외칠 대숲은 어디에서 푸르며, 산수유는 어느 이름 모를 산골짝에서 피고 있을까?

(『금융』 1982. 6.)

무 지 개

〈1〉

그는 이제 소년은 아니다.

서른다섯 고개를 넘긴 인생장구삼십대(人生長久三十代)의 절정기에 처해 있으며, 적어도 그의 아내와 두 아이들에게는 없어서는 안될 소중한 존재이기도 하다.

그도 젊어 한때는 혁명적 정열과 감상적 사변(思辯)으로 봄밤과 가을저녁을 뜨겁도록 지새기도 하고 하였으나, 지금의 그는 흔히들 빠져드는 지적도락(知的道樂)과 현학(衒學)의 늪에서 멀리 떨어져 있을 뿐만 아니라 시대착오적인 몽상의 숲에서 배회하지도 아니한다.

그는 들판을 가로질러 바다가 보이는 농촌에서 자라난 촌놈이며, 지금은 도회지에 있는 평범한 직장에 다니는 "보통사람"에 불과하다.

그러나 나는 아직도 그를 "특별한 소년"이라고 부르고 싶다.
무지개소년이라고….

〈2〉

한 조그마한 사건을 핑계 삼아 우리는 자주 만났으며, 소박하면서도 은밀한 정의(情誼)를 주고받는 사이가 되었다.

그와 나와의 만남은 눈도 많이 오고, 유난히도 추운 어느 해 겨울, S동 비탈진 빙판길에 함께 넘어졌을 때 처음 이루어진 셈이다.

우리 같은 보통사람들에게는 그 겨울은 참으로 나기가 어려웠다. 매일같이 가파른 골목길을 오르내려야 했던 우리들에게, 눈이 내려 꽁꽁 얼어붙은 비탈에다, 살을 쪼개는 비수(匕首)의 날 같은 바람은 차라리 혹독한 고문이었다. 그 길을 오르내릴 때마다 조바심으로 간을 조렸으나, 그는 미끄러운 결빙의 비탈길을 겁도 없이 성큼성큼 내딛으며 잘도 오르내렸다. 자주 뻥뻥 넘어지기는 했지만….

어느 날 내가 너무 조심스레 발걸음을 옮기는 너머지 휘청하고 넘어질 것 같아 얼떨결에 옆을 지나던 그를 붙잡고 나뒹굴어졌다. 나중에 미안해서 어쩔 줄 몰라라하는 나에게 그는 소년 같은 해맑은 눈동자에 미소를 지으며 말했었다.

"선생! 최근에 무지개를 본 적이 있으시오?"

〈3〉

그는 언제부터인가 서울에서는 무지개를 전혀 볼 수 없다고 몇 년간에 걸쳐 투덜대더니, 결국에는 무지개를 볼 수 있을 법한 서울근교로 이사를 갔다.

내가 그를 만난 이후 그가 서울을 떠날 때까지 나는 그를 많이도 따라 다녔다. 그는 나에게 무지개를 보여주려고 짬만 나면 이름 모를 시골의 산과 들을 헤매고 다니는 것이었다. 그리고 그는 자신을 위하여 또는 그의 사랑하는 아내와 자라나는 아이들을 위하여 카메라에 쌍무지개를 찍는 것이 소원이었다. 그러나 나는 참 많은 시간을 그와 함께 무지개를 찾아 헤매었지만, 한 번도 무지개를 만나지는 못했다.

그에 의하면 아침무지개가 솟아오르면 그 날은 비가 오고, 저녁 무지개가 뜨면 날이 갠다고 한다. 또한 무지개는 풍광 좋은 산이나 숲속의 옹달샘에서 솟아나와 물 맑은 계곡이나 폭포, 또는 깨끗한 우물에 꽂힌다고 한다. 그 밖에도 그에게서 무지개에 관한 무수한 이야기를 들었지만, 그가 그토록 찾아 헤매는 무지개의 실체를 아직은 알지 못한다. 다만 그가 카메라에 담고 싶어 했던 쌍무지개는, 소 먹이러 산에 올라가서 '소내기'를 만난 직후 본적이 있는 내 어린 시절의 무지개보다는 훨씬 선명하고 영롱한 빛깔을 지녔을 것이며, 정녕 그의 무지개는 꿈과 현실, 시간과 공간 그리고 '이쪽'과 '저쪽'을 잇는 환상의 다리가 아닌 그의 생에 있어서 찬란한 걸작이 되었을 것이 분명하다고 나는 믿고 싶다.

〈4〉

그가 무지개를 찾아 서울을 떠난 뒤 나에게 보낸 편지의 일부를 다음에 적어본다.

선생!
봄을 재촉하는 빗소리가 파아란 담쟁이 새순에 부서집니다. 아지랑이 피어오르는 고향의 밭두렁이 아련합니다. 석양에 밀려오는 해조음이 눈을 감으면 귓가에 다가옵니다. 투명한 어둠이 하루의 보람처럼 가까이 왔을 때, 그 안으로 반짝이는 도시의 먼 불빛이 눈물겹습니다.
우리가 바쁜 일상의 발걸음을 잠시 멈추기만 하면 오랫동안 잊어버렸던 자신의 어린 시절, 또는 어떤 추억의 모퉁이로 다시 돌아서게 하는 아름다운 순간이 있습니다.
나에게도 내 생에 각인된 무지개가 선연히 솟아오르는 어떤 순간들이 있습니다.

　　　– 중략 –

　　그러한 순간들과 직면하게 되면, 우리들의 다함없는 노고와 아픔과 근심, 그리고 상황 속에서 끊임없이 일어나는 격정과 온갖 싸움과 더할 나위 없는 분노는 모두 찬연한 일곱 색깔 무지개 속으로 스며들고 맙니다.

　　시를 ‘순간의 기념비(A Moment Monument)’라고 말한 어느 시인의 말을 빌리지 아니하더라도 예술가는 이러한 순간에다 멸하지 아니하는 영원한 생명을 부여하려고 하는 것이 아니겠습니까?

　　나에게 비록 영원성을 탐구하려는 예술가의 통찰과 형안이 없다 하더라도, 이 땅의 온갖 비굴과 배리(背理)와 그리고 왜곡된 역사의 시간이 해체되고, 유형, 무형의 억압의 굴레가 배제된, 자유의 언어와 형상의 순간을 무지개를 통하여 포착하려고 했습니다.

　　　– 중략 –

　　선생!

　　나는 아직 나의 쌍무지개를 잡지 못했습니다.

　　서울 근교는 물론 고향산천에도, 어느 무명의 시골산하에서도 나는 무지개를 만나지 못했습니다. 그러나 나는 지금 다시 뜨거워 오는 이 봄의 적막한 강가에 홀로 서서 무지개를 찾는 여정을 결코 포기할 수 없음을 또다시 다짐할 수밖에 없습니다.

　　그것은 이제 말과 글을 배우기 시작하는 아들에게서 ‘아들의 무지개’를 발견했기 때문입니다. 또한 그것은 아들의 생에 있어서 하나의 자연법적 권리임과 동시에 숭고한 의무일 것이기 때문입니다.

〈5〉

봄을 맞아 더욱 길쭉해진 아들 얼굴에는
개나리꽃보다 더 뜨거운 노래가 있다

ㄱ ㄴ ㄷ ㄹ ㅁ ㅂ ㅅ ― ― ― ― ― ― ―
가 나 다 라 마 바 사 ― ― ― ― ― ― ―
1 2 3 4 5 6 7 ― ― ― ― ― ― ―

봄을 모르는 아빠의 고향은
노오란 장다리밭, 바람이는 보리밭, 반짝이는 바다,
진달래 살구꽃에 연분홍 복사꽃도 피고 지는 하늘…

지금은 '깜깜한 밤중'이라서
밖에 나갈 수 없다고 달래야 하는
아들의 무지개는

노래를 잃어버린
아빠의 음계를 뛰어넘어
봄 여름 가을 겨울
동 서 남 북으로 피어난다

빨 주 노 초 파 남 보 ― ― ― ― ― ― ―
월 화 수 목 금 토 일 ― ― ― ― ― ― ―

― 졸시 「아들의 무지개」 전문

(『금융』 1984. 4.)

환상에서의 탈출

– 나의 신입행원 시절

한국산업은행에 입행한 지 만 10년이 넘은 지금, 신입행원 시절을 돌이켜보기란 걸맞지도 쉽지도 않은 일일 터이다.

그러니 스물여덟 살이라는 결코 이르지 않은 나이에 막차를 타듯이 '은행이라는 전차'에 승차하고 나서, 보고 듣고 느끼며 체험한 신입행원 시절의 우리나라 경제상황과 개인적인 에피소드를 상기해 볼 때, 그것이 그 당시 내가 지니고 있었을지도 모를 어떤 아집이나 환상을 깨뜨리면서 평범한 직장인의 한 사람으로 적응해 나갈 수 있게 한 작은 불씨가 되어 아직도 가슴 한구석에 꺼지지 않고 살아 있음을 느끼게 된다.

그 불씨는 은행원이라는 직업의식과 더불어 나름대로 성실한 삶을 살고자 애쓰며 견디어 온 나에게는 아직도 말소되지 아니한 근저당권등기와 같은 것인지도 모른다.

모두가 일확천금을 꿈꾸던 시대

내가 입행한 1977년도는 우리나라 경제발전과정의 여러 가지 측면에서 중요한 의미가 부여된 한 해였음이 분명한 것으로 기록되어 있다.

그때의 낡은 비망록을 들추어보면, 1977년은 이른바 중화학공업 건설기로 불리는 제4차 경제개발 5개년계획(1977~1981)의 첫해였으며, 우리나라 원자력발전의 효시가 된 고리원자력발전소의 건설, 구마고속도로의 개통, 부가가치세법의 시행 등을 비롯한 굵직한 사건들에 이어, 수출실적 100억 달러의 돌파, 사상 처음으로 국제수지의 흑자기록(경상수지 12백만 달러) 등 감탄부호(!)로 점철된 듯한 한해였다.

그러므로 나의 신입행원 시절로 볼 수 있는 1977년~1988년은 중화학부문에 대한 투자의 급격한 확대 및 수출의 지속적 증가와 때를 같이 하여 일어난 중동 건설 붐을 타고 해외건설이 이례적으로 증가되는 등 경기의 상승세와 고도성장이 이룩되어, 정부의 경제개발계획이 추진된 이래 가장 높은 수준의 경제성장을 달성한 시기였으며, 실업률도 최저수준을 시현하는 등 사상 유례가 없는 호황기를 맞게 된 때로 기록되었다.

실제로 내가 산업은행에 입행한 이후 한동안 목격한 바 있지만, 은행을 떠나 타 직종으로 이직하는 많은 은행선배와 동료들이 각 부서를 돌면서 퇴직인사를 하던 풍경이야말로 그 당시의 호경기가 반영된 은행 안의 한 풍속도가 아니었나 싶다.

그러나 나의 신입행원 시절은 동시에 이와 같은 경기호황의 과정에서 수급불균형이 심화됨으로써 물가가 상승하는 등 국민경제적 차원에서 각종 부작용이 노정되기도 하여 또 다른 의문부호(?)를 남기는 시기이기도 하였다. 즉 일부 부문에서의 과잉 혹은 중복투자와 함께 중동외화(오일머니)의 유입에 따른 유동성의 과잉공급은 통화인플레이션을 유발함으로써 실물투기가 광범위하게 확산되었고, 부동산투기, 내구성 소비재 등의 가수요가 만연되는 등 과열경기에 의한 프레미엄시대가 출현하여, 많은 사람들이 주식투자와 부동산전매 등을 통하여 재산증식 또는 일확천금의 꿈을 꾸고 있었던 시절이기도 하였다.

그러한 절호의 시절에 은행원으로서 직장생활을 처음 시작한 나의 개인사(個人史)는 천정을 모르고 폭등하는 전셋값에 시달리면서 5~6개월마다 한번 씩 전세를 옮기느라 동서남북을 주유, 교차하는 것으로 채워졌다. 마치 빙해(氷海)에 떠도는 섬처럼.

감탄부호(!)와 의문부호(?)의 연속

신입행원 연수를 마치고 ○○ 부서에 발령을 받아 출근한 첫날 아침, 내 자리로 지정된 책상 위에는 하늘색 고무판 1장, 삼각자 1개, 그리고 칼, 지우개, 언필, 볼펜, 송곳 등이 가지런히 담겨져 있는 필통이 놓여 있었다. 다른 물건들은 이해하겠는데 저 송곳은 무엇을 하는 데 쓰는 것일까?

상사와 동료직원들의 정중하면서도 친절한 인사에 신입직원으로서의 감격을 다소 진정시킨 뒤 내 자리에 앉자마자 "이 송곳은 어디에 쓰는 물건입니까?"하고 말문을 연 것이, 마주앉아 있는 선임동료의 근엄한 표정을 향해 던진 공식적인 첫 업무였으리라. 내 목소리가 컸는지 주위에 있던 미모의 여직원을 포함하여 모두가 깔깔대며 웃음을 참지 못했다.

나보다 6개월 앞서 입행하였고, 같은 과에는 1개월 전에 부임했다는 그 선임동료는 약간은 심술궂은 미소를 지은 뒤에 몇 권의 문서철과 아직 채 정리도 되지 않은 서류뭉치를 넘겨주면서 다음과 같이 지시하였다. 즉, (1) 일부러 웃기려 하지 말 것, (2) 문서를 기안일자 또는 시행일자별로 다시 정리할 것, (3) 서로 크기가 다른 문서는 칼로 잘라내어 끝을 맞출 것, (4) 각 문서건별로 사이에 색지로 간지를 끼워 넣어 구별되도록 할 것, (5) 문서색인목록을 작성할 것 등이었다.

그 순간 나는 갑자기 얼굴이 화끈거리면서 표현할 수 없는 서운함과 울분을 느꼈음은 물론이다. 그러나 꾹 참고 문서철을 정리하는 며칠 동안 송곳으로 문서에 구멍을 뚫을 때마다 그 송곳으로 허공을 향해 찔러보는 환상에 빠져들기도 하였으며, 은행업무와 앞으로의 은행생활에 대한 회의가 생기기도 하였다.

그 후 정작 그 선임동료의 절묘한 OJT에 고마움과 경의를 느낀 것은 내가 신입행원이란 의식을 벗고 직장인으로서 은행업무의 프로가 거의 다 되고 난 뒤의 일이었다.

이상 위에서 더듬어 본 신입행원 시절의 경제사회적 상황과 내가 겪은 OJT 과정에서 깨달은 중요한 의미는 아마도 그러한 상황과 과정을 거치는 동안 내가 갖고 있던 사회생활에 대한 어떤 편견과 환상에서 탈출해 나올 수 있었다는 점일 것이다. 환상이란 어떤 사람에게든 갈등이나 의혹 또는 책임으로부터 그 사람을 해방시켜주는 효과가 있을지도 모르지만, 어떠한 신학적, 철학적 또는 역사적인 의상을 걸친 환상이라 할지라도, 개인의 구체적인 삶에 의미를 부여하고 그 고뇌를 정당화할 만한 궁극적인 의미를 갖고 있지는 않다고 나는 믿기 때문이다.

10년 전의 신입행원 시절을 돌아보면서 앞으로의 은행생활에 또 다른 의미의 감탄부호(!)와 의문부호(?)를 동시에 찍어 본다.

(『은행계』 1987. 9.)

은행원을 위한 변명: 후배행원에게

– 격변기 은행원의 초상

> 그렇다면 무엇이 올바른 삶의 방식이란 말인가? 삶은 놀이처럼 살
> 아야만 한다. 어떤 놀이를 하면서, 봉사를 하면서, 노래하고 춤을 추면서
> 살아야만 한다. 그래야만 비로소 인간은 신의 은총을 받게 되고, 자신을
> 적으로부터 방어할 수 있게 되며, 경기에서 승리할 수 있게 되는 것이다.

– 플라톤의 『법률』에서

K형! 먼저 은행원이라는 '특수한 보통직업'의 대열에 함께 하게
된 것을 진심으로 환영합니다.

직업은 인간에게 있어 매우 소중한 것입니다. 직업을 갖는 사람
에게 그 직업은 단순한 노동이나 생계수단에 그치는 것이 아니라, 직
업을 통하여 사람들은 자아를 실현하고, 많은 사람과 인간관계를 맺
으며 사회에 참여하고, 자신의 인격을 성숙, 고양시키면서 살아갑니
다. 직업의 개념을 완벽하게 정의할 수는 없으나 대체로 '성인들이
경제적 소득과 관련하여 수행하고 있는 일상적인 생산적 활동'이라
고 이해할 수 있을 것이며, 휴식과 놀이 또는 여가를 위한 활동을 제
외한 모든 생산적인 활동을 뜻하는 '일'과 구분할 수 있을 것입니다.

K형! 이제 K형이 다니는 은행이라는 장(場)은 K형에게 있어

가장 중요한 삶의 한 과정이며 삶의 현장이라고 할 수 있을 것입니다. 만일 우리가 자신의 삶을 소중하게 생각하고, 또는 나와 내 가족, 그리고 이웃과 함께 엮어가는 공동체의 생활을 뜻있고 보람 있게 살아가려고 한다면, 우리는 우리들의 직업이 가지는 의미와 중요성, 그리고 직업을 통하여 무엇을 어떻게 성취해 나아갈 것인가에 대해서도 깊은 생각을 하지 않으면 안 될 것입니다.

오늘날의 이 사회는 완전하게 개방적인 사회라고는 말할 수 없다 하더라도 기본적으로는 누구나 자신의 노력과 능력에 의하여 더 높은 사회적 지위를 획득할 수 있는 가능성이 열려져 있는 것은 사실이라고 봅니다. 개방적인 사회구조에 있어서는 직업에 따라 소득과 지위 등에 차이가 있다 하더라도 그 자체가 곧 사회적 불평등을 의미하는 것은 아닐 것입니다. 개인에게 있어서 직업은 살아가는 데 필요한 물질적 자원을 정당하게 획득하는 수단이기도 하고, 그 개인의 사회적 지위를 결정해 주기도 하지만, 동시에 개인의 자아를 실현하는 기회를 마련해 주기도 합니다.

직업을 통한 자아실현의 과정을 흔히들 창조의 과정이라고도 합니다만, 우리는 지금 은행 업무를 수행함에 있어 항상 전부터 해오던 방식이나 남들이 하고 있는 방법으로만 모든 일을 처리해 나갈 수 없는 많은 새로운 문제들이 제기되고 있습니다. 창조적 문제해결은 개혁 또는 혁신(innovation)을 가능하게 할 것이고, 그러한 혁신을 통해서 조직(은행은 물론)이나 사회가 발전하는 것입니다.

변화의 물결 속에 선 은행원

K형! 우리가 어떤 일을 하고 있는지 불문하고 은행원이라는 직업은 자신의 잠재적 능력을 발전시킬 수 있고, 창의성을 발휘하여 창조

의 보람을 추구하는 방향으로 자신의 일을 수행해 나갈 수 있는 기회가 부여된, 어떤 의미에서든 선택 받은 사람들이 모인 조직으로 변화되고 있습니다.

우리의 마음가짐에 따라서 앞으로 은행원이라는 직업은 우리에게 고역이 될 수도 있고 보람의 원천이 될 수도 있을 것이므로, K형이나 저나 은행원으로서 어떠한 직업가치관을 가지고 살아가느냐 하는 것은, 지금 바로 또는 미구(未久)에 밀어닥치는 변화의 물결에 영향을 받게 될 것입니다.

오늘날 이른바 후기공업사회(post-industrial society)라 불리는 고도산업사회에서는 산업구조나 생활패턴 등 모든 부문에서 근본적인 변혁이 일어나고 있다고들 말합니다. 미국의 미래학자 존 네이스비트(John Naisbitt)가 1982년에 저술한 『Megatrends』에서 적시한 바 있는 거대한 변화의 물결이 그 단적인 예가 될 수 있을 것입니다.

그는 이른바 가까운 미래를 전망, 결정하는 현대 산업사회의 흐름을 (1) 산업화사회에서 정보화사회로(Industrial Society → Information Society)

(2) 인위적 기술에서 하이테크, 하이터치로(Forced Technology → High Tech/ High Touch)

(3) 국가경제에서 국제경제로(National Economy → World Economy)

(4) 단기정책에서 장기정책으로(Short Term → Long Term)

(5) 중앙집권에서 지방분권으로(Centralization → Decentralization)

(6) 복지사회에서 자조사회로(Institutional Help → Self Help)

(7) 대의민주주의에서 참여민주주의로(Representative Democracy → Participatory Democracy)

(8) 관료체제에서 네트워크체제로(Hierarchies → Networking)

(9) 북의 시대에서 남의 시대로(North → South)

(10) 양자택일사회에서 다종선택사회로(Either/or → Multiple Option)

등 10가지의 변화의 물결로 예고 진단하였으며, 최근에는 21세기의 길목으로 향하는 다가오는 1990년대의 'New Megatrends'로서 (1) 문예부흥시대, (2) 고임금시대, (3) 도시의 쇠퇴, (4) 전자미디어의 세계화, 개별화 진행, (5) 경영과 직장의 재발견, (6) 북지국가의 종말과 사회주의의 사멸, (7) 무제한적인 경제성장, (8) 환태평양시대의 도래, (9) 전 세계의 자유무역화, (10) 영어의 국제화 등의 대조류(大潮流)를 지적하면서 큰 변화가 있을 것으로 전망하고 있습니다.

은행원이라는 직업

K형! 이상과 같은 외국 미래학자의 주장이나 견해를 빌리지 않더라도, 우리 사회는 정치, 경제적 기본구조와 의식구조 및 정신적인 가치관 등 많은 부문에서 이미 변화의 소용돌이에 직면해 있습니다.

이제 우리는 또 다른 모습으로 다가서는 격변의 시대를 살아갈 것이 분명합니다. 이러한 사실은 지난 수십 년간 우리나라의 금융기관이 맛보았던 온갖 신산(辛酸)과 애환이 극명한 본보기가 될 수 있을 것입니다.

K형! 제가 '은행원이라는 직업'을 갖게 된 1970년대 중반부터만 보더라도 은행이나 은행원에 대한 인식이나 평가가 수없이 변화되어 왔습니다. 이것은 물론 금융기관이나 금융제도가 우리나라의 정치, 경제적인 상황의 변화와 더불어 생성, 발전, 쇠퇴할 수밖에 없다는 '상황의 논리'로써도 설명될 수 있을 터이지만, 이른바 대형금융

사고로 불리는 은행관련 각종 사건들이 주먹만한 활자로 신문지상을 장식했던 사실들로써도 은행 또는 은행원에 대한 인식과 평가의 의미내용을 음미해 볼 수 있을 것입니다.

금융기관이 국민경제와 국가발전에 기여하여 온바, 그 막중한 역할은 차치하고라도, 이 사회의 최고(?) 엘리트집단이요, 수준 높은 교양인이요, 또한 선망 받는 직업인으로 자임하기에 조금도 주저함이 없었던 은행원들이, 저 고도성장의 시대였던 1970년대 당대의 은행들을 엄습했던 세찬 변화의 바람과 더불어, 또는 보수 및 사회적 지위의 절대적, 상대적 저락에 따라 정말 많이도 은행을 떠나갔고, 그러한 은행원들의 대량 이직사태는 중대한 사회문제로까지 제기된 바 있습니다. 급기야는 젊은 은행원들이 결혼상대자를 구하는 데 있어서도 시속말로 '별 볼일 없는' 비인기 직업인으로 간주되어, 과거에 선배은행원들이 누리던 선택받은 엘리트집단으로서의 자긍심도 전설 속의 미몽인 듯 느껴지기까지 하였습니다.

뿐만 아니라 TV나 신문에 어떤 금융기관의 최고경영자를 포함한 각급 은행원들의 수갑 차고 포승줄로 묶인 모습들이 보도되었을 때, 은행을 떠나지 못했거나 살아남은(?) 은행원들은 "약한 자여! 그대 이름은 은행원이로다!"라는 햄릿류(流)의 독백을 아무도 모르게 하고 있었는지도 모릅니다.

은행원에 대한 사회적 기대

K형! 그동안 실로 은행과 은행원이 짊어져야 했던 고초와 수모와 사회적 비난은 은행을 떠나지 않고 견디어 온 은행선배들은 누구나 잘 알고 있는 일일 것입니다.

그러나 작금의 사회적 분위기나 미래에 대한 전망이 변화 또는

변혁의 가능성으로 인하여 기대감과 불안감이 교차, 고조, 심화됨에
따라, 은행은 보수 또는 사회적 지위면에서 대기업 등과 격차가 상존
함에도 불구하고 다시 각광받는 직장으로 되어가고, 취업을 기다리
는 젊은 엘리트들에게도 은행원은 다시 인기 있는 직업으로 부상하
고 있다고 합니다.

K형! 이렇게 무상하게 변전하는 시대사조와 세태 속에서 우리 은
행원들이 고수해야 할 수범과 가치는 과연 무엇인가를 다시 한 번쯤
생각해 볼 때가 아닌가 합니다.

일반적으로 은행원의 직업윤리로 정직, 성실, 신용, 청결 등을 들
고 있으며, 우리 은행원들에게는 다른 어떤 직업 못지않게 직분의식
과 봉사정신이 강조되어 왔습니다. 그것은 공신력을 그 존립의 기초
로 하는 금융기관에 종사하는 '은행원'에게 경제질서 유지의 튼튼한
담보가치를 부여한 취지에서 비롯된 사회로부터의 당연한 요구일 것
입니다.

우리 사회에서는 아직도 공무원들이 시민들에 대해서 관존민비
사상을 갖고 권위주의적으로 대하고 있다는 비난이나, 은행의 문턱
이 높다는 서민들로부터의 지적도 여전히 들려오고 있습니다.

K형! 많은 직업들이 전문화되고 있고, 은행원이라는 직업도 다
종다양한 직업 중의 하나에 불과하면서도 우리들에게는 다른 어떤
직업보다 더 높은 수준의 윤리기준과 규범의식이 적용되어야 한다는
사회적 기대가 바로 '은행원이라는 직업'의 긍지이며 동시에 든든한
자산임을 확인하면서, 저의 장황한 사설을 이만 줄입니다.

K형의 건승을 빕니다.

"아빠, 도대체 역사란 무엇에 쓰는 것인지 이야기 좀 해주세요."
몇 년 전 내 가까운 친척뻘 되는 소년이 역사가인 아버지에게 이렇

게 물었다. 나는 독자들이 읽게 될 이 책이 그 소년에 대한 나의 해답이
라고 말할 수 있기를 바란다.

– 마르크 블로흐(Marc Bloch)의 『역사를 위한 변명』에서

(『금융』 1987. 11.)

독일에서의 만상(漫想)
– 그 느낌표와 물음표

　며칠 동안이라도 집을 떠나 객지로 나서게 되면 집생각이 절로 나게 마련인 것이 인지상정(人之常情)이다. "해외로 나가면 누구나 애국지사가 된다"는 말도 따지고 보면 그러한 이치와 무관하지 않을 터이다.

　지난 해, 즉 1988년 7월 초순부터 12월 중순까지 약 6개월 동안 독일 Commerzbank의 연수차 서독 프랑크푸르트(Frankfurt) 등지에서 자취를 하면서 이국생활을 경험해 본 필자의 경우에도 새삼 나라와 직장과 가정에 대한 고마움과 사랑을 확인하는 데 아무런 쑥스러움이 없었음을 고백할 수 있다. 특히 올림픽을 전후로 하여 느낀 조국에 대한 감회와 더불어 짧지 않은 연수기간을 통하여 얻은 여러 가지 체험과 견문을 소중하게 생각하며, 많은 도움과 좋은 충고를 주신 여러분들에게 감사드린다.

　필자는 연수기간 동안 거의 매주 금요일 오후에 프랑크푸르트를 출발하여 일요일 밤에 돌아오는 기차여행을 통하여 독일의 주요도시를 비롯, 유럽의 몇 나라를 주마간산(走馬看山)격이나마 스쳐지나보긴 했으나, 지금 돌이켜보면 상당한 시간이 이미 흘러갔고, 특히 빡빡한 연수생활 중에서 제한적인 여행을 한 데 불과하여 제대로 견문기를 쓴다는 것은 사실상 무리일 수밖에 없다고 생각된다.

그러나 개인적으로는 짧고도 긴 독일에서의 생활을 통하여 느낀 바가 없지 않았고, 나름대로 그 소감들을 정리해 보는 것도 의의가 있을 듯하여 두서없이 몇 자 적어본다. 읽는 분들의 두터운 이해를 바랄 따름이다.

성냥개비와 라인강의 기적

필자가 갖고 있는 독일에 관한 최초의 지식은 아마도 초등학교 시절(1957~1962)에 들은 성냥개비 이야기일 듯하다.

독일 사람들은 열사람이 모이기 전에는 담배를 피우기 위해 성냥 한 개비를 켜지 않는다는 이야기가 바로 그것이다. 그 성냥개비 이야기가 결코 과장이 아니었다는 것을 필자는 연수기간 동안 느끼고 확인할 수 있었다. 예의 성냥개비 이야기를 나이가 좀 든 독일인에게 물었을 때, 그는 마로니에 열매(우리나라 밤톨이 같이 생긴)를 활용하여 전후에는 비누대용품을 만들어 사용했다는 이야기(필자는 무슨 말인지 감이 잡히지 않았다)와 곁들어 성냥개비 이야기를 웃으며 시인했다.

오늘날 매년 500억 달러 이상의 무역흑자를 내고 있는 서독의 막강한 국력에는 아직도 독일인의 근검, 절약, 정직의 정신이 그 중심에 자리하고 있다고 본다. 쉬운 예로 필자가 자주 보고 접촉한 독일 은행 원들의 질박(質朴), 절용(節用)의 생활태도와 합리적이며 빈틈없는 업무자세를 통해서도 소위 '라인강의 기적'의 원천을 발견할 수 있으리라 믿는다.

2차 대전 후 연합국에 의해 가차 없이 분단되고 철저하게 파괴된 그들의 국토는 '계획적'으로 가꾸어졌고, 나치즘의 출현을 가능케 했던 그들의 정치체제는 '민주적'으로 발전하였으며, 그들의 인간다운 삶은 '제도적'으로 보장되어 있다.

‘라인강의 기적’이 결코 서독의 눈부신 경제성장만을 가리키는 말
이 아니라면, ‘한강의 기적’을 구가하고 있는 우리나라의 경우, 아직
도 해야 할 일은 많고, 넘고 건너야 할 산과 물은 첩첩한데 혹시 너무
들떠 있거나 턱없이 기분을 내고 있는 것은 아닐까 하는 ‘느낌표’를
필자는 아직도 가슴 속에 새겨두고 있다.

‘세계 속의 한국’과 ‘먹는 것의 민주주의’

필자가 만난 독일인 또는 유럽인들에게 우리 한국은 이미 후진국
이거나 개발도상국이 아니었다.

그들의 언론매체(TV, 신문, 잡지 등)는 한국관련 기사를 방송하거
나 게재할 때마다 해당 주제와 토픽이나 내용과는 무관한 한국의 화
염병시위 장면만 계속해서 싣고 있는 가운데서도, 그들은 한국을 벌
써부터 자기네의 경제적 경쟁국으로 분명하게 인식하고 있었다.

누구나 프랑크푸르트 국제공항에 내리자마자 사용하게 되는 짐
(큰 가방) 싣는 Wagen(카트)이 모두 Korea의 Samsung이 제공한 것
이라든가, 웬만한 도시의 Kaufhof(백화점)에 가면 수많은 ‘Made in
Korea’를 발견할 수 있다든가 하는 일은 별로 놀랄 만한 일이 아니
었다.

필자가 만나 본 책임자급 이상의 독일 은행원들의 한국에 대한
관심사는 서울올림픽도 아니었으며, 필자가 소위 Jugend Kultur(청
년문화)라고 강변했던 한국의 대학생 데모도 아니었다. 그들의 우리
에 대한 한결같은 관심사는 ‘한국과 미국과의 무역분쟁’과, 1992년에
이루어질 이른바 ‘EC 단일시장의 완성’에 대한 한국의 대응책이 무
엇인가 하는 것들이었다. 심지어 어느 독일인은 한국의 철강제품 수
출에 관한 구체적인 통계수치를 제시하면서, 독일에서 생산되는 세

계적인 유명자동차에 한국산 철강재가 필수적으로 사용된다는 얘기도 들려주었다.

또 어느 독일 은행원은 프랑크푸르트에서 기차로 약 1시간 거리에 있는 보름스(Worms)에 한국의 Gold Star(LG전자)와 독일과의 합작공장이 있다고 소개하고, 그 공장에서 생산되는 전자제품이 소련 등 동구권으로 대부분 수출된다고 일러주기도 하였다.

보름스는 칼 마르크스가 태어난 트리에르(Trier)와 함께 서독에서 가장 오래된 도시의 하나로 알려져 있는데, 특히 보름스는 로마 가톨릭 교황청에서 마틴 루터를 파문시킨 유명한 종교재판이 열렸던 곳으로, 그 사건을 계기로 독일의 종교개혁운동이 크게 확산되었다. 그런 연유로 보름스에는 루터와 관련된 유적들이 많이 있는데, 특히 보름스의 시민공원에 있는 루터의 Dankmal(기념상)에는 루터가 종교재판에 입정하기 전에 남겼다는, 그의 고뇌에 찬 결단을 담은 유명하면서도 짧은 기도문이 다음과 같이 새겨져 있다.

Hier stehe ich. (여기에 제가 섰습니다.)
Ich kann nicht anders. (저는 달리 어찌할 수가 없습니다.)
Gott helfe mir! (신이여, 저를 도와주소서!)
Amen. (아멘.)

또한 수년 전에 한국산업은행이 주최하는 국제금융인 세미나 'G.O.C(Guest Observer Course)' 과정에 참석차 한국에 왔었다는 콤메르츠 은행의 중견간부 한분은 현재 독일 젊은 세대들의 3K 풍조, 즉 Kein Kind(아이 안 낳기), Keine Kirche(교회 안 가기), Kein Kochen(요리 안 하기) 등의 경향을 개탄하면서, 개인이 열심히 노력하여 성공할 수 있는, 이른바 사회적 신분상승이 가능한 한국의 사회경제적 활기를 부러워하기도 하였다.

‘세계 속의 한국’은 기차를 타고 여행을 할 때마다 더욱 실감할 수 있었다. 독일의 주요 대도시를 비롯하여 유럽의 큰 도시의 역 앞에서 한국 대기업의 대형광고판을 누구나 흔히 볼 수 있으며, 밤 시간에는 휘황찬란한 네온사인으로 ‘Korea’는 뚜렷하게 반짝이고 있었다.

기차여행 도중에 자리를 함께 하여 대화를 나누게 된 서구인- 그들이 한국 또는 한국인에 대한 관심과 친절을 통하여 표시하고 있는 것은 어쩌면 강자의 여유나 서구문명의 우월성에서가 아니라, 어쩌면 동양문화에 대한 열등감이나 일종의 황화론(黃禍論)의 반증일지도 모른다는 생각마저 들었다. 필자의 눈에는 독일은 이미 칸트나 헤겔로 대표되는 철학의 나라도 아니었고, 괴테나 실러로 대변되는 문학의 나라도 아니었다.

그러나 서독은 분명 부강하고 국민들이 잘사는 나라임에 분명했다. 특히 서독은 인류역사상 가장 발전된 민주사회국가가 아닌가 싶었다. 도시와 농촌, 부자와 가난한 자, 사장과 종업원에 이르기까지 적어도 ‘먹는 것의 민주주의’가 실현되고 있는 나라임에 틀림없었다.

가난한 자가 부자가 되기는 거의 어려우나, 부자가 특별히 행세하거나 대우받고 살 수는 없는 나라, 부동산투기나 불로소득의 횡재가 없는 사회, 자기가 하기 싫은 공부를 억지로 해야 하는 과외공부나 입시지옥이 없는 교육환경, 개인적 자유의 바탕 위에서 공공질서가 조화를 이루는 행정, 노사분규도 있고 당리당략도 존재하지만 합법적인 절차에 따라 폭력이 아닌 대화와 토론을 통해 노사공영과 국리민복을 창조해 나가는 노사문화와 정치문화, 이러한 것들이 바로 서독의 막강한 힘의 원천이 아닐까 싶다.

토론문화와 두 마리의 새

독일인들의 성숙된 토론문화는 학교교육에서뿐만 아니라 국영 TV프로그램에 의해서도 함양되고 실천되고 있었다.

필자의 연수기간 중 미공군기의 에어쇼 도중 비행기 추락으로 독일인 다수가 사망한 사건이 발생하였는데, 이 사건을 다루는 국회에서의 여야 간 또는 의회 대 정부 간의 논의 과정이 TV에 생중계되었고, 그 밖에 각종 매스컴에서도 철저하게 문제점을 파헤치며 논점을 정리해 나가는 것을 보았다. 그들은 시종일관 냉정하고 객관적인 자세를 견지하면서 반미문제와 독일의 국가이익(경제, 무역, 국방 등) 그리고 방위조약과 미군주둔문제 및 그 원인이 되는 2차 대전에 대한 독일의 역사적 책임문제에 이르기까지 속속들이 토론하고 비판하는 것 같았다.

한국의 정계에 兩金 또는 三金이 세간의 입에 오르는 것과는 약간 뉘앙스는 다르지만, 서독 정계에서는 유명한 두 마리의 새(Vogel)가 있다고 한다. 그 두 마리의 새는 실제 친형제 사이인데, 兄은 '검은 새'(Swarzer Vogel: Benhard Vogel), 동생은 '붉은 새'(Roter Vogel: Hans Joachim Vogel)라고 부른다는 것이다. '검은 새'(우파)는 현재의 집권 여당인 CDU의 중진으로서 오랫동안 라인란트 팔츠(Rheinland Pfalz) 주의 수상을 지낸바 있는 老정객이며, '붉은 새'(좌파)는 현재 제1야당인 SPD의 당수로서 차기집권을 노리고 있는 국민적 지도자라는 것이다. 이 두 마리의 새가 TV에 등장하여 연설하거나 토론하는 장면이야말로 흑백논리에 익숙한 필자에게는 소중한 추억이 아닐 수 없다.

이데올로기는 이제 그만!

필자의 연수기간 중 '지울 수 없는' 추억 중의 하나는 중국은행(The Bank of China)의 蔣明, 唐松楠과 중국인민건설은행(The People's Construction Bank of China)의 黃丹平, 楊愛民 등 중국인 5명과 그 밖에 폴란드, 유고, 헝가리, 알바니아 등 동구권에서 온 은행원들과 교분을 나누며 즐거운 시간을 보낸 것을 들 수 있다.

한국과 일본을 제외한 아시아권과 동구권 연수생들은 모두 콤메르츠 은행으로부터 월 800마르크씩의 생활비를 지급받았는데, 특히 중국인들은 독일측으로부터 돈을 받지 않는 우리의 입장을 부러워하면서도 현재 자기나라에서 일어나고 있는 변화와 경제사정 등을 필자에게 설명하기도 하였다. 또 10년 정도 근무한 중국 은행원의 월급은 약 100마르크 정도라고 그들은 말했다.

중국을 위시한 공산권국가에서 온 연수생들과의 친교와 정의(情誼)에는 이데올로기나 체제가 전혀 문제되지 않았다. 우리들은 각 나라가 처한 상황과 역사와 문화의 차이를 인정(어떤 문제에 관한 관점이 서로 disagree하다는 점에 대하여 서로 agree)하고 상호 이해의 폭을 넓혀갈 수 있었다.

소련과 동구권의 각종 사건과 토픽이 톱뉴스를 차지하는 TV를 함께 시청하면서, 그들은 반소감정의 일단을 간혹 피력하기도 하고, 자국의 체제와 생필품 부족현상, 서구에 비해 현저히 낙후된 자기 나라의 경제현실을 비판할 때도 있었다.

또한 그들은 산업화된 'Korea'의 실체를 인식하고 있었고, 한국산 전자제품이 자기들 나라에서 가장 인기가 있다는 사실도 조심스레 귀띔해 주었으며, 나중에 그들이 귀국할 때 한국산 TV, VTR, PC 등을 사가지고 가는 것을 필자는 목격하였다. 그리고 작년부터 점진적 개방을 시험하고 있다는 알바니아에서 온 같은 연수과정을 밟고 있던 2명의 은행원은 몇 차례의 시행착오를 겪으면서 일종의 문화적 충격(Kultur Schock, culture shock)을 받고 있는 것 같았고, 결국은 1개월 조기 귀국하는 사례도 있었다.

사람이 사람답게 살 수 있는 조건은 때와 장소를 막론하고 마찬가지라는 평범한 법철학적 진리를 신봉하는 필자의 뇌리에는 다니엘 벨의 '이데올로기의 종언(終焉)'을 빌려오지 않더라도 서구사회나 동구권을 막론하고 이미 승부가 난 그 이데올로기 문제로, 각 세대가 새로운(?) 진통을 겪고 있는 우리나라의 현실이 가슴 아픈 '물음표'로 찍혀져 있다.

물을 사려고 슈퍼마켓에 갔다
술보다 비싼 물값을 헤아리며
어렸을 때 바라보던
수평선이 생각났다
여기는 바다가 먼 숲의 나라
아무도 꿈꾸지 않는
잠의 강물이 흐르고
나는 그늘 없는 나무 밑에 서서
까마득한 수평선을 들이마신다
출렁이며 밀려오는 목마름을 죽이며

– 졸시 「수평선 – 독일에서 1」 전문

(『시사금융』 1989. 6.)

개혁의 시대, 그 막힘과 뚫림

공자가 제자들을 가르칠 때, 성인의 모범으로 삼아 칭송하여 마지않았던 정(鄭)나라의 자산(子産)에 관하여 좌전(左傳)에 다음과 같은 이야기가 전해지고 있는데, 이는 대략 2,500여 년전(BC 540년 경)의 일이라고 한다.

춘추시대의 탁월한 정치가인 자산(子産)은 정(鄭)나라의 집정(執政: 재상)으로 있었다. 그런데 정나라 백성들이 향교에 모여서 집정으로 있는 자산을 기탄없이 비판하였다. 이러한 비판적인 언론은 위정자들을 퍽 곤란하게 하였다. 자산 밑에서 일하는 관리들이 이러한 사정을 귀찮고 불편하게 여긴 나머지 자산에게 향교를 허물어 버리자고 건의하였다. 자산은 이러한 건의를 일언지하에 물리치고 다음과 같이 말했다.

"무엇하러 그런 짓을 하겠는가? 사람들이 아침저녁으로 그곳에 가서 집정의 좋고 나쁜 것을 의논한다. 그들이 좋다고 하는 것은 내가 그것을 행하고, 그들이 싫어하는 것은 내가 그것을 고치니, 이는 곧 내 스승이다.

무엇하러 그것을 허물어 버리겠는가? 나는 충과 선으로 원망을 던다고는 들었지만, 위협을 만들어서 원망을 막는다고는 듣지 못했다.

어찌 내가 그 일을 당장 중지시키지 않는가? 그렇게 하는 것은 마치 강물을 막는 것과 같다. 크게 다쳐서 범람하게 되면 사람이 다치는 일이 반드시 많아질 것인데, 나는 그것을 구제하지 못한다.

작게 터서 길을 잡아가게 함만 같지 못하고, 내가 듣고서 그것을 약으로 삼느니만 못하다."

막힘과 뚫림의 논리

5공시절에는 『모택동 사상』의 저자로 유명했던 어느 정치학교수가 재상으로 취임하면서 "이 땅의 막힌 곳을 뚫어보겠노라"는 포부를 밝혀 화제가 된 적이 있었다. 6공 초기에는 토크빌에 관한 연구서로 유명한 『시민 민주주의』의 저자인 또 다른 정치학교수가 재상이 되었는데 그가 이전에 어느 강연회에서 발표한 광주문제에 대한 학문적 견해로 인해 큰 곤욕을 치렀다는 보도도 있었다.

이른바 문민정부라고 불리는 새 정부 출범 이후에도 정부시책에 대한 건전한 비판과 위정자에 대한 선의의 고언(苦言)마저 기득권세력의 반발로 간주되거나 반개혁으로 치부되는 경향이 없지 않았다. 과거 우리 사회는 막힌 곳도 많았고, 우리가 살아가야 할 이 땅에는 아직도 뚫려야 할 부분이 상존하고 있음을 일깨워주는 좋은 예가 아닐 수 없다.

우리 사회의 뚫려야 할 부분은 앞에서 본 자산의 경우처럼 언로(言路)에서만 존재하는 것이 아닐 뿐만 아니라, 그 막힘의 책임 또한 흔히들 쉽게 얘기하듯 정부나 위정자, 기업가나 공무원 등에게만 있는 것은 결코 아니다.

새 정부 출범 이후 이 땅에 유행하다시피 발생하고 있는 각종 대형사건과 사고, 사정기관이나 행정 각 부처의 구태의연한 기관이기주의, 자기반성 없는 언론들의 '과거 들추기' 경쟁, 정치인의 재산공개로부터 비롯된 사회지도층의 재산에 대한 도덕성 시비, 또한 한·약분쟁으로 상징되는 각종 이익집단의 폭력적인(?) 권리주장과 집단적인 의사표현 등은 그동안의 '막힘'이 '뚫림'에 따라 일어나는 필연적인 결과로 보거나 자연발생적인 욕구분출로 설명될 수 있을 것인지는 의문이다.

우리는 통상 여·야간의 대화의 교착상태나 노사분규의 장기화 등에서 '막힘'을 확인하고 '뚫림'을 희구하는 것은 사실이지만, 숲은 보지 않고 나뭇가지에만 매달려 대세를 그르치고 마는 자타공멸의 니힐리즘적 도그마에는 이제 환멸을 느끼지 않을 수 없다.

민주사회의 존립의 기초라고 할 수 있는 대화와 토론과 타협의 장에서, 당사자로서의 상대방의 존재의의는 무시한 채, 형성권적인 흑백논리와 일방통행 또는 감정적인 대응조치는 또 다른 '막힘'을 형성할 수밖에 없을 것이다.

'막힘'은 대개 당사자들 간의 상호불신에서 비롯되지만, 더러는 상대방의 이견에 대한 입장의 이해는커녕 '듣기'조차 거부하는 독선과 아집에서 더욱 굳어지고 높아진다.

어떤 사회나 조직의 발전을 위한 그 구성원 상호간의 공감대 형성은 위로부터의 명령이나 지시에 의해 주어지는 것이 아니고, 아래로부터의 몸부림만으로 이룩되는 것도 아닐 터이다. 인간사회의 막힌 부분의 '뚫림', 즉 의사소통(communication)의 원활화는 그 어원적인 뜻에서 유추되는 바와 같이 그 사회나 조직의 구성원들이 의무와 책임, 선물과 멍에, 그리고 고통과 희열을 다함께 공유하고 분담하는 데에서 비로소 이룩될 수 있을 것이다.

새 정부가 목청을 높여 호소하는 '고통분담'의 논리도 이러한 전제하에서만 설득력을 갖게 될 것이다.

개혁시대의 제1과제는 정치개혁

오늘날 개혁의 시대를 맞이하여 '전환'이란 말은 우리가 살아가는 이 시대에 대한 하나의 규정어로 쓰여지고 있다.

체제유지적인 관성과 변혁에의 열망이 첨예하게 대립되는 가운데, 유신시대와 5~6공으로 이어진 80년대의 이념적 갈등의 파고를 넘어, 특히 작년의 대통령선거를 거쳐 오늘에 이르기까지 우리가 겪은 정치, 경제, 사회적인 경험과 과정은 우리 모두에게 이 시대의 현실과 의미에 대한 새로운 인식을 요구하고 있다. 이러한 요구에 부응이나 하듯 발상의 전환, 경영혁신 등의 말들이 마치 돌림병처럼 입으로만(?) 번지고 있다.

이 시대가 정말 전환기라면 그것은 실제로 어떠한 전환기를 뜻하는가? 이런 물음에 대하여는 각자와 각계각층이 처한 입장이나 이해관계, 또는 각각의 문제의식과 시각에 따라 다양한 답변이 나올 수 있을 것이다.

흔히들 쉽게는 문민화(文民化)에서부터, 어떤 이는 민주화와 탈권위주의문화에서 또는 민중중심의 논리에서, 혹자는 자율화나 개방화 등에서 그 내용을 제시하려고 할 것이며, 또 달리는 통일정책의 변화나 금융실명제의 실시 등 정책기조의 전환에서 그 답을 구할 수도 있을 것이다.

그 밖에 다른 일각에서는 작금의 변화자체를 적극적, 긍정적으로 파악하기 보다는 비판적, 부정적으로 전망하는 관점에서 이 시대의 전환기적 의미를 인식하는 집단도 없지 않을 것이다.

우리가 이 '개혁의 시대'를 전환기라고 규정한다면, 우리에게 분명한 사실은 그 변화의 내용은 이미 제시되었거나 결정되어 있는 전환기가 아니라, 우리의 현실을 구성, 제약하고 있는 다양한 요인들의 복잡다기한 상호작용에 의하여 비로소 그 변화의 내용이 생성되어 갈 불확실한 전환기라는 것이다.

이른바 후기산업화시대(post-industrial society)라고 불리는 고도 산업사회에서는 산업구조나 생활패턴 등 모든 부문에서 근본적인 변혁이 일어나고 있음을 지적하면서, 인류문명의 가까운 미래를 전망했던 토플러, 네이스비트 등의 소론을 빌리지 아니하더라도 언필칭 선진국으로의 진입을 넘본다는 우리 사회는 정치, 경제적 기본구조와 의식 및 정치적 가치관 등 많은 부분에서 문민정부의 출범과는 상관없이 이미 격심한 소용돌이에 직면해 있음이 사실이다.

이제 우리는 또 다른 모습으로 다가서는 격변의 시대를 살아가게 될 것이며, 지금 바로 또는 미구에 밀어닥치는 변화의 물결에 커다란 영향을 받고 있으며, 또한 받게 될 것이다.

다음과 같은 토플러의 통찰이 '민족분단'이라는 가장 큰 '막힘'을 기필코 뚫어야 할 역사적 소명을 부여받았으면서도 정권욕과 분열과 부패의 무한궤도를 달려오는 듯한 이 땅의 정치지도자들이나 정치상황에도 그대로 부합된다고 여겨지는 것은 지나친 논리의 비약일까?

『오늘날 가정, 학교, 회사, 교회 등 사회생활의 모든 영역에서, 혹은 에너지체계나 통신기구 안에서 우리는 새로운 여러 제도를 창조할 필요에 몰리고 있다. 그렇지만 우리의 정치생활처럼 노후화가 진행되고 위기에 빠져 있는 영역도 없을 것이다. 더구나 발본적인 변혁을 위해 없어서는 안 될 상상력, 실험, 마음의 준비가 정치처럼 취약한 영역을 오늘날 다른 데서는 전혀 찾아볼 수가 없을 것이다.』

핵심과제, '분배적 정의'

오늘날 우리 사회가 직면하고 있는 이러한 전환기적 상황에서 선진 경제대국이 되기 위하여 울울첩첩한 '막힘'을 뚫고 필히 건너야 할 강이 있다면 그것은 '각자에게 그의 몫을' 누리게 하는 '분배적 정의'의 문제일 것이다. 이 문제의 심각성은 6공시대부터 전국적으로 일어났던 노사분규와 각계각층의 욕구분출 사태가 웅변으로 증명해준다.

'참여와 창의로 새로운 도약을!'이라는 캐치프레이즈와 함께 발표된 '신경제 5개년계획'은 '모든 국민이 함께 건설하는 신경제'를 표방하며, 재정개혁, 금융개혁, 행정규제개혁 등 경제제도개혁과 경제의식개혁 등의 추진을 통하여 규제완화와 경제정의 실현의 청사진을 제시하고 있다.

그러나 새 정부 출범 이후 금융실명제의 전격실시 이외에는 가장 핵심적인 과제라고 할 수 있는 이 '분배적 정의' 문제에 대한 새 정부의 확고한 실천의지는 아직 보이지 않고 있다.

일반적으로 '각자에게 그의 몫을' 정하는 기준으로서 능력과 노력의 산물인 업적과 인간의 '기본욕구' 혹은 '필요'의 두 가지 측면이 논의된다. 전자가 자유주의적 정의관에 입각한 것이라면 후자는 평등주의적 정의관에 서 있는 이론이다. 인간은 인간으로서의 생존권을 가진 존엄한 인격체이므로 '모든 사람이 빵을 갖기 전에 어떤 사람이 꿀을 갖는 것'을 제한하고자 하는 후자의 입장은 현대복지국가의 이념적 기초로 되어 있다.

그러나 '각자가 그의 몫'을 받기 위한 적극적 자격조건이 전제되지 않을 경우, 누가 애써 능력을 개발하고 힘써 노력할 것인가? 그러므로 자유와 평등을 조화시키는 절대적 기준은 있을 수 없으며, 그 두 가지의 조정은 니이버의 말대로 '부단한 근사적 노력'을 통해서 이루어지지 않으면 안 된다.

진정한 의미에서의 '분배적 정의'란 존엄한 인간으로서의 기본적인 평등과 능력에 따른 현실적인 차등이 조정되는 가운데, 어느 학자의 비유대로 사회의 구성원이면 누구나 참여할 수 있는 '수수한 식탁'과 능력이나 업적이 보다 높은 사람들이 참여할 수 있는 '고급의 식탁'의 형태로 나타날 것이다. '고급한 식탁'은 능력으로 마련한 자리요,' 수수한 식탁은 필요에 따라 마련된 평등의 장이므로 정의는 그 두 개의 식탁을 조정하는 가운데 구현될 수 있을 것이다.

공직자의 재산공개 과정에서 똑똑히 목도하였듯이 이 땅에 엄존하는 '수수한 식탁'과 '고급한 식탁' 간의 격차, 그 견고한 '막힘'의 장벽을 점차적으로 좁혀 나가며 뚫어야 하는 것은 새 정부의 몫이 아닌, 개혁시대를 살아가는 우리 모두의 개혁과제임이 분명하다.

우리에게 던져진 질문

'시간은 가장 위대한 혁명가'라는 격언을 빌리지 아니하더라도 1993년 한 해 동안 우리의 시대상황이 이 땅에 남긴 궤적은 가히 시간이 창출한 변혁의 역사(어쩌면 하나의 시작에 불과할지도 모르지만) 그 자체였다고 해도 지나친 말이 아닐 것이다. 그 시간의 격랑이 휩쓸고 간 한 해의 허허한 가장자리에는 환희와 보람, 좌절과 분노, 그리고 쓰디쓴 회한과 자성의 감회가 아직 용해되지 않은 앙금으로 남아 있을지도 모른다.

개혁을 표방하며 출범한 문민정부에 걸었던 각계각층의 기대치의 부피가 저마다의 이해관계와 시각에 따라 점차 무너져 내리고, 야생동물의 텃새와 다름없는 지·학연에 의한 파벌주의, 지방색주의, 기득권주의 등 우리 모두가 불철주야 뚫어야 할, 수많은 '막혀 있는 것'들의 엄연한 존재를 확인하면서, 루소의 『사회계약론』에서의 다음과 같은 질문을 새삼스레 상기해 본다.

『우리는 어떻게 하면 단합된 힘을 가지고 모든 사회구성원의 신체 및 재산을 지키고 보존하는 사회형태를 발견할 수 있을까?

그리고 이 사회형태에 의하여 각자는 이미 전체에 결합되었음에도 불구하고 의연히 자기 자신에게만 복종하고 이전과 마찬가지로 자유롭게 남을 수 있을까?』

(『나라의 길』 1993. 11.)

지식인의 시대적 사명

최근 한국사회가 위기국면으로 치닫고 있다는 우려의 목소리가 각 계각층으로부터 나오고 있다. 이것은 한국사회가 '이대로 굴러가서는 큰일'이라는 문제의식을 많은 사람들이 공유하고 있다는 증표이기도 하다.

원칙과 기준을 확립, 준수하기보다는 이를 경시하거나 아예 무 시하는 풍조가 만연됨에 따라 불법과 부정 그리고 부패에 대한 불감 증이 심화되어 우리 사회의 도덕적, 윤리적 가치관이 흔들리고 있다. 나라의 백년대계라고 일컬어지는 교육은 수요자들에게 철저하게 외 면당하고, 학교에서는 학생들과 교사들이 제자리를 찾지 못해 방황 하고 있다. 국민의 눈에 비쳐지는 정치권의 모습은 당리당략에 따른 당파싸움과 정권유지 또는 정권차지 차원의 '대권싸움'에만 골몰하 고 있는 것 같아 안타까울 뿐이다. 경제 분야도 예외일 수 없다. 교역 규모가 작년도 같은 기간에 비해 큰 폭으로 줄어들었으며, 기업의 생 산 활동 위축과 설비투자 감소추세로 백만 명을 넘어섰다는 실업자 문제는 더욱 심각해질 전망이다. 기업 내부에서도 근로자와 사용자 간의 불신과 반목 그리고 상대방에 대한 관용을 모르는 이해관계의 충돌 등은 또 다른 사회불안을 야기하고 나아가 국가경쟁력을 떨어 뜨리고 있다. 문화부문에서도 우리 민족 고유의 정체성마저 위협받 을 정도로 상업주의에 물든 외래문화의 맹목적인 유입과 개방이 무서운 속도로 진행되고 있다.

　오늘날 우리 사회의 현실은 마치 구한말의 상황과 흡사하다는 느낌을 지울 수 없다. 지금으로부터 약 100년 전을 되돌아볼 때 새로운 세기로 넘어오는 시점이라는 점에서 그러하고, 이른바 '개혁과 개방'이 이루어지는 과정에서 안으로는 '보수와 진보'의 갈등과 대립이 빚어진 점과 밖으로부터는 외세가 우리 경제를 침탈하고 '우리 사람' 또는 '우리 산업'에 대한 지배력 강화를 도모하고 있다는 점에서도 그러하다. 우리의 문화와 교육문제가 일종의 변곡점과 같은 전환기에 처해 있다는 점도 구한말과 오늘의 현실이 매우 비슷하다고 느껴지는 대목이다. 그리고 가장 중요한 유사점은 나라의 정치와 행정을 책임지고 있는 정부와 지도자들의 무능과 독선과 분열 그리고 넓은 의미에서의 무지가 국가적 위기를 불러온다는 점일 것이다.

　구한말 우리의 선조들은 국가적 위기에 제대로 대처하지 못함으로써 나라를 잃은 고통과 그 유산을 아직까지 역사와 민족 앞에 남겨 놓고 있다. 1997년 말 우리에게 몰아닥친 IMF 사태는 우리의 경제적 주권을 일시적으로 앗아갔다. 사실상 나라를 잃은 것과 다를 바 없었으며, 지금도 그 후유증과 여진이 계속되고 있다. 그러나 문제는 지금 우리가 직면하고 있는 현실이 IMF 사태 당시보다 더욱더 심각한 위기상황이라고 많은 사람들이 피부로 느끼고 있음에도 불구하고, 우리 사회의 일각에서는 지금이 태평성대인 양 이를 호도하거나 애써 외면하고 있다는 점이다.

　시장과 정부에 대한 불신으로 각종 정책은 경제회생이 아닌 파탄으로 이어지고, '국민에 의한, 국민을 위한 정치'는 민의의 자의적 왜곡, 변질이 상습적으로 자행됨에 따라 아무리 목 놓아 외쳐도 국민들은 귀를 기울이지 않고 있다. 지금까지 우리의 시대상황에 대하여 일부 국민들과 지식인들이 충정어린 비판이나 나름대로 소신 있는 의

사표시와 행동을 한다고 하여도, 반개혁, 반통일 등의 이분법적인 '편가름 논리'로 매도되는 현실에서는 '침묵하는 디수'와 사이비 지식인들의 '양시양비론' 그리고 '비판을 위한 비판'들만이 양산되었을 뿐이다. 이러한 상황은 다수 국민들의 귀와 눈과 입을 막게 되고, 한국사회를 더욱 심각한 위기국면으로 빠져들게 할 것임은 자명한 이치이다.

이제 우리 한국사회는 비판만을 위한 비판이 아니라 오늘의 시대정신이 요구하고 있는 진정으로 국리민복에 소용되는 대안의 제시가 절실하게 필요한 때를 맞고 있다. 지식인들은 역사의식을 새로이 가다듬고 오랜 침묵에서 깨어날 때이다.

특정한 이데올로기나 정파를 초월하여 우리 사회가 당면하고 있는 위기적 상황을 극복하고 도약할 수 있는 발전방향의 모색과 개발이 오늘을 사는 지식인들의 시대적 사명이 아닐까 한다. 현실에 대한 지식인의 침묵과 외면이 자칫 한 세기 전의 나라를 잃은 역사적 우(愚)를 반복시키는 결과를 초래하는 데 일조하는 것은 아닐까 하고 우려하는 것이 필자의 지나친 기우에 지나지 않아야 할 것임은 물론이다.

(2001. 5.)

이라크 전후(戰後)의 세계경제 명암(明暗)

전쟁과 함께 봄이 오고, 전쟁이 끝나면서 봄날이 가고 있다.

9.11테러와 아프간전쟁 그리고 이라크전쟁에 이르기까지의 일련의 과정이 21세기 인류문명사에 어떠한 모습의 빛과 그림자를 드리우게 될 것인지 궁금하지 않을 수 없다. 개전 당시 다수 군사전문가들의 예상과는 달리 빨리 종식되고 있는 이라크전쟁 이후의 세계경제는 장밋빛 평화와 성장을 노래하거나 아니면 전쟁보다 더 무섭고도 참담한 침체의 미래가 준비되고 있는지도 모른다.

전쟁과 경제의 상관관계에 대하여는 역사적, 경험적 또는 이론적으로도 헤아릴 수 없을 만큼의 담론이 존재한다. 전쟁의 원인과 경과와 결과 그리고 전쟁과 경제의 상호작용, 이들에서 파생되어 전개되는 인과관계의 연결고리들이 바로 세계경제사를 엮어 낸다고 단언해도 지나치지 않을 것이다. 가까운 예로, 태평양전쟁 이후 몰락했던 일본경제의 비약적인 성장과 발전은 우리 민족에게는 영원한 비극이요 참화일 수밖에 없는 북의 남침에 의한 6.25전쟁, 즉 한국전쟁이 발발하지 않았다면 불가능하였다.

또한, 이번 이라크전쟁의 원인에 대한 해묵은 논쟁거리인 석유문제만 가지고 살펴보더라도, 전쟁의 전개양상과 전후처리의 결과에 따라 국제유가는 크게 움직이게 되고, 전쟁의 직접 당사국이 아닌 국가들의 경제에 직접적인 영향을 미치게 된다.

국제유가가 안정, 하락하게 되면 무역에 대한 국가경제의 의존도가 높은 한국, 일본, 중국 등의 경제에는 청신호가 되겠지만, 석유수출로 인한 재정수입이 국가경제를 좌지우지 하다시피 하고 있는 러시아에게는 적신호가 켜지게 될 것이다. 반면, 국제유가가 큰 폭으로 상승하게 되면 우리나라와 같은 소규모 개방경제체제는 아무리 수출을 많이 한다고 하더라도 수입원자재 가격의 상승으로 인한 국제수지 적자의 발생 등 국가경제 전반에 걸쳐 어려움에 직면하게 될 것이다. 특히 국제유가의 상승기조가 상당기간 지속될 경우, 최근 20여 년 동안 지속적인 고도성장을 구가해 온 중국경제는 지금까지의 성장엔진에 문제가 생기거나 앞으로의 성장잠재력을 잠식당할지도 모른다. 왜냐하면, 중국경제가 개혁·개방 이후 비약적인 발전과 성장을 해 오는 과정에서 주요 산유국이었던 중국은 이미 세계 최대의 석유소비국이자 수입국이 되었기 때문이다.

최근 이라크전의 종전이 선언되고, 국제유가가 하락안정세를 보이고 있음에도 불구하고, 전후 세계경제에 대한 전망이 상반되고 있어 경제침체에 대한 우려와 함께 테러의 빈발 가능성 등 세계평화와 번영에 대한 불확실성이 고조되고 있다.

세계은행(World Bank)은 이라크전쟁의 부정적인 영향에도 불구하고 금년도 세계 경제성장률이 작년의 1.7%보다 다소 높은 2.3%를 기록할 것으로 전망하였다. 한편 국제통화기금(IMF)은 올해 미국의 경제성장률이 2.2%에 이를 것으로 전망하였다. 이러한 전망치는 1% 미만의 성장률을 보이고 있는 일본과 독일에 비교하면 압도적으로 양호한 전망이지만, 이라크전 이후 미국경제에 대한 비관론적 견해가 점차 힘을 얻고 있다.

경제저널이나 일부 경제학자들은 흔히 세계경제의 미국경제에 대한 지나친 의존도가 세계경제의 가장 큰 위협요인의 하나라고 역설적으로 지적한다. 이코노미스트(4/10자)는 1995년 이후 미국은 세계 경제성장의 2/3를 뒷받침하고 있다고 보도하고 있다. 따라서 향후 세계경제는 상당기간 미국경제의 방향에 따라 크게 좌우될 수밖에 없을 것이라는 분석이 지배적이다.

전쟁 초기에는 전후 미국경제와 세계경제에 대한 낙관적인 견해가 우세하였다. 작년 말 이후 미국경제의 부진과 악화의 원인을 이라크전쟁의 위험에서 찾으려는 경향이 일반적이었다. 따라서 이라크전쟁을 둘러싼 불확실성이 해소되면 세계경제는 활성화될 것이며, 심지어 이라크전쟁이 세계경제를 진작시키는 효과를 가져올 것으로 기대하였다. 특히 이라크의 실질 GDP는 세계경제 규모(약 45조 달러)의 0.1%밖에 안 되기 때문에 중요한 것은 국제유가의 추이라고 지적하고, 국제유가가 22~24달러에 근접하면 소비자심리와 기업투자 심리가 회복되면서 세계경제는 연간 3%에 이르는 성장이 가능할 것이라는 미국 국제경제연구소의 전망도 있었다. 일반적으로 경제성장률 2.5%를 세계경제가 불황이냐 아니냐를 판단하는 기준으로 삼고 있다.

그러나 주가 및 주택가격 버블, 경상수지 및 재정수지 적자 등 미국경제의 구조적 문제점 때문에 이라크전쟁의 조기 종식에도 불구하고 미국경제의 회복이 지연되고, 이에 따라 세계경제 전망에 대한 비관적인 견해들이 강력하게 대두되고 있다.

예컨대, 이라크전쟁이 단기간에 마무리될 경우 미국의 소비 및 투자심리는 신속히 회복되겠지만 실물경기 회복과 지속적인 경기회복은 지연될 것이라는 전망과, 이라크 내에 친미정부가 수립되더라도 미국이 중동지역의 석유이권을 장악하기 어려워 장기적으로는 고유가가 지속될 가능성이 높으며, 이는 세계경제 회복에 부정적인 요인으로 작용할 것이라는 분석 등이 그것이다.

파이낸셜 타임스(Financial Times) 등 일부 경제저널에서는 전후 미국의 경상수지 적자로 인한 보호주의 강화와 달러가치 폭락으로 세계적인 불황이 올 수 있다고 경고하고 있다.

그 밖에 세계경제 전망에 대한 비관적인 견해 중에는 이라크전쟁 종료 후에도 미국에 대한 테러공격 위험과 이란, 시리아 및 북한문제 등 지정학적 위험이 잔존, 지속될 가능성이 높다는 데서 그 논거를 제시하거나, 사스(SARS: 중증급성호흡기증후군)로 인한 중국 등 동아시아 경제권의 경기침체 가능성의 영향을 우려하는 견해도 있다.

어느 경제에 있어서나 전쟁과 불확실성은 충격요인으로 작용하지만, 그 충격의 효과는 나라 또는 경우에 따라 상반되게 나타날 수 있다. 위기라는 단어 속에 기회라는 말이 포함되어 있듯이, 경기침체의 이면에는 경기확장의 국면이 태동하게 마련이다. 전쟁으로 인한 파괴의 무겁고도 어두운 그림자 뒤에는 재건과 신생의 빛이 더욱 눈부실 수도 있다. 이라크전쟁 이후의 세계경제 전망에 대한 명암은 바로 우리 경제에 대한 빛과 그림자가 될 수 있다. 외환위기로 야기된 경기침체를 한국인의 저력으로 극복해 낸 우리 경제는 지금 위축과 후퇴의 그림자가 아닌 발전과 번영의 빛을 발해야 할 기회로 삼아야 함은 물론이다.

(『해군』 2003년 5~6월호)

우리들의 이야기

李兄! 그동안의 안부를 전함에 앞서 제가 감히 '우리들'이란 상투어를 사용한 데 대해서 용서해 주십시오.

어느 고명하신 교수님은 우리말에서 흔히 쓰이는 '우리'라는 말을 싸잡아서 '나(자기)'에 대한 소유관념의 결여 내지는 책임성의 희박, 심지어는 우리 민족의 '주체성 없음'의 가장 극명한 증거인 양 내세우고 있습니다만, 李兄, 그 말씀의 옳고 그름은 논외로 하고라도 '우리들'이란 이 말이 오늘날 우리에게 이렇게 절실해져 올 수가 있겠습니까?

李兄! 그 까닭을 생각해 볼진대 오늘 우리는 분노하고 있기 때문입니다. 오늘 우리는 끊임없이 좌절하고, 속절없이 방황하면서 현실 속의 함몰을 익히기 때문입니다. 오늘 우리는 이해관계의 논리 속을 유영하기 때문이며, 오늘 우리는 커다란 공동(空洞)을 가슴에 가지고 있으면서도 그 가슴이 터질 듯 답답하기 때문입니다. 오늘 우리는 '소외'와 '단결'을 말하면서도, 입으로는 '지성'과 '양심'을 운위하면서도, 고뇌와 극복의 의지 대신에, 수호(守護)와 내출혈(內出血)의 아픔 대신에 감상(感傷)과 타성의 습성을, 안일과 방황의 생리를 사랑하기 때문입니다.

이형! 오늘 '우리'는 우리를 짓밟히고 있으며, 잃어가고 있으며, 빼앗기고 있다고 합니다. 우리는 '잃어버린 세대(lost generation)'가 아니라 '박탈된 세대(deprived generation)'라고도 말하고 있습니다. 그러나 兄이여, 보다 중요한 것은 이러한 사실보다는, 빼앗기는 아픔을 느끼지 못할 뿐만 아니라 절실해져 오는 '우리들'의 의미를 자꾸만 잊어버리는 안주(安住)의 병통이 아니겠습니까?

존경하는 李兄! '우리'는 '나'처럼 이기와 오만으로 독존의 성을 쌓지 않아도 좋습니다. '너'와 '그'처럼 소외되지 않아도 좋습니다. '우리들'은 '그들'처럼 방황하지 않아도 좋고, '너와 나'처럼 타산적이지도 못할뿐더러, '당신'처럼 가난한 눈물의 가슴에 호소되어 오는 신파조의 감상을 강요하지도 않습니다.

兄이여! '우리'는 외롭지 않아서 좋고, 항시 젊은 집단이어서 좋다면 언제 어느 곳에서나 우리는 '우리들'이며, '우리들'일 수 있다면, '우리들의 이야기'는 우리의 공감대로서 형성될 수 있을 것임을 확신합니다.

李兄, 저의 덜된 이야기의 계속을 허용해 주신다면 그 조소어린 얼굴과 영합에 익은 몸짓을 말하겠습니다. 그것은 오늘의 우리의 얼굴이며, 우리의 몸짓일 것 같습니다. 그럼에도 불구하고 우리는 오늘의 이들을 사랑할 수 없습니다. 그것은 우리의 참 얼굴이 아니며, 바른 몸짓이 아니기 때문입니다. 어찌 그것뿐이겠습니까?

냉소는 우리들의 전유물이 아니며,
방관은 우리들의 보호색이 아닙니다.
도피는 우리들의 진통제가 아니며,
방황은 우리들의 현주소가 아닙니다.

더군다나 병든 시대, 얼룩진 역사는 결코 우리들의 변명이 될 수 없으며, 기성세대에 대한 비난의 화살은 우리들의 편리한 이용물일 수는 없습니다.

李兄! 우리의 현 위치에서 우리는 내일이 아니라 오늘일 수밖에 없습니다. 우리는 카프카의 K처럼, 주어진 희망, 피동적인 기다림으로는 오늘과 그리고 내일을 말하지 맙시다.

李兄의 건강과 학업의 성취를, 그리고 대학의 발전을 기구하면서, 저의 두서 없는 췌언(贅言)을 끝맺으면서, '우리들을 위해서'가 아니라 '우리들에 의해서' 형성되는 오늘, 그리고 내일 있기를 빌겠습니다.

그것이야말로 사치가 아니라 보람이며, 부담이 아니라 사명이며, 도금(鍍金)한 모럴이 아니라, 진실한 정언명령(定言命令)이어야 하기에….

(1973, 모대학 교지 『타대생 초대』 기고문)

도시, 거리, 극장, 야구장, 지하철과 버스, 심지어 일요일의 산과 야외, 그 어느 곳에도 만원을 이루는 수많은 군중의 행렬 속에서 자기존재(Selbstsein)로서의 존엄과 가치를 누려야 할 고독한 '너'와 '나'에게, '임금님의 귀'를 외칠 수 있는 우리들의 '대숲'은 이제 없는 것일까!

제 **3** 부

'을지교차로'에서

을지교차로 1

　　신라 제48대 경문왕이 임금의 자리에 오르자 귀가 갑자기 길어져서 당나귀의 귀처럼 되었다. 왕후와 나인들은 모두 알지 못했으나 오직 복두장(이발사) 한 사람만이 그 사실을 알고 있었다. 그러나 평생 동안 남에게 말하지 않았다. 그는 죽으려 할 때 도림사의 대숲을 찾아가서 사람이 없는 곳으로 들어가 대를 보고 외쳤다. "우리 임금님 귀는 당나귀 귀다." 그 후부터 바람이 불면 대소리가 났다. "우리 임금님 귀는 당나귀 귀다"라고.

　　왕은 이 소리를 싫어하여 이에 대나무숲을 베어 버리고 산수유나무를 심었더니 바람이 불면 다만 그 소리는 "우리 임금님 귀는 기다랗다"라고만 했다.

　　이상은 삼국유사에 실려 전해오는 설화로서, 비교적 우화적인 성격을 많이 지닌 탓인지 세간에 널리 알려진 얘기이다. 이 설화의 우의성이 함축하고 있는 날카로운 상황의식과 풍자정신은 압축된 스토리와 더불어 한편의 소설을 이루기에 손색이 없다. 그러나 무엇보다도 이 설화 속의 단순한 삽화에 불과할지도 모르는 '대숲'의 상징적 의미를 우리는 간과해서는 안 될 것 같다.

　　— 한 무리의 인간들이 있었다. 그들의 삶에는 항상 심각한 억압(그냥 고민이나 문제라고 해도 좋다)이 있어 날로 스트레스가 쌓여 갔다.

그들은 은밀한 한 무리의 인간들이 있었다. 대숲을 찾아가서 그 속에서 웃고 울고 춤추고 노래함으로써 스트레스를 풀었다.

그러나 그들은 나중에 그들을 억압하고 있는 거대하고 힘센 자에게 그 '대숲'을 빼앗기게 되었다.

양(洋)의 동서를 막론하고 인간은 개인적, 사회적인 고뇌는 물론 일상생활 속에서 끊임없이 생성되는 긴장과 억압을 해소하기 위한 몸부림 또는 그 수단으로 각양각색의 '대숲'을 만들거나 찾았다고 할 수 있다. 멀리 그리스의 올림픽제전, 로마의 콜로세움, 고대 및 중세도시의 각종 페스티발의 유풍은 물론, 우리나라 고대의 영고(迎鼓)·동맹(東盟)·무천(舞天)·시월제(十月祭) 등의 제천행사와, 삼한의 소도(蘇塗), 토속신앙과 불교문화의 결합체인 연등회, 팔관회 등도 결국 민중에게 '대숲'의 자리를 마련해 준 셈이 아닐까. 또한 주술과 샤만(Shaman)을 통한 원시종교나 시가, 가무 등 발라드댄스(ballad dance)에서 발생한 예술양식도 결국 '대숲'을 찾는 인간의 실존적인 몸부림으로 이해할 수 있으리라. 특히 우리나라 처용무 등 여러 가지 탈춤, 바라춤, 살풀이 등은 인간의 근원적인 고뇌와 비원(悲願)에 대한 가장 본능적인 자기정화의 몸짓이 아니었을까!

무슨 연유에선지 동양 특히 우리나라에서는 옛날부터 대나무나 대숲에서 어떤 특별한 의미를 발견하려고 한 것 같다. 우선 사군자(四君子)의 하나로 뜻있는 문인이나 선비들의 사랑을 받아 왔으며, 상주(喪主)나 탈속한 나그네의 지팡이로 사용되었는가 하면, 성삼문 등 충절지사(忠節志士)의 아호에 대 죽(竹) 자가 많이 애용되었고, 삼국유사에는 위의 설화 외에도 죽엽군(竹葉軍), 죽지랑(竹旨郎), 죽죽(竹竹) 등 장렬한 얘기가 많이 실려 있다.

또한 중국 남북조시대에 일체의 정치적, 사회적 제약에서 초탈하려는 고답적인 세계관을 추구하며, 벗들과 더불어 대숲에 모여 술과 음악과 시를 즐기면서 청담(淸談)으로 세월을 보내고자 했던 유령(劉伶), 완적(阮籍) 등을 죽림칠현(竹林七賢)이라 하여 민중들이 존숭하는 바 되었으며, 우리나라에서도 사륙신(死六臣), 생육신(生六臣) 등 절의파(節義派)의 충절과 의리를 숭상하는 남효온 등 청담파의 선비들이 대숲을 찾아 모여 고담준론으로 소일함에 백성들은 역시 죽림칠현이라고 하여 존경하였다고 한다.

원래 청담이란 중국의 후한시대에 지방 유력자들이 모여 기절지사(氣節志士)와 효렴지사(孝廉之士)를 뽑기 위하여 인물을 평하는 청의(淸議)에 그 기원을 두고 있었지만 대숲, 즉 죽림과 결합됨으로써 독특하고 심원한 사상으로 발전했다고 한다. 따라서 죽림의 의미는 삿됨이 없이, 염결하고 지조 있는 선비들이 모여 정치와 인물을 비평하는 곳으로 이해되었고, 나중에는 오늘날의 재야(在野)의 뜻으로 관용화(慣用化)되고, 민중의 여론을 집성, 대변하는 언론을 뜻하기도 하였다.

그러나 이러한 죽림, 즉 '대숲'의 상징적 의의가 위정자에게 잘 인식되어 정치적으로 또는 민중의 소리를 청취하는 수단으로도 이용되어 온 점을 우리는 주목할 필요가 있을 것이다. 좌전(左傳)에 전해지고 있는 다음의 이야기가 그 좋은 예일 것이다.

춘추시대 탁월한 정치가인 자산(子産)이 정(鄭)나라의 집정(총리)으로 있을 때, 백성들이 향교에 모여서 집정으로 있는 자산을 기탄없이 비판했다. 이러한 비판적인 언론은 위정자들을 매우 난처하게 하였다. 자산 밑에서 일하는 관리들이 이러한 사정을 귀찮고 불편하게 여긴 나머지 자산에게 향교를 허물어 버리자고 건의하였다. 자산은 이러한 건의를 일언지하에 물리치고 다음과 같이 말했다.

“무엇하러 그런 짓을 하겠는가? 사람들이 아침, 저녁으로 그곳에 가서 집정의 좋고 나쁜 것을 의론한다, 그들이 좋다고 하는 것은 내가 그것을 행하고, 그들이 싫어하는 것은 내가 그것을 고치니 이는 곧 내 스승이다.

무엇하러 그것을 허물어 버리겠는가? 나는 충(忠)과 선(善)으로 원망을 던다고는 들었지만, 위협을 만들어서 원망을 막는다고는 듣지 못했다.

어찌 내가 그 일을 당장 중지하지 않는가? 그렇게 하는 것은 마치 강물을 막는 거와 같다. 크게 터져서 범람하게 되면 사람이 다치는 일이 많아질 것인데 나는 그것을 구제하지 못한다. 작게 터서 길을 잡아가게 함만 못하고, 내가 듣고서 그것을 약으로 삼느니만 못하다.”

오늘날 고도로 발달된 물질문명과 인간이 날로 원자화되어 가는 산업사회 속에서, 현대의 새로운 리바이어던(Leviathan)인 매스미디어가 쏟아놓는 일방적인 정보와 풍설의 홍수 속에서, 더구나 이러한 매스미디어와 야합하는 각종 권력과 이익집단의 조직적인 폭력(?) 앞에서, 우리들의 왜소한 그림자나마 드리워 춤출 ‘대숲’은 어디인가?

도시, 거리, 극장, 야구장, 지하철과 버스, 심지어 일요일의 산과 야외, 그 어느 곳에도 만원을 이루는 수많은 군중의 행렬 속에서 자기 존재(Selbststein)로서의 존엄과 가치를 누려야 할 고독한 ‘너’와 ‘나’에게, ‘임금님의 귀’를 외칠 수 있는 우리들의 ‘대숲’은 이제 없는 것일까!

어느 무명시인은 이렇게 노래하였다.

생채기에 소금을 지져도
소리 죽이네
끝날 쯤 해서 아아 이 아픔이
사위어질 때쯤 되어서

참 먼 할아버지의
恨까지 보태서
삼국유사의 바람까지 더해서
참 많은 세월까지
울고 싶지만

어데 있느냐

목을 놓고 울어버릴 곳이
퍽 걸터앉아

미친 듯이 땅을 칠 대숲이…

(『산은노보』 제18호, 1979. 5.)

을지교차로 2

1970년대는 참으로 격변의 시대였다. 우리 사회의 정치, 경제적 기본구조가 개편되고, 의식구조와 정신적인 가치관도 근본적인 변혁에 직면하고 있는 셈이다. 이러한 사실은 지난 10년 가까이 금융기관이 맛본 온갖 신산(辛酸)과 애환이 바로 극명한 본보기가 될 수 있을 것이다.

금융기관이 국민경제와 국가발전에 기여해 온바 그 막중한 역할은 차치하고라도, 이 사회의 최고 엘리트집단이요, 수준 높은 교양인이요, 또한 선망 받는 직업인으로 자임하기에 조금도 주저함이 없었던 금융기관 종사자들이, 1970년대를 엄습한 세찬 변화의 바람과 더불어 정말 많이도 금융기관을 떠나갔고, 이러한 대량 이직사태는 중대한 사회문제로까지 제기된 바 있다.

그동안 실로 금융기관과 그 종사자들이 짊어져야 했던 고초와 수모와 사회적 비난은 은행을 떠나지 않고 견디어 온 사람이라면 누구나 잘 알고 있으리라.

그러나 최근 기업의 불황과 경제불안이 점차 고조, 심화됨에 따라, 금융기관은 기업체들과 아직도 상당한 보수의 격차가 있음에도 불구하고 다시 각광받는 직장으로, 인기 있는 직종으로 부상하고 있다는 소식이다. 심지어 금융기관을 떠났던 많은 '유능하고 우수한 인력들'이 지난날의 이직을 후회하는 한편 원래의 직장으로 다시 복귀하였거나 돌아오고 싶어 한다는 보도도 있었다. 혹자는 그들이 무슨 성서 속의 '돌아온 탕자'인 양 다시 받아준 금융기관들을 비난하거나, 그들의 '지조와 신의 없음'을 지탄하기도 한다.

그러나 감탄고토(甘呑苦吐)하고 대세에 부응하는 것이 인지상정이요, 염량세태(炎凉世態)의 무상함은 고금의 동서가 다 마찬가지인데, 과거 개발의 시대에 노고를 같이한 그들에게 '생활인의 직업윤리' 이상의 고매하고 준엄한 심지어 신성하기까지 해야 할 고차원의 윤리와 도덕을 강제할 수는 없다.

작금의 정치현실과 국민의 대표자로 선출된 소위 우리나라 지도자들의 행태를 보라! 국리민복은커녕 당리당략을 넘어 개인적인 이해관계의 안위와 정치생명의 연장을 위해 이합집산의 구태가 되풀이되는가 하면, 같은 정당 안에서 그 당 대표의 목을 사법부의 칼을 빌려 치는 이른바 '가처분'이라는 차도살인(借刀殺人)의 수법이 용인되고, 심지어 국민의 대표자들이 국민이 선출한 '국민의 대표자'의 제명(除名)을 꾀하는 자가당착(自家撞着)의 정치무대에서도 찾을 수 없는 '지조(志操)'와 '신의(信義)'인 것을!

지조는 선비의 것이요, 교양인의 것이다. 장사꾼에게 지조를 바라거나 창녀에게 지조를 바란다는 것은 옛날에도 없었던 일이지만, 선비와 교양인과 지도자에게 지조가 없다면 그가 인격적으로 장사꾼과 창녀와 가릴 바가 무엇이 있겠는가.

이 글은 자유당 말기, 정치인들의 대거 민주당 탈당과 자유당 입당, 사회지도급 인사들의 변절 등을 개탄하고, 당대의 지식인의 각성을 촉구한 시인 조지훈 선생의 유명한 『지조론(志操論)』의 일부이거니와, 당시와 지금과는 이미 강산이 두 번씩이나 변모한 세월이 흐른

만큼, 그동안 우리가 아끼고 숭상해 온 지조, 신의, 청빈 등 고유한 가치와 덕목의 참뜻이 변질, 일실되어 버린 것은 아닐까.

어쩌면 오늘날처럼 공리주의적 사고가 가치관의 주조를 형성하고 있는 상황에, 지조니 신의니 청빈이니 하는 전래의 규범은 출세제일, 황금만능, 물질지향의 거대한 이기주의의 물결 앞에는 한갓 시대착오적인 낡은 유산으로 치부해 버려야 할 것인지도 모른다. 따라서 과거의 아무리 고매한 '지조론', '청빈론'도 오늘날에는 공허한 외침일 뿐이요, 안빈낙도(安貧樂道)의 군자학은 이상(理想)과 절의(節義)를 탈색한 실리위주의 안목으로는 패배주의적인 위선의 몸짓으로 보여지는지도 모르겠다.

그러나 비록 이러한 공리주의, 현실주의가 시대사조의 주류를 이루는 혼돈의 연대가 계속된다 할지라도, 사람이 사회공동생활의 일원으로서 다른 사람의 신뢰를 헛되이 하지 않도록 성의를 가지고 행동해야 한다는 '신의와 성실(Treue und Glauben)'의 황금률은 양(洋)의 동서를 막론하고 인간관계와 사회생활의 근본규범으로 존재할 것이며, 인간의 이성과 인격의 존엄을 신봉하는 정신적 가치체계가 사라지지 않는 한 자기 자신의 양심은 물론 사회적 정의 관념과 준엄한 역사의식에 비추어 지조와 신의 등의 덕목은 인간을 평가하는 영원한 정언명령(定言命令)으로 남게 될 것이다.

이윤추구만을 궁극의 목적으로 심는 상인의 세계에서도 자기가 한 표시에 의하여 상대방에게 어느 사실이 존재한다는 것을 신뢰하게 만들고, 상대방이 그 표시자를 믿고 행동할 때에는 표시자는 이후 그 사실의 존재를 부정할 수 없는 이른바 '금반언(禁反言: estoppel)의 원칙'이 상거래의 존립의 기초를 이루고 있다.

그럼에도도 불구하고, 국리민복을 도모하고 국가와 사회발전의 선도적 역할을 담당한다고 자임하는 국민의 대표자나 엘리트집단이 자

기의 구복(口腹)과 명리만을 위하여 스스로의 생명과 다름없는 지조
와 신의를 저버리고, 하루아침에 그 동지나 지지자, 몸담았던 정당이
나 조직을 배신하는 상황이 무절제하게 연출되어 온 70년대야말로,
어쩌면 우리 모두에게 '목격자'이면서 동시에 '공모자'로서의 책임과
역사의 멍에를 짊어지게 한 셈인지도 모른다.
　『지조론』은 이렇게 말하고 있다.

　　지조를 지키기란 참으로 어려운 일이다. 자기의 신념에 어긋날 때면
목숨을 걸어 항거하여 타협하지 않고, 부정과 불의한 권력 앞에는 최저
의 생활, 최악의 곤욕을 무릅쓸 각오가 없으면 섣불리 지조를 입에 담아
서는 안 된다. 정신의 자존, 자시(自恃)를 위해서는 자학과도 같은 생활
을 견디는 힘이 없이는 지조는 지켜지지 않는다.
　　－ 중략 －
　　오늘 우리가 지도자나 정치인들에게 바라는 지조는 이토록 삼엄한
것은 아니다. 다만 당신 뒤에는 당신들을 주시하는 국민이 있다는 것을
잊지 말고 자신의 위의(威儀)와 정치적 생명을 위하여 좀 더 어려운 것을
참고 견디라는 충고 정도다.
　　한때의 적막을 받을지언정 만고에 처량한 이름이 되지 말라는 채근
담(菜根譚)의 한 구절을 보내고 싶은 심정인 것이다. 끝까지 참고 견딜
힘도 없으면서 뜻있는 백성을 속여 야당의 투사를 가장함으로써 권력의
미끼를 기다리다가 후딱 넘어가는 교지(狡智)를 버리라는 말이다. 욕인
(辱人)으로 출세의 바탕을 삼고 항거로써 최대의 아첨을 일삼는 본색을
탄로시키지 말라는 것이다.

（『산은노보』 제19호, 1979. 8.）

을지교차로 3

중추가절– 가을. 예로부터 우리의 선인들이 천고마비, 등화가친이라 일컬어 온 바로 그 가을이다.

국화의 함초롬한 모습에서 군자의 기품을 발견하고, 백추(白秋)의 그 삽상한 호기(皓氣)에서 솟아나는 준엄한 역사의식이 우리의 옷깃을 여미게 하는 선비의 계절– 가을.

옛글에도 가을은 관제(官制)로 치면 형벌의 심판을 맡는 형관(刑官)에 해당되고(그래서 형관을 秋官이라 하였다), 오행(五行)으로 치면 금(金)에 해당한다(방위로는 西, 색으로는 흰색을 포괄한다)고 하였는데, 이는 천지의 의기(義氣), 즉 사물을 정당하게 처리해 나가는 천지의 올바른 기운을 뜻한다고 하였다. 특히 높푸른 우리의 가을하늘은 일찍이 고려청자의 수려한 천의무봉(天衣無縫)의 빛깔로 체현되었듯이, 그 아름다움은 뜻있는 이들의 지조에 비유되어 널리 우러러보았다. 애국가의 가사 '가을하늘 공활한데 높고 구름 없이'를 구태여 인용할 필요도 없을 터이다.

그러나 지금 우리가 보내는 이 가을은 왜 이렇게 암울하고 답답하기만 한지 모르겠다. 이 적막한(?) 가을을 맞아 청잣빛 하늘을 우러러보아도, 혹심한 정치공해 때문인지, 우리의 조상들이 기리던 그 하늘은 정녕 아닌 듯하다. 명절인심이란 속담도 바로 청풍명월과 결실의 보람으로 여유와 흥겨움, 인정과 화락(和樂)의 가을인심을 두고 생긴 말이 아닌가?

　독선과 아집, 파쟁과 분열, 마침내 불신과 불화가 빚어낸 협량(狹量)이 난무하는 듯한 최근의 사태를 보면, 대화와 토론과 타협에 의하여 소기의 목적을 달성하려는 것이 아니라 책략과 폭거와 일방통행으로 자기목적을 쟁취하려는 것 같은 느낌이다. 국리민복이란 대의에 따라 행동해야 할 책임 있는 사람들의 최근의 일거수(一擧手) 일투족(一投足)이, 다수 국민들에게는 소리(小利)에 집착하는 정상(政商)의 몸짓으로 인식될 때, 그로부터 야기될지도 모르는 배리(背理)와 불신의 비극을 어떻게 감당하려고 하는가? 아직도 전근대적인 흑백논리와 마타도어의 발상법에서 도출되는 사꾸라논쟁과 헤게모니쟁탈 등이 목적과 수단의 전도라는 가치의 혼란을 부지불식간에 결과하게 될 때, 이 땅에 안겨 주는 반역사적 상흔은 누가 치유하려고 할 것인가? 화해와 결속을 포기한 결렬은 어떠한 명분하에서도 다수 국민들로부터의 환호와 박수 대신에 환멸만이 그들을 기다리고 있다는 사실을 알아야 할 것이다.

　인간이 공동의 목적을 추구함에 있어서, 그 취하는바 수단이 유일무이한 것은 결코 아니다. 어느 누구도 무엇이 가장 정당한가를 알 수 없기 때문에 어느 누구의 주장도 정당한 것으로 추정받을 수 있는 것이며, 동시에 어느 누구의 주장도 부정당한 것이라 하여 무조건 배척할 수는 없는 것이다. 따라서 자기의 입장의 정당함을 확신함과 아울러 타인의 입장의 정당함도 승인하여 주어야 하며, 타인의 부정당함이 가능한 만큼 자기의 부정당함도 가능한 것이다. 결국 정당과 부정당은 '가능성'의 영역에 속해 있는 것이며, '확실성'의 세계에 속해 있는 것은 아니다. 우리가 신봉하는 민주주의는 자기의 입장의 정당함을 내세우되 그것을 절대적인 것으로 고집하지 말 것이며, 타인의 부정당함을 공격하되 그것에도 상당한 이유가 있다는 것을 승인하고 이를 존중하여야 할 것을 가르친다. 이것이 민주주의 의 바탕인 '관용의 정신'이 아닌가!

　이러한 관용의 정신에 입각한, 라이벌끼리의 페어플레이와 겸허한 양보, 승자와 패자의 소탈한 악수, 원수에 대한 사랑의 용서, 그리고 불상용(不相容)의 적대자끼리의 극적인 화해야말로 인간사회와 역사를 통해 가장 멋있고, 아름다운 모습이라는 찬사를 받게 되는 것이다.

　우리는 병자호란 당시 청음(淸陰) 김상헌(金尙憲) 선생과 지천(遲川) 최명길(崔鳴吉) 선생의 사이의 멋있는 일화를 값진 교훈으로 간직하고 있다. 청음은 지천이 쓴 항서(降書)를 세 번이나 찢었다. 두 분은 주전(主戰), 주화(主和)에서뿐만 아니라 정치와 학문에 있어서도 라이벌이었다. 처음에 지천은 청음을 보기를 '조명심(釣名心)이 강한 늙은이'로 보았고, 청음은 지천을 '진회(秦檜) 같은 소인'으로 알았으나, 나중에 두 분이 청나라에 잡혀와 벽 하나를 사이한 옥에 갇혔을 때, 사생(死生)이 박두해도 마음이 변치 않는 청음의 철석 같은 신의와 행동과, 오로지 나라를 위한 것이었던 지천의 심모원계(深謀遠計)가 서로 이해되어 두 분은 서로 화해하고 공경하였다.

　청음이 먼저, '從心兩世好 頓釋百年疑(이생과 내생을 좇아 놀아서, 백년 동안 의심한 바를 풀어 버린다.)!'라는 글을 지어서 사과하자. 지천은 '君心如石終難轉 吾道如環信所隨(그대의 마음은 돌과 같아서 굴리기 어렵고, 내 마음은 고리와 같아서 믿는 데로 따라간다.)'라고 화답하여, 청음의 철석 같은 간장과 자기의 융통성을 함축성 있게 표현하였다.

　그 당시 한우리의 옥에서 두 분이 주고받은 다음의 시는 우리나라는 물론 중국의 지식인들에게까지 널리 회자(膾炙)되었다.

먼저 청음이 지천에게 이르기를,

成敗關大運 須看義與歸
雖然反夙暮 未可倒裳衣
權或賢猶誤 經應衆莫違
寄言明理士 造次愼衡機

(되고 안 되기는 하늘에 달렸으니
모름지기 의(義)를 좇아 돌아가리라.
아침과 저녁을 뒤엎는다 할지라도
옷과 치마는 거꾸로 입지 못할 것이라.
권도(權道)란 어진 일을 그르칠 수 있다마는
베리 앞에야 뉘 능히 어기리오.
명철한 군자에게 말 붙이나니
깜박할 동안에도 저울질 기틀을 조심하오.)

지천이 차운(次韻)하여 화답하기를,

靜處觀群動 眞成爛漫歸
湯氷俱是水 裘葛莫非衣
事或隋時別 心寧與道違
君能悟斯理 語黙各天機

(고요히 뭇 움직임 보나니
참답구나, 난만히 돌아가려네.
끓는 물 얼음덩이 모두가 물이요
갓옷 칡 베옷 옷 아닌 게 아닐세.

일은 때를 따라 다르다마는
마음이야 어찌 도를 떠나 다르리.
그대여 이 이치를 깨달았는가
지키세 잠잠히 하늘기틀을.)

후에 두 분이 청나라의 옥에서 풀려나 고국에 돌아올 때 어느 시
인은 이렇게 노래하였다.

二老經權各爲公 擎天大節濟時功
如今爛漫同時歸 俱時南館白首翁

(두 노인의 베리와 권도는 둘 다 나라를 위함일세.
하늘을 받드는 큰 절개는 이때 이 공을 이루셨네.
함께 난만히 돌아가는 오늘,
이 땅엔 모두 다 옥 속에서 머리 센 백수옹뿐일세.)

1970년대도 저물어가는 스산한 이 가을에 이처럼 멋있는 이야기
는 없는가….

(『산은노보』 제20호, 1979. 9.)

을지교차로 4

미증유의 국가비상사태를 맞이하여 온 국민이 슬기롭게 어려운 고비를 넘기고 있는 가운데, 한해와 한 연대가 저물어가고 마침내 한 시대가 종언을 고하고 있다.

돌이켜보면 격동과 급변으로 지샌 경악과 배리의 시간들이 지금은 아득한 옛날 일처럼 느껴지는 것은 아마도 그동안의 숱한 충격에 면역되어 버린 타성 탓이기도 하려니와, 어쩌면 망각과 미망이라는 편리한 습속을 지닌 인간의 숙명 때문인지도 모른다. 역사란 정녕 인간의 허망한 집념과 오만한 의지가 빚어내는 비극과 허무의 드라마인가?

수많은 군웅이 할거하고, 온갖 인간상이 파노라마를 이루고 있는 이른바 사대기서(四大奇書)의 머리를 차지하는 『삼국지연의(三國志演義)』가 최근의 급변사태 이후 이 땅의 겨울밤에 많이 읽힌다는 신문보도가 있었다. 삼국지의 독자들은 책의 재미에 빠져서든지 잠이 안 와서든지 간에 이 기나긴 겨울밤을 전전반측하면서, 권력과 역사와 여러 부류의 인간군의 파란만장한 이야기와 자기 나름대로의 꿈과 이야기를 접목시키기도 할 것이다.

그러나 동양인들에게 가장 사랑받는 고전 삼국지의 진수(眞髓)는 도원결의(桃園結義)편에서 시작하여 천하일통(天下一統)편에 이르는 방대한 분량을 다 읽어야 맛볼 수 있는 것은 아니다. 사실상 『삼국지연의』의 핵심적인 메시지는, 독자들이 이 재미있는 책을 빨리 읽으려는 성급함 때문에 뛰어넘고 가는 삼국지연의의 첫 페이지에 실려 있는 서사(序詞)에 다 함축되어 있다고 할 수 있다.

滾滾長江東逝水 浪花淘盡英雄
是非成敗轉頭空
青山依舊在 幾度夕陽紅

(굼실굼실 흘러 동녘으로 가는 기나긴 강물,
그 물결 위의 거품처럼 일어났다 스러지는
영웅의 모습이여.
옳고 그르고 이름 날리고 패하고 간에
머리를 들어 돌이켜보면 모두가 허망하구나.
푸른 산은 옛같이 푸르른데
그 몇 번이나 지나갔나 석양의 노을이여.)

白髮漁樵江渚上 慣看秋月春風
一壺濁酒喜相逢
古今多少事 都付笑談中

(흰머리 나부끼는 강기슭의 어부와 초부
가을 달 봄바람도 볼대로 보았으리.
한 병 탁주 사이에 두고 옛 벗을 맞았으니
고금의 지난 일들 그 모든 얘기꽃을
술잔을 기울이며 웃음 속에 부쳐보네.)

삼국지에서 우리가 주의 깊게 읽어야 할 것은 끝없이 출몰하는 영웅호걸들의 이야기만이 아니라 그 시대상황과 조응되는 사건과 인물들의 출현과 전개(성장 또는 출세)과정, 인과관계 등으로부터 귀결되는 성공과 실패의 결과들일 수도 있을 것 같다. 특히 한 개인 또는 그를 추종하는 집단의 권력에 대한 의지가 얼마나 무서우며, 나아가 그것이 천하대세를 만들기도 하고, 전쟁(권력투쟁이라고 해야 할 것이지만)을 일으켜 민중을 도탄으로 빠뜨리기도 했다는 역사적 사실에 주목해야 할 것이다.

모든 조건과 상황이 삼국지시대와는 전혀 다른 오늘의 현실이지만, 자칫 우리 사회(나라)의 구성원이 각자가 맡은바 소임과 책임을 소홀히 할 경우 우리에게 보장된 것은 『삼국지연의』에서 만나는 사회적 혼란과 국가적 위기일 뿐일 것이리라는 예감이 밀려오는 것은 무엇 때문인가?

그동안 다소간에 제한되고 억눌려 왔던 자기주장과 권리요구가 한꺼번에 터져 나오고 분출된다면, 만약에 그동안 그 연유가 어떠했든 간에 왜곡되었거나 다소간에 문제가 없지 않았던 기존의 제도나 질서를 하루아침에 허물거나 새로 세우려고 하는 정치적 욕구가 무차별적으로 표출된다면, 대망의 새 시대, 새로운 80년대는 어떠한 모습으로 '우리를 기다리고 있을까'라는 의문에 대한 답은 자명하리라고 본다.

지금은 온 국민이 자중자애하면서 슬기를 모을 때이다. 국리민복을 최우선가치로 임해야 할 정부는 물론, 기업가와 근로자들도 역지사지(易地思之)의 지혜가 필요한 시점이 아닌가 한다. 특히 정치권은 정쟁과 분열, 권력다툼을 중단하고, 국민들 앞에 석고대죄하고, 철저한 자기반성을 통하여 새로운 1980년대를 준비할 수 있도록 해야 하며, 눈앞의 정권쟁취에만 몰두하는 우(愚)를 범해서는 안 될 것이다.

아무리 훌륭한 목표를 갖고 있는 걸출한 인물이나 집단이라도, 그들의 성급하고 이기적인 야욕이나 독선이 또 다른 인물이나 세력을 불러들임으로써 자신들의 패망과 몰락을 재촉할 뿐만 아니라, 자칫 역사의 수레바퀴를 거꾸로 돌리기도 했던 삼국지 속의 숫한 사례들을 살펴보는 것이 이 시대에 있어서의 『삼국지연의』에 대한 독서법이 아닐까 여겨진다.

— 한 시대가 막을 내리는 겨울 언저리, 인간사의 변전무상(變轉無常)을 넘어, 새 역사와 새 봄은 지금 진정 태동하고 있는가?

(『산은노보』 제21호, 1979. 11.)

을지교차로 5

한 시대가 가고 새로운 시대가 열리는 대망의 80년대— 그 첫해를 맞이한 우리의 전도(前途)는 별로 순탄치만은 않을 것 같다.

고유가, 고금가(高金價), 고물가 등 이른바 삼고(三高)의 열풍이 전 세계를 휘몰아치고 있는가 하면, 안으로는 환율과 금리 등의 대폭적인 인상으로 기업과 서민가계는 물론 가련한 은행원들의 월급봉투를 더욱 더 애처롭게 만들어버린 것과는 아랑곳없이, 경제발전에 상응한 정치발전을 도모한다는 거창한 명제 하에, 이른바 '국민적 합의'에 바탕을 둔 헌법과 민주주의 논의로 영일(寧日)이 없는 것 같다.

정치발전은 이룩되어야 하며, 국민적 합의에 기초를 둔 훌륭한 헌법과 민주주의는 어떠한 난관을 무릅쓰고라도 우리 국민이 기필코 달성해야 할 정언명법(定言命法)이다. 그러나 헌법 그 자체는 만병통치약이 아니며, 좋은 헌법을 가진다고 해서 곧 민주주의가 실현되는 것은 더욱 아니다. 그것의 참다운 의미는, 모든 국민이 보다 잘 살 수 있는 사회와 국가— 즉 민주국가를 이룩하기 위한 '국민적 합의'의 출발이지, 그 끝이 아니라는 점은 자명의 진리이다.

8.15 이후 35년 동안 우리가 걸어온 숱한 시행착오의 악순환에 대한 국민적인 자성과 민주적인 역사의식에의 여과를 통한, 객관적이고도 사심 없는 비판과 통찰과 비전이 결여된 상태에서, 과연 우리에게 가장 알맞은 제도가 마련되고, 바른 질서가 창조될 수 있을지 의

문스럽다. 일방에서는 과거에 대한 향수에서 탈피하지 못하고, 집권욕에 불타는 다른 한쪽에서는 미래에 대한 신기루에 이끌리어 방황하는 바람에, 준엄하고 자주적인 역사의식에 의한 심판자나 참회자의 입장에서 "지금 우리가 어디에 서 있으며, 어디로 가고 있으며, 또한 어디로 가야 할 것인가"를 분명하게 제시해야 할 시대적 사명을 다하지 못하고, 오히려 사태의 본질을 왜곡하거나 국민여론을 오도함으로써 역사적 배임행위를 자행하고 있지는 않은지 염려스럽다.

급변하는 대내외 정세의 진폭과 위기상황의 점고(漸高) 속에서, 누구도 우리의 과거와 현재의 가치와 의미를 심판해 주지 않으며, 또 아무도 자신 있게 우리 미래의 행방을 예단해 주지도 않는다.

우리의 과거는 유언 없이 떨어져 나갔고, 미래는 약속 없이 우리 앞에 가로놓여 있다. 이리하여 유언도 물려받지 못하고, 미래에 대한 뚜렷한 비전도 제시받지 못한 가운데, 현재를 사는 우리는 어떤 근본적인 변화에 대한 기대와 희망만을 갖고 있을 뿐이다. 그 변화가 어떤 종류의 것이며, 또 그것이 우리에게 어떤 의미를 갖는가에 대하여 왜 아무도 말하지 못하는가? 어쩌면 우리 사회의 지도자들이나 지식인들에게도 야스퍼스가 말한 이른바 '보편적인 허위와 위선'이 이미 미만해 있는 것은 아닌지 모르겠다.

한편으로 우리의 앞날이 결코 밝지만은 않으리라는 징후는, 헌법과 민주주의를 운위하는 그 많은 '뜻있는 사람들'의 비타협적이고 비민주적인 태도에서 쉽게 발견된다. '나 아니면 안 된다'거나, '꼭 누구이어여만 한다'거나, 또는 '어디 출신이어야만 한다'고 주장하는 아집과 편견과 독선이, 민주주의를 최고의 가치규범으로 하여 살아왔다고 내세우는 이른바 '지성인'들에게서 가장 많이 표출된다는 사실은 참으로 슬픈 아이러니가 아닐 수 없다.

진정으로 민주주의를 신봉하고 그것에 자기의 운명을 커는 사람이 있다면, 그는 민주주의란, 다함없는 성실성과 어려운 일들을 자기에게 요구하고 있다는 것을 알아야 할 것이다.

민주주의 참된 이념은, 그에게 자기 자신이 과오를 범하기 쉬운 자라는 것을 인식하면서도 확신을 갖고 행동할 것을 요구하며, 타인이 자기의 의견에 동의하지 않는다는 불편한 사실을 다만 인정하는데 그치지 말고, 오히려 즐길 것을 요구하며, 열정을 갖고 정정당당하게 싸울 것과 그런 연후에는 타협할 것을 요구하며, 남을 위한다는 것과 남을 지배한다는 것을 구별할 것을 요구하는 것이다.

– 민주주의는 강력한 이념이다. 그것이 강력한 까닭은 민주주의가 각자 자신의 통치에 참여하는 모든 사람의 소망을 존중하기 때문이다.

그러나 민주주의가 지닌 항구적인 힘의 참다운 근원, 즉 민주국가 국민으로서의 자주성과 성실성을 우리 스스로 외면한다면, 희망찬 대망(待望)의 80년대가 실의와 대망(大亡)의 80년대로 되어 버릴지 누가 아는가!

(『산은노보』 제22호, 1980. 2.)

을지교차로 6

사월- 개나리, 철쭉, 그리고 목련이 활짝 피는 사월.

여섯살배기 아이들의 키만큼 자란 보리가 초록의 물결을 이루는 들판 사이로, 사뿐히 날아오르는 노고지리의 노랫소리. 또 저만치 꿈틀거리며 밀려오는 아지랑이의 파도 너머로, 빛깔도 선연한 장다리와 복사꽃 흐드러진 정경이 눈에 어리는 망향의 계절- 사월이다.

도시의 지독한 매연 속에서도 싱싱한 새싹을 돋우는 가로수의 눈물겨운 생명의 '데몬스트레이션'이 춥고 매서웠던 오랜 겨울의 상흔을 더욱 일깨워주는 듯한 '잔인한 달'- 사월.

사월은 과연 우리에게 무엇인가?

어떤 무명시인은 사월의 환희와 좌절을 이렇게 노래하기도 하였다.

죽은 말(言語)들이 잔설을 헤치고
여린 싹으로 돋아나면
사월, 너의 얼굴은
햇살처럼 쏟아지는 개나리라 하자

황톳빛 산 구릉을 돌아
꿈이 묻힌 언덕에 서서

사월, 너의 가슴은
못다 핀 철쭉이라 하자

지난겨울 내내 가슴앓이 한
숨찬 목소리로 너를 부르면
사월, 너의 이름은
청자 하늘 비상하는 노고지리라 하자

가로수 파아란 순이 오르는
길을 따라서
우리의 신열을 묻을
땅은 어디인가

밤새 맨발로 달려온
진구렁 길섶에서
사월, 너의 혼백은
수없는 발길 속에 피어난 민들레라 하자

1960년 4월의 그 찬연한 혁명의 불꽃이 타오른 이후, 4월은 매년 주술사의 주문처럼, 격동과 소용돌이 속에서 헤어나지 못하였다. 따라서 우리의 지적 풍토는 사월혁명의 참다운 이념과 정신이 정당하게 평가, 계승되기보다는 오히려 너무 윤색되거나 추상화된 나머지 그 본질이 왜곡, 변질되어 버린 점이 없지 않다. 사월혁명은 위대한 역사의 일부로서 지성사에 각인되어 있는 것이 아니라, 관념화된 우상으로, 또는 빛 잃은 신화로서 '골고다' 언덕에 묻혀 있거나, 주술적인 샤머니즘으로 화석화되어 사이비지성의 가면과 방패가 되기도 하였다.

또 한편으로 사월혁명의 이념과 정신은 특정인들에게 정략적으로 이용되기도 하였고, 연중행사처럼 있어 왔던 젊은 세대들의 '이유 있는 저항'이 거듭됨에 따라, 그 저류에는 자칫하면 상아탑의 정치화와 진리탐구의 공동화(空洞化)를 초래할지도 모르는, 집단적인 행동윤리가 서식하기 시작했다. 그러한 행동윤리는 학원뿐만 아니라 정당이나 사회의 각종 이익집단의 일각에 이미 미만해 있음은 주지의 사실이다.

그들은 슬로간은 간명하다. 그들은 선언한다. '행동은 신념을 낳는다'라고. 그러나 과연 그러한 신념이 참된 신념일 수 있을 것인가? 그들은 또 단언한다. '행동 없는 지성은 위선이다'라고. 그러나 관용과 타협을 거부하는 흑백논리는 폭력이 되고 말 것이며, 다시 폭력은 언제나 지성과 양심의 무덤이 될 따름이며, 종국에는 민주주의의 종식을 확인할 뿐인 것이다.

사월혁명 20년. 모처럼 봄기운이 황량하기만 하던 지성의 동토에 해빙을 재촉하는 절호의 기회를 맞아, 민주주의와 국민을 팔아먹고, 오도된 여론에 편승하여 사리(私利)를 도모하는 정상배와 모리배는 이제 이 땅에서 영원히 발붙이지 못하도록 해야 할 것이다.

폭력이 난무하는 정당의 작품(作風)이나, 흑백의 양면도(兩面刀)를 휘둘러 온 사이비 지성풍토도, 스무 번째 맞는 이 사월의 장엄하고 치열한 개화(開花) 앞에 이제는 준엄히 세척(洗滌)되어야 하리라.

신동엽 시인의 절규가 귀에 쟁쟁이지 않는가!

「껍데기는 가라!
사월도 알맹이만 남고
껍데기는 가라!」고.

(『산은노보』 제23호, 1980. 4.)

을지교차로 7

K형!

지난 장마가 할퀴고 간 우리의 깊고 참담한 상처가 어찌 그리도 쉽게 아물 수 있겠습니까마는 이제 다시금 쏟아지는 열사(熱沙)의 서슬을 잠시나마 비켜가는 바람의 몸짓됨을 용서하십시오.

"바람은 우리의 주소일 뿐, 그늘은 고향이 아니다!"라는 주문을 되뇌며 우리는 장림(長霖)과 폭염을 피해 바다를 찾아 나섰습니다.

어느 날
당신의 문 앞에 섰을 때
당신이 안겨준
터질 듯한 가슴 설레임으로
열사의 자갈길도 잊고
나는 왔습니다.

당신의 넘치는 목소리에 취해
무너지는 하늘도 모르고
당신의 푸른 노래에 어려
화석으로 선 나의 맹목.

그러나
당신이 내게 가르쳐 준

벅찬 가슴 설레임도
당신에겐 일순의 몸짓에
지나지 않음을
나는 몰랐습니다.

열렸다 닫히는 문,
왔다가는 이내 돌아서는
차가운 작별.

또 어느 날엔가는
그것이 영원한 사랑임을
나는 알겠습니다.

K형!

바다는 웃고 있었습니다. 허어연 이빨을 드러내고 춤추며 홍소(哄笑)를 끝없이 터뜨리고 있었습니다. 언젠가 문명의 도시에서 인간이 잃어버린 언어가, 술 취한 거리에서 실종된 분노의 함성과 기도가 하이얀 울음으로 왁자히 밀려오고 있었습니다. 매연과 초연이 묻은, 피와 땀과 눈물에 절여진 당신의 옷자락을, 일망무제(一望無際), 하늘과 바다가 만나는 수평선을 향하여, 굴종의 노래 대신 승리의 기폭인 양 흔들어 보였습니다.

K형!

바다란 우리 인간에겐 거대한 벽이면서 동시에 출구였습니다. 동서고금의 많은 시인들은 바다에서 상반된 이미지를 발견하고 제시해 왔습니다.

밀물과 썰물, 끝없이 밀려왔다 스러지는 파도, 그리고 시나브로 불어왔다 불고 가는 해풍을 통하여 사랑과 증오를, 순간과 영겁을,

절망과 초월을, 그리고 다함없는 삶과 죽음을 노래하고, 마치 신(神)의 옷자락을 움켜잡은 듯이 전율하였습니다. 때로는 몰락과 소멸과 끝없는 와해를 꿈꾸는 바다로, 때로는 흥륭(興隆)과 생성(生成)과 희망찬 도약을 재촉하는 바다로 묘사하였습니다.

K형!

우리가 살아나온 장림(長霖)과 염제(炎帝)의 위력도 결국은 하나의 바다인 것을 이제야 알 것 같습니다. '바람이 분다'라는 말 속에는 무엇인가가 떨어지고 사라지고 죽어간다는 이미지가 함축되어 있지만, 동시에 바람이란 공기를 뜻하므로 삶과 생명력의 원천인 호흡과 연결되어 있다는 점이 새삼스런 경이(驚異)로 느껴집니다. 오늘날 우리가 맛보는 이 신산(辛酸)의 고통과 배리(背理)의 환상이 새로운 환희와 준엄한 심판으로 살아나는 역사의 신앙을 포기하지 않는 한, K형이여, 우리는 바람 부는 그늘에서 일어나, 폭양이 작열(灼熱)하는 시대상황의 벌판으로 나아가야 합니다. 우리는 편의주의적인 냉소의 위선과 패배주의의 타성에 은둔하려는 시니시즘의 숲에서가 아니라, 우리가 직면한 좌절의 바다에서만이 극복의 통로가 마련될 것으로 믿고 있습니다.

K형!

장마의 상처는 잊혀 가고 있습니다. 그러나 그 상흔은 지워지지 않을 것입니다. 환상의 배는 난파되었습니다. 그럼에도 불구하고 꿈의 항진은 영원히 계속될 것입니다.

(『산은노보』 제24호, 1980. 7.)

을지교차로 8

지난여름은 화끈한(?) 더위 한번 없이 그야말로 우수(雨愁)로 지샌 계절이었지만, 어느 날인가 우리들이 서울 근교의 예비군 교육훈련장 풀밭에 누워, 푸른 하늘에 피어오르는 담배연기를 무심히 바라보고 있을 때, 저 아득한 지심(地心)의 마그마에서 전해오는 뜨거운 기도와 함성에 잘 어우러지려는 듯이, 구성진 뻐꾸기 소리가 이상기후의 여름 산야에 메아리쳤다.

청아하면서도 비장하게, 간절한 생의 의지를 보이는 듯하면서도 탈속한 듯한 뻐꾸기 울음소리는 까닭 없는 허기와 공복감을 우리들에게 안겨주는 것만 같았다.

이 황망한 시절, 치열한 생존의 일월 속에 그 뻐꾹새는 무엇을 그렇게 울고 있었을까….

하늘도 높고 푸르지만 물가고와 생활고는 더욱 높고 시퍼런 이 가을. 살이 찐다는 조랑말보다 자꾸만 수척해지는 샐러리맨들의 삶의 현장이 더욱 스산한 풍경으로 밀려오는 청추(淸秋)의 귀뚜라미 소리를 들을 수 있는 사람이라면, 성큼 다가오는 겨울의 매섭고 기나긴 결빙을 미리 감지하였으리라.

어떤 사람에게는 심야의 귀뚜라미 소리가 저 여름날의 그 뻐꾹새 울음처럼 들릴지도 모를 일이지만.

예로부터 우리 조상들은 자고로 '영웅은 죽을 때를 가리기가 어렵고, 선비는 지조를 지키기가 어려우며, 백성은 먹고 살기가 어렵다'라고 하여 이를 이른바 삼난(三難)이라 부르고, 자식들과 후손을 경계(警戒)하고 가르치는 데 게을리 하지 않았다. 이 삼난의 가르침 속에는 이 시대에 비추어 보아도 만고의 진리가 숨 쉬고 있는 듯하다.

얼마나 전이었던가? 이 땅의 어느 호사가(好辭家)가 우리 사회상의 몇 가지 단면을 사난(四難)이라 하여 풍유(諷諭)하였는데, 그것은 『야당이 여당 되기 지난(至難)하니 그 일난(一難)이요, 서민이 은행돈 융자받기 어려우니 그 이난(二難)이요, 서울에서 제집 갖기 어려우니 그 삼난(三難)이요, 농촌에서 농사짓는 총각 장가들기 어려우니 그 사난(四難)이라』는 내용이었다.

우리 사회의 어려운 것이 위 네 가지 어려움 말고도 어찌 한둘일까마는, 이들 어려움에다 어찌 보면 소연하고 어찌 보면 적막하기도 할 이 시대의 도심에서 뻐꾹새 우는 소리를 듣기란 참으로 어려우니 이것을 그 오난(五難)으로 덧붙이면 어떨까 생각해 본다.

문득 미당(未堂) 서정주(徐廷柱)의 '행진곡(行進曲)'이 무슨 일인지 지난 여름에 우리가 들은 그 뻐꾹새 울음같이 들려오기도 하고, 이 가을의 귀뚜라미 소리처럼 울려오기도 하는 것은 무슨 조화인가.

이 맑고 높푸른 가을하늘에….

잔치는 끝났더라.
마지막 앉아서 국밥들을 마시고
빠알간 불 사루고
재를 남기고.

포장을 걷으면 저무는 하늘.
일어서서 主人에게 인사를 하자.

결국은 조금씩 醉해가지고
우리 모두다 돌아가는 사람들.

모가지여
모가지여
모가지여
모가지여

멀리 서 있는 바닷물에선
亂打하며 떨어지는 나의 鐘소리.

(『산은노보』 제25호, 1980. 9.)

을지교차로 9

C형!

또 한해가 비정하게 저물어져 가고 있습니다.

'시간은 가장 위대한 혁명가'라고 갈파한 F. 베이컨의 명언이 없는 것은 아니지만, 지난 1년을 보내는 동안 우리가 살아온 이 시대상황의 궤적은 가히 시간이 창출한 혁명과 격변의 역사였다고 하여도 지나친 말이 아닐 것입니다. 그 시간의 격랑이 휩쓸고 간 1980년의 허허한 가장자리에는 숱한 아쉬움과 분노와 그리고 쓰디쓴 부끄러움의 감회가 아직 용해되지 않은 앙금으로 남아 있습니다.

C형!

중세 유럽의 철학자 성(聖) 안셀름은 인간을 호모 비아토르(Homo Viator), 즉 과객인생(過客人生)이라고 정의하였습니다. 이 말은 '인생은 나그네길'이라는 우리나라 전래의 격언(또는 가수 최희준의 노래제목)과 속절없이 맞아 떨어지는 비유입니다만, 특히 호모 비아토르로서의 인간의 숙명적인 비애와 무상(無常)은 한해를 마감하는 세모(歲暮)의 풍경에서 더욱 실감되는 것 같습니다. 한편에서는 캐롤과 송구영신의 예의 흥청거리는 분위기가 있는가 하면, 다른 한편으로는 아무리 몸부림쳐도 되돌릴 수 없는 '일월(日月)의 유전(流轉)'이라는 대자연의 어김없는 섭리 앞에 사람들은 자성과 회한과 때로는 겸허한 관조(觀照)의 경지를 맛보기도 합니다.

그럼에도 불구하고 대망의 1980년대의 첫 해인 경신년(庚申年) 세모의 마지막 한켠에 서 있는 우리들이 어떤 형언할 수 없는 비감(悲感)에서 헤어나지 못하는 것은 또 무슨 까닭입니까?

포만(飽滿)의 행복감 속에서도 통곡할 수밖에 없었다는 저 '무억(武億)의 세모(歲暮)'라는 고사(故事)가 생각납니다.

전국시대(戰國時代) 중국 하남(河南) 땅에 무억(武億)이라는 학문 높은 선비가 있었습니다. 어느 해인가 그는 나그네길을 떠났다가 절친한 지기의 집에서 세모를 맞게 되었습니다. 그 지기는 무억에게 "무엇이든지 아쉬운 것이 있으면 사양 말고 얘기하게."라고 하자 무억은 좋은 술과 맛있는 음식을 청하여 융숭한 환대를 받았습니다. 무억은 실컷 먹고 마신 다음에도 무엇인가 아쉬운 듯한 표정을 감추지 못하고 있었습니다. 그 지기는 다시 "존경하는 벗이여, 나의 대접에 무슨 부족한 점이라도 있는가?"라고 물었습니다. 그러자 무억은 "실례를 하여야겠소."라고 하더니, 그만 목을 놓아 대성통곡하였다고 합니다.

C형!

마음 맞는 친구와 더불어 고담준론을 즐기며, 좋은 주효(酒肴)로 가득찬 배를 쓰다듬으며, 향기로운 트림을 하는 호모 비이트로 무억 선생은 무엇을 그렇게 통곡하였을까요?

두툼했던 시간의 부피가 무너져 내리고, 마침내 몇 장 남지 않은 캘린더도 찢겨져 나가면 떠나가야 할 1980년 한 해의 종착역, 그 울적한 플랫폼에 서서, 우리는 어쩌면 무억의 그 울음의 빛깔과 의미를 조금은 알 것 같기도 합니다.

그러나 C형!

밀려왔다 스러져가는 파도처럼 시작도 끝도 알 수 없는 인생사의 부침 속에서, 한해를 넘기고 또 한해를 맞아야 하는 이 적막한 세모의 타성적인 백일몽(白日夢)에서 우리는 깨어나야 합니다.

　　우리가 살아가는 이 시간에 저 벌판의 겨울보리, 즉 '동맥(冬麥)'은 수많은 호모 비아토르의 비애와 무상과 더불어 열심히 자라나고 있지 않습니까!

　　내 몸은 아파서
　　태양에 비틀거린다
　　내 몸은 아파서
　　태양에 비틀거린다

　　믿는 것이 있기 때문이다
　　믿는 것이 있기 때문이다
　　光線의 微粒子와 粉末이 너무도 시들하다
　　(壓迫해주고 싶다)
　　뒤집어진 세상의 저쪽에서는
　　나는 비틀거리지도 않고 墮落도 안했으리라

　　그러나 이 눈망울을 휘덮는 시퍼런
　　灼熱의 意味가 밝혀지기까지는
　　나는 여기에 있겠다

　　햇빛에는 겨울보리에 싹이 트고
　　강아지는 끙끙거리고
　　골짜기들은 平和롭지 않으냐…
　　平和의 意志를 말하고 있지 않으냐

　　울고 간 새와

울러 올 새의

寂寞 사이에

　　- 김수영의 「冬麥」 전문

(『산은노보』 제26호, 1980. 12.)

을지교차로 10

기나긴 겨울의 한고(寒苦)에 굴하지 아니하는 대춘(待春)의 지사(志士)들에게 매화만큼이나 존숭을 받는 꽃은 없다.

눈 속에 홀로 피어나는 설중매(雪中梅)의 암향(暗香)은 때 묻지 않은 맑은 정취와 항시 정갈하고 기품 있는 자태와 더불어 기다리는 봄이 가까이 와 있음을 알려주는 화신(花信)으로, 겨우내 절의(節義)를 지켜온 이들에겐 인동(忍冬)의 보람을 느끼게 한다.

매화는 우리 동양에서는 고금을 통하여 시인이나 묵객들의 상찬(賞讚)을 받아온 꽃이며, 사군자(四君子) 가운데서도 수장(首長)으로 치는 군자의 꽃이다. 흔히들 운승격고(韻勝格高)라 하여 매화의 그 운치 있고 격이 높음을 칭송하였고, 특히 일찍이 '매보(梅譜)'를 저술한 범석호(范石湖)라는 이는 "매화는 천하에 으뜸가는 꽃이다"라고까지 말하였다.

삼봉(三峯) 정도전(鄭道傳)은 「매천부(梅川賦)」라는 글을 통하여

미녀와 같이 살갗이 희고
옥과 같은 얼굴에 몸 또한 풍성하네.
표연히 몸을 날려 은하수에 떠있는 것 같고
군선(群仙)의 어깨 위애 춤추는 것 같네.

라고 하였고, 강호에서 매화의 암향을 뱃속까지 채우고 살았다는 소동파(蘇東坡)도 「매화(梅花)」라는 글에서 '때를 씻고 씻어 흰 살더미가 보이네. 가슴에 맺힌 마음 말끔히 사라지네'라고 하여 그 아름다움을 찬탄하였다.

또한 매화는 절의와 지조를 나타내는 꽃이기에 뜻있는 선비들의 아낌을 더욱더 받았다. 매죽헌(梅竹軒) 성삼문(成三問)의 드높은 충절과 매천(梅泉) 황현(黃玹)의 샘솟는 듯한 의기(義氣)를 차치하고라도, '매일생한불매향(梅一生寒不賣香)'이라는 전래의 절구(絶句)는 한사(寒士)의 흐트러지려는 옷깃을 여미게 한다. 그래서였던가? 결코 꺾일 수 없는 우리 민족의 힘을 호방하고 대륙적인 가락으로 노래한 이육사(李陸史)의 시 「광야(曠野)」에서도 "지금 눈 나리고/매화 향기 홀로 아득하니/내 여기 가난한 노래의 씨를 뿌려라.//다시 천고(千古)의 뒤에/백마 타고 오는 초인이 있어/이 광야에서 목 놓아 부르게 하리라"라고 하여, 매화 향기를 빌어 표현한 독립지사의 강인한 기개와 불요불굴의 정신이 이 시를 읽는 우리들에게 오늘도 매화의 암향처럼 전해오고 있다.

담 모퉁이에 두서너 매화가지
추위 속에 홀로 피어 있네.
멀리 보면 눈은 아닌 듯,
그윽한 향기 마음을 적시네.
(牆角數枝梅 浚寒獨自閑
遙知不是雪 爲有暗香來)

이 시는 왕안석(王安石)의 유명한 「매화송(梅花頌)」이거니와, 추위를 견디고 눈 속에 피어나는 매화로부터 격변하는 시대상황과 시류

(時流)에 영합하지 아니하는, 어떤 고고하고 빼어난 불변의 가치와 상징을 발견하고 부여하려는 것이 매화를 사랑하는 모든 시인, 묵객들의 공통된 마음이었다. 그러나 이러한 풍류(?)는 오늘날에는 한갓 잠꼬대로 치부해버려야 할지도 모른다.

어제의 동지가 오늘은 적이 되고, 오늘의 친구가 내일에는 원수가 될지도 모르는 오리무중(五里霧中)의 세태, 열렬한 야당의 투사로 자임하는 자들도 권력의 고기 몇 점에 재빨리 다른 색깔의 구두를 바꿔 신어도 좋은 가치부정향(價値不定向)의 시대, 약한 자에겐 군림하고 힘센 자에겐 굽실거리며, 자신의 성공과 지위의 유지를 위해서는 어떠한 짓도 할 수 있는 출세주의자들의 경연(競演)과 각축의 장(場)—이러한 세태와 시대와 장에서는 설중매의 암향과 그 고결한 모습은 이미 실종선고를 받은 지 오래이기 때문이다.

더구나 얄팍한 월급봉투에, 불어오는 스산한 물가고(物價高)의 겨울바람에 움츠려진 어깨가 더욱 무거운 우리네 샐러리맨들이 저 눈 속에 피어난 매화 한 가지를 찾아볼 여유인들 어디 있는가?

'有梅無雪不精神 有雪無詩俗了人'이라는 말이 있듯이, 유난히도 눈이 많은 이번 겨울— 비록 암울한 도회(都會)의 잿빛 풍경일지라도 백설이 있고, 시적인 분위기도 없는 것은 아닐 터인데, 우리들에게 춘신(春信)을 전해 줄 매화는 어디에 피어 있는 것일까?

그리고 태조 이성계와 태종 이방원이 높은 벼슬을 두고 몇 번이나 불렀으나 끝내 절개와 지조를 꺾지 않았던 저 목은(牧隱) 이색(李穡)이 찾아 헤맨 그 '반가운 매화'는 지금도 어디엔가 피어 있을까?

　　白雪이 자자진 골에
　　구름이 머흘레라

반가운 매화는
어느 곳에 피었는고
夕陽에 홀로이 서서
갈 곳 몰라 하노라

(『산은노보』 제27호, 1981. 2.)

을지교차로 11

K형!

축제는 끝났습니다. 그토록 갈망하던 열광과 환희의 페스티발은 정녕 그렇게 끝났습니다.

— 눈 감으면 귓가에 쟁쟁이는 함성. 밤하늘을 찬연하게 수놓던 불꽃의 장렬한 산화.

그것은 어쩌면 거슬릴 수 없는 강물이었고, 꿈속을 부는 바람이었으며, 나풀나풀 날리는 꽃잎 몸짓이었습니다.

그러나 이제 축제는 끝났습니다. 옷자락에 묻은 초연(硝燃)을 털고, 등줄기를 후비는 가랑비와 함께, 우리의 노래는 역사의 탁류(濁流) 속으로 실종되기도 하였습니다.

풀이 눕는다
비를 몰아오는 동풍에 나부껴
풀은 눕고
드디어 울었다
날이 흐려서 더 울다가
다시 누웠다

풀이 눕는다
바람보다도 더 빨리 눕는다

바람보다도 더 빨리 울고
바람보다 먼저 일어난다

날이 흐리고 풀이 눕는다
발목까지
발목까지 눕는다
바람보다 늦게 누워도
바람보다 먼저 일어나고
바람보다 늦게 울어도
바람보다 먼저 웃는다
날이 흐리고 풀뿌리가 눕는다

– 김수영 「풀」 전문

K형!

사회는 원칙적으로 인간의 자유로운 비판과 선택에 의하여 평화적인 방법으로 개선, 발전되어 가야 합니다.

민주사회에서 폭력에 의한 사회개혁을 꾀하는 것은 자기의 손으로 만든 가치규범을 스스로의 손으로 파괴하는 것이 되고 맙니다.

권리를 정당하게 행사하고 의무를 품위 있게 이행하며, 타협과 선거를 통해서 어디까지나 질서에 의해서 진보를 꾀하는 것이 민주사회에 있어서의 인간의 존재방식입니다. 따라서 민주주의의 참뜻은 사회를 화석화(化石化)하는 것이 아니라, 변혁, 창조해 나가는 데 있으며, 폭력에 의한 투쟁을 부정하고 사회에 평화를 가져오는 데 그 의의가 더욱 크다고 할 것입니다.

우리는 민주주의가 결코 기성품(既成品)이 아님을 알고 있습니다. 그것은 우리가 끊임없이 추구해야 할 생활의 이념이요, 목표인 것입니다. 또한 민주주의는 그것이 수단인 동시에 목적입니다. '목적은 수단을 신성화(神聖化)한다'는 저 마키아벨리의 명제는 정치권력을 무제약적으로 행사함으로써만이 스스로의 존립을 보장할 수 있는 비민주세력의 도그마일 뿐입니다.

해방 이후 우리 사회에는 목적만을 신성시하는 나머지 수단을 가리지 않는 배리가 만연되어 왔음은 참으로 통탄할 사태라고 생각합니다. 원래 목적과 수단은 상호의존관계에 있는 것이어서, 목적은 수단에 의해서 결정되며, 수단 또한 목적에 의해서 제약되는 것이므로 양자는 결코 분리해서 생각될 것은 아닙니다. 그런데 민주주의의 구현을 목적으로 한다고 하면서, 거기에 도달하는 수단으로서 특정인 또는 특정집단의 통치가 불가피하다는 사상은 민주주의 이념과 근본적으로 상치된다고 할 것입니다.

K형!

『대중의 반역』의 저자, 오르테가 이 가세트는 "현대는 역사의 행방불명시대"라고 갈파하였습니다. 그는 또 인간을 정의하여 "나는 나 자신인 동시에 나의 상황이다(I am I, and my circumstance)"라고 했습니다. 즉 인간은 '주체적 존재'인 동시에 자기가 실존하는 역사적 상황을 벗어날 수 없는 '상황적 존재'라는 것입니다.

우리 한국인이 경험해 온 목적과 수단의 가치전도(價値顚倒), 혼미 속의 역사의식, 황량한 정신풍토, 그리고 끝없는 불안과 위기, 비분강개와 냉소주의가 미만해 가는 상황 속에서, 온몸을 흔들어도 스스로 한국인임을 확인할 수밖에 없는 저 '상황적 존재'의 숙명을 거부할 길이 어디에도 없다면, K형이여!

역사의 실종선고가 취소되고, 환호의 팡파르가 울려 퍼질 페스티발은 아직 끝나지 않았습니다. 우리의 끊이지 않는 노래와 함께 축제는 이제 막 시작되었을 뿐입니다.

K형!
축제는 아직 끝나지 않았습니다!

(『산은노보』 제29호, 1981. 7.)

『산은노보(産銀勞報)』에 얽힌 추억

　　필자가 산은노보와 처음으로 인연을 맺게 된 것은 지령 18호 때인 1979년 5월 고정칼럼인 『을지교차로』의 집필을 전담하면서부터로 기억되는데, 2002년 1월 현재 100호를 발간한다고 하니 그동안 노보가 격월간에서 계간으로 바뀌었고, '노조소식'이 수시로 발간되어 노보의 역할을 상당부분 대체하는 등 그 들쭉날쭉한 사정을 이해하면서도 우선 반가움이 앞서고, 차제에 『산은노보』의 면모가 일신될 것을 기대해 본다.

　　산은노보는 한국산업은행의 사보인 『산우(産友)』지가 1972년 10월유신으로 폐간되고, 1987년 8월 새로운 사보인 『산은소식』이 창간될 때까지 행내 유일한 언론매체로서 직원 상호간의 의사소통 및 여론의 광장으로서의 작용과 역할을 하였으며, 산은가족의 문예작품을 게재하는 문화마당이 되기도 하였다.

　　『산은소식』을 창간할 때부터 한동안 편집책임자의 업무를 수행했던 필자에게는 산은노보의 편집을 담당했던 경험이 큰 도움이 되었을 뿐만 아니라, 사보와 노보의 차이점을 미필적 고의(?)로 덜 인식한 나머지 산은소식을 편집하는 동안 일종의 필화사건을 몇 번 겪기도 했는데 그것은 산은노보를 편집하면서 얻게 된 산은문화에 대한 자부심과 긍지 때문이 아니었나 생각된다.

산은노보에 얽힌 추억과 에피소드 중에서 가장 기억에 남는 것으로 다음의 두 가지가 있다.

하나는 당시 비상계엄 하에서 모든 정기간행물은 계엄사령부의 검열을 받아야 했는데, 산은노보가 나올 때마다 노보 편집담당자로서 서울시청 2층에 있는 서울지역 계엄분소에 가서 '검열(檢閱) 필(畢)'이라는 붉은 스탬프를 받아오던 일이다. 특히 산은노보의 인기 고정칼럼 『을지교차로』(당시 필자가 집필)의 내용이 문제가 되어 1980년 6월에 발간예정이던 노보 제24호가 검열을 통과하지 못하고 폐기되고 말았으며, 그해 8월에야 24호가 발간되었다. 그때 문제가 되었던 필자가 쓴 원고는 1981년 7월 노보 제29호에 게재할 수 있었다.

또 하나의 에피소드는 노동조합의 상근간부(교육선전부장)로서 산은노보의 편집을 책임 맡고 있을 때 신입행원 시절 필자의 상사였던 분들이 당시 인사부의 고위간부로 재직하고 계셨는데, 노보가 발간되기 전에 아니면 적어도 직원들에게 배포하기 전에 반드시 자기들에게 기사내용과 원고를 보여 달라는 압력과 애원(?)이 빗발치듯 한 일이다.

당시에는 노보에 은행 경영층에 대한 비판적인 기사나 글이 실리면 노사담당 주관부서인 인사부가 야단을 맞게 마련인지라 저간의 사정은 이해하지만 그분들의 노사관계에 관한 고의적(?)인 무지스러움과 몰이해는 지금 생각해도 쓴웃음을 짓지 않을 수 없는 일이다.

최근에는 행내 통신망(인터라넷)이 잘 구축되어 활용되고 그 기능이 나날이 발전하고 있으므로 사보인 『산은소식』이나 『산은노보』의 역할이 예전과는 달라져야 할 것으로 본다. 그러나 산은노보가 갖고 있는 비판적인 기능과 토론문화의 전통은 꾸준히 발전시켜야 할 것이며, 사보인 『산은소식』과 적절한 역할분담과 조화를 통하

여 은행과 노동조합의 발전에 필수불가결한 저널로 계속 이어져 나
갈 것을 기원한다.

다시 한 번 지령 100호를 맞는 『산은노보』의 건승을 축하드린다.

(『산은노보』 제100호, 2002. 1.)

이 나라와 우리 사회의 바른 질서형성에 대한 부단한 탐구,
초심을 잃지 않는 불퇴전의 정신,
그리고 꿈을 가진 사람에 대한 희망과 용기에 대한
기대를 결코 저버리지 않는,
그러한 모습으로 많은 독자 곁에 남아 있기를 기대합니다.

제 4 부

의자제세義者濟世의
세상을 꿈꾸며

의자제세(義者濟世)의 세상을 꿈꾸며

무슨 일이든지 남을 비평하거나 다른 사람의 작품을 평가한다는 것은 누구에게나 쉬운 일이 아니지만, 지인의 한 사람으로서 '홍준표 전검사의 수사일지'라는 부제가 붙은 홍준표(洪準杓)의 역저(力著) 『홍검사 당신 지금 실수하는 거요』에 대한 서평을 한다는 것은, 주관에 치우칠 가능성도 있고 다른 사람이 볼 때 좋은 점만 늘어놓을 수밖에 없을 것이라는 선입견도 없지 않을 것 같아서, 제 개인적으로는 정말 조심스럽고 어려운 입장임은 분명합니다. 또한 서평을 하는 공식적인 입장으로도 이 책이 가지고 있는 좋은 내용과 가치를 왜곡하거나 훼손시키지 않을까 두렵기도 합니다. 따라서 저는 순수한 독자의 한 사람으로 돌아가서 저의 개인적인 독후감으로 이 책의 서평에 갈음하고자 합니다.

우선 이 책의 저자인 '홍준표'에 대한 호칭문제에 대하여 짚고 넘어가야겠습니다.

이 책의 부제가 보여주듯 홍준표 '전(前) 검사'로부터, 홍준표 '변호사', 홍준표 '위원장', 또는 아직까지 '홍 검사'라고 부르는 사람이 많은 것으로 알고 있습니다. 앞으로는 또 홍준표 '의원'이라고 부르는 때도 곧 올 것으로 많은 사람들은 기대하고 있는 것 같습니다.

그동안 저를 비롯한 많은 친구들이나, 또는 개인적으로 홍준표라는 사람을 잘 알지 못하는 많은 국민들도 이 책의 저자 홍준표를 평소에도, 그리고 검사 옷을 벗은 이후에도 '홍검'이라 부르는데, 이 호칭은 법조인들이 서로 '김판', '이검', '박변' 하고 부르는 것하고는 느낌과 담겨져 있는 내용이 확연히 다르다고 생각합니다.

홍준표에 대한 이 '홍검'이라는 호칭 속에는 이 땅의 보통사람들, 즉 서민들의 뜨거운 성원과 소리 없는 박수가 스며 있습니다. 이 '홍검'이라는 애칭 속에는, 마치 무협소설에서 어느 문파에도 속하지 않으면서 정의로운 주인공이 우여곡절과 천신만고 끝에 불의와 악의 무리와 부패세력을 한칼에 베어내고 파사현정하는 것을 오버랩시키는 비유가 숨어 있는 것 같습니다. 홍준표의 이 '홍검'이라는 호칭의 '검'자는 검사라는 지위를 말할 때의 '교정할 검'자가 아닌 '칼 검'자의 '홍검'으로 많은 사람들이 그렇게 느끼고, 즐겁게 부르고 있는 것이 분명합니다.

앞으로 '홍준표'라는 이름 석자 뒤에 다양한 여러 가지 호칭이 뒤따르겠지만, 이제부터는 많은 분들이, 지금까지 '홍검'이라는 이름을 애호한 분들을 포함한 국민 여러분들께서 특정한 지위나 소임을 지칭하는 호칭 대신에 오로지 '홍준표'로 기억하고 계속하여 불러주었으면 좋겠다는 저의 생각을 말씀드리고 싶습니다.

"군자는 불기(不器)"라는 공자님의 말씀을 인용할 필요도 없이, 홍준표의 『홍검사 당신 지금 실수하는 거요』 안에 꾸밈없고 가감 없이 그대로 드러나고 있는 인간 홍준표의 천성과 사람됨은 이름 뒤에 붙는 지위나 호칭에 따른 권위에 구속되거나 단순한 호칭으로 규정할 수 있는 사람이 아닙니다.

이제 홍준표는 검사로 있을 때처럼 미워하고 욕하는 사람들뿐만 아니라 홍준표로 상징되는 정의로운 사람이 세상을 이끄는 그런 나라를 꿈꾸는 많은 국민들까지, 뒤에 붙는 아무런 호칭 없이 그냥 '홍준표, 홍준표’ 하고 많이들 불러주었으면 좋겠습니다.

다음에는 이 책의 성격에 대하여 말씀드려보겠습니다.

『홍검사 당신 지금 실수하는 거요』의 책 부제가 알려 주듯이 홍준표의 수사 일지이면서 자전적 논픽션 형태를 띠고 있지만, 이 책에 담겨져 있는 내용은 단순한 개인사를 넘어선 우리나라의 정치, 사회 등 각 분야의 살아 있는 중요한 역사의 일부를 포함하고 있습니다.

치밀한 구성력과 간명하면서도 힘 있는 문체도 감동을 자아내고 있으며, TV드라마 「모래시계」의 연출된 연기보다 훨씬 리얼하고 뭉클하게, 그리고 재미있게 이야기가 물 흐르듯 풀려 나갑니다. 뛰어난 성장소설을 능가하는 스토리와 마무리를 접하고 나면 홍준표가 작가로 변신한다고 하더라도 이 책을 읽어 본 독자라면 아마 별로 놀라지 않을 것입니다.

아마도 이 책을 다 읽고 나면, 홍준표가 TV 드라마 「모래시계」의 주인공일 뿐만 아니라 원저자임을 알게 될 것입니다.

다음으로는 이 책의 구성과 내용에 대하여 간단히 살펴보겠습니다.

이 책은 서문인 ‘유다를 위한 변명’과 전 7부작으로 구성되어 있는데 단행본이지만 마치 대하드라마와 같은 내용입니다.

서문인 ‘유다를 위한 변명’은 의례적인 발간사가 아닙니다. 이 책의 전편을 통해 관류하는 저자 홍준표의 삶과 철학이 녹아 있으며, 한 번만 읽어도 그 감동이 진하게 전해오는 글입니다.

제1부(끝나지 않는 싸움)에서는 검사로서의 마지막과 시작(끝과 처음)을 절묘하게 결합하였는데, 그 중에는 ‘떠도는 삶의 이력’이라는 홍준표 자신의 약전과 부인과의 만남의 경위 등을 포함하여, 그 자체

가 또 한편의 탁월한 단편소설 같은 작품을 이루고 있습니다.

제2부(무심천에 걸린 달), 제3부(중병을 앓는 세상), 제4부(검찰이 무너지면 나라가 무너진다— 노량진 수산시장 강탈사건의 좌절), 제5부(광주— 모래시계의 계절), 제6부(대폭발— 슬롯머신 사건) 등 제2부에서 제6부까지는 각각 그 제목이 말해 주듯이 청주에서 울산으로, 서울 남부지청에서 광주로, 다시 서울지검 강력부에서 홍준표가 검사로서 재직하는 동안 역사적인 사건들을 수사하며 몰고 다닌, 정의로운 길이었기에 더욱 외롭고도 처연했던, 그 험난한 궤적의 기록이라고 할 것입니다. 어떤 의미에서는 그 스스로 만들어 왔다고 해야 할지도 모르겠습니다. 보다 자세한 내용은 여러분들께서 직접 그 엄청난 역사적 사건 속으로 빠져들어 가서 직접 체험해 보시기 바랍니다.

제7부(에필로그)에서는 후기에 해당하지만 우리의 주인공 홍준표는 '또 다른 역사의 마당을 꿈꾸며', 다시 원점 내지 초심으로 돌아가서 새로운 출발을 다짐하고 있습니다.

그러면 저는 이 책에서 무엇을 읽었는가를 말씀드릴 차례입니다.

첫째, 저자인 홍준표는 검사로서 어떤 의미에서는 권력기관인 검찰조직의 기성 권력질서의 파괴자이면서, 동시에 신질서(사실은 원질서라고 해야 맞을 것 같습니다만) 또는 본연의 질서를 창조하는 데 기여했다고 봅니다. 저는 이 책의 첫 페이지부터 마지막 장까지 스며 있는 홍준표의 초지일관한 '바른 질서'의 형성의지 내지 복원의지를 읽을 수 있었습니다. 이 책을 통하여 독자 여러분들도 법치주의의 본질이 과연 무엇인가에 대하여 생각하게 되고, 이 사회에서 많은 사람들이 공감할 수 있는 '공정'과 '정의로운 사회'의 가치를 획득하기가 얼마나 어려운가를 실감하게 될 것입니다.

둘째, 옛 성현의 '초심(初心)으로 돌아가라' 또는 '초심을 버리지 말라'라는 말씀이 있습니다만(이 말은 어려운 때일수록 초심 내지 원칙으로 돌아가라는 말과 일맥상통합니다), 홍준표의 『홍검사 당신 지금 실수하는 거요』에는 이러한 '초심론' 또는 '원칙론'에 입각하여 이를 저버리지 않고 살아온 그의 의롭고도 치열한 삶과 그의 인간적인 참모습이 잘 드러나 있습니다.

이 책 제1부 '끝나지 않는 싸움'의 끝부분인 '출발' 마지막 단락(37페이지)을 인용해 보겠습니다.

선배, 동료들과 인사를 나눈 후 내 방으로 안내되자마자 나는 캐비닛에서 나에게 배정된 사건 기록을 들추어 보았다. 조심해야지, 그리고 신중해야 한다. 나는 자신에게 타일렀다. 이 기록 속에 온갖 세상일이 다 들어 있고 슬픔과 기쁨도 있다. 진실도 있고 허위도 있다. 앞으로 나는 새털과 같이 많은 날을 이 기록들과 싸워야 한다. 양의 가죽을 쓴 죄악을 놓치지도 말고 권력과 금력의 발밑에 눌려 숨죽이고 있는 억울한 사람들의 진실도 스쳐가지 말아야 한다. 검찰은 억강부약(抑强扶弱)이어야 한다. 자, 시작하자.

셋째, 홍준표는 평소 자신이 적수공권으로 상경하여 천리독행 하듯이 살아 왔다고 말해왔고, 이 책에서도 그의 처절하다고 할 정도로 의롭고 외로운 행로가 절절히 감동으로 다가오고 있습니다만, 이 책을 단숨에 다 읽고 나면, 우리는 홍준표는 결코 외로운 사람이 아니라 '정의로운 사람이 세상을 이끌어야 한다'는, 즉 '의자제세(義者濟世)'의 세상과 나라를 꿈꾸고 기다리는, 또한 그러한 꿈을 가지고 있거나 그러한 꿈을 사랑하는 수많은 사람들이 그와 함께 동행하고 있다는 사실을 발견할 수 있습니다. 그렇습니다. 홍준표는 올바른 사회와 선진화된 나라에 대한 꿈을 꾸어 왔습니다. 인간 홍준표의 '꿈이 있는 세상'을 이룩하는 데 이 책을 읽는 독자들은 모두가 공감하고 그 꿈에 동참하리라고 저는 믿습니다.

끝으로 홍준표에 대한 독자들의 바람을 몇 마디 전달하고 저의 서평 아닌 독후감을 마감하고자 합니다.

이 책은 상업주의적인 폭로성 작품이 아니라, 저자 홍준표가 또 다른 역사의 마당을 꿈꾸며 새로운 출발을 다짐하는 자기 자신에 대한 채찍과 거울로 삼기 위해 쓴 소중한 역사의 기록이기도 합니다.

이제 홍준표의 앞날이 그가 이 책에서 일관되게 역설한 바대로, 이 나라와 우리 사회의 바른 질서형성에 대한 부단한 탐구, 초심을 잃지 않는 불퇴전의 정신, 그리고 꿈을 가진 사람에 대한 희망과 용기에 대한 기대를 결코 저버리지 않는, 그러한 모습으로 많은 독자 곁에 남아 있기를 기대합니다.

혹시 홍준표의 정치입문을 두고 『홍검사 당신 지금 실수하는 거요』하고 말하는 사람들에게, 홍준표 자신이 '의자제세(義者濟世)의 세상'을 꿈꾸는 수많은 국민들의 간절한 염원과 기대에 부응함으로써, 그 말이 정말 실수였다는 것을 또 다른 역사의 마당에서 펼쳐 보여주실 것으로 우리는 굳게 믿습니다.

(1996. 2.)

박인제의 『이제 헌법에 손때를 묻힐 때이다』

선우후락(先憂後樂)의 삶을 추구하는 선비
- 박인제를 말한다.

외우(畏友) 박인제 형은 선우후락(先憂後樂)을 좌우명으로 삼고 살아가는 선비이면서, 그 좌우명이 뜻하는 바를 자신의 삶 속에서 실천하고자 부단히 노력하는 지사적(志士的) 풍격(風格)을 지닌 사람이다.

그의 변호사 사무실에 걸려 있는 편액 속의 '先憂後樂'이라는 구절은 중국 송나라 때의 명신으로 알려진 범중엄(范仲淹)의 『악양루기』에 그 연원을 두고 있는데, 그 뜻은 "선비는 모름지기 천하의 근심거리가 있을 때에는 가장 먼저 근심하고, 천하의 즐거운 일이 있을 때에는 가장 나중에 즐거워해야 한다(先天下之憂而憂, 後天下之樂而樂)"는 말이다.

박인제 형의 '선우후락'이라는 좌우명은 뜻있는 선비[志士]나 어진 사람[仁人]이 나라를 생각하는 마음과 정신자세가 참으로 잘 함축되어 있는 명언이라 하겠다.

21세기를 눈앞에 두고 있는 변혁의 시대를 살아가면서 새삼스레 선비와 선비정신을 운위한다는 것은 마치 끊임없는 자기 개혁 없이 전통적인 강상(綱常)에만 집착하는, 고루하고 융통성 없는 시대착오적인 의식에 불과하다는 지적도 있을 수 있을 것이다.

그럼에도 불구하고 이 시대, 이 나라, 우리 국민들로부터 사라져 가고 잊혀져 가는, 그러하기에 더욱더 그리워지는 가장 소중한 것 가운데 하나가 바로 선비다운 선비와 선비정신임을 이 땅의 뜻있는 국민들은 알고 있다.

평소에 식자연, 지사연, 심지어 민중의, 국민의 지도자연 하던 사람들이 자신의 이해관계에 따라 이리저리 거소(居所)를 옮겨 다니는 지조 없는 처신, 그들이 역사와 국민 앞에 행한 유형·무형의 신성한 약속들을 하루아침에 저버리고 마는 배신과 배리(背理) 때문에 선비와 선비정신은 더욱더 절실하게 그리워지는 것이다.

전통적 의미에 있어서의 선비란 유교적 인격과 교양을 갖춘 지식계층으로서, 행동에 염치가 있는 것[行己有恥]과 자기 삶을 포기하고서라도 의로움을 취하는[捨生取義] 용기와 사명감을 갖추어야 함을 선비의 기본조건으로 하였다.

"선비로서 편안한 것을 그리워한다면 선비라고 할 수 없다"하여, 선비에 대한 자격요건을 도덕성에서 찾은 공자는 잘 알려진 바와 같이, "뜻있는 선비와 어진 사람은 자기가 살기 위하여 인(仁)을 해치지 아니하고 살신하여 인을 이룬다"라고까지 하여 선비가 지향하는 참된 가치는 지위와 생존을 넘어선 인격성에 기초하고 있음을 확인해 주고 있다.

그 밖에 증자는 "선비는 모름지기 마음이 넓고 뜻이 굳세어야 할 것이니, 그 임무는 무겁고 갈 길은 멀기 때문이다"라고 하고, 맹자는 "선비는 의리를 정신적 기초로 삼기 때문에 이해(利害)와 의리가 충돌할 때에는 이해를 버리고 의리를 지켜야 한다"고 하고, 또한 "선비란 뜻을 숭상하는 것[尙志]을 임무로 하며, 곤궁하여도 '의(義)'를 잃지 않고 현달하여도 '도(道)'를 벗어나지 않는다"고 하는 등 유교적인 인격의 주체로서 선비의 조건에 대하여 엄격하게 규정하고 있다.

　　그러나 오늘날 우리 국민들이 그리워하고 기대하는 선비는 공맹의 가르침을 철저하게 준수하는 전통적 인격자가 아니라, 우리나라의 역사 속에서 발현되고 확인된 선비정신, 즉 의용(義勇)과 위난(危難)에의 투지, 때로는 절의(節義)와 불굴의 기개, 그리고 무엇보다도 대의와 역사에의 신념을 저버리지 않는 건전하고 정직한 우리 주변의 사람일 것이다.

　　박인제 형은 저 어두웠던 유신시대와 80년대 민주항쟁의 격동기 그리고 지금까지 학생으로서, 야인으로서 또는 변호사라는 전문 직업인으로서 살아오는 동안 불의에 대해 비판하고 항거하는 투지를 발휘하였으며, 과거(科擧)(?)에 두 번씩이나 급제(17회, 23회 사법시험 2차 합격) 하고 세 번씩이나 파방(罷榜: 유신반대 학생운동 주도 경력으로 3차 면접시험 세 번 탈락)을 당하는 과정에서도 권력과 명리(名利)와의 어떠한 타협이나 영합도 거부하는 기개와 절의를 보여 주었다.

　　또한 박인제 형은 학창시절에서부터 익히고 지향했던 반독재의 정신, 민주주의에 대한 열려진 희망, 그리고 인간의 존엄과 가치에 대한 신념 체계를 실천하는 데 있어 조금도 소홀함이 없었다.

　　그는 우리가 진정으로 그리워하고 있는 선비정신의 소유자로서 고뇌할지언정 좌절하지 않았고, 분노할지라도 일탈하지 않았다.

　　그러나 박인제 형이 갖고 있는 선비정신이 우리 사회에 새로운 규범 형식을 제시하고, 우리의 역사를 의롭고 올바르게 이끌어 갈 창조적인 지성과 뜻으로 작용하기 위해서는 끝없는 자기 혁신과 자기 극복을 통하여 역사와 대의에의 신념에 헌신하는 나라의 선비들이 보다 많이 출현하여야 할 것이다.

　　정암(靜庵) 조광조(趙光祖)는 "한 나라에 있어서의 선비란 한 사람에 있어서의 원기(元氣)와 같아서 원기가 흩어지면 사람이 죽는 것처럼 참된 선비가 없어지면 나라도 망한다"고 하였다. 이와 같이 선비가 국가의 생명력으로서 원기라고 한다면, 선비정신의 생동적인 활력과 이의 확대, 계승을 통하여 이 나라의 생명, 즉 우리 민족의 탕탕(蕩蕩)한 진운(進運)이 보장될 수 있을 것이다.

필자는 박인제 형과 오랜 친구로서 술자리에서나 또는 격렬한 토론의 장소에서나 한 번도 그의 흐트러진 모습을 본 적이 없다. 그의 크고 작은 또는 길고도 짧은 실의나 불우의 시절에서마저도 그는 흔들리지 않는 의연함과 위난 가운데의 여유로운 자세를 일관되게 견지하였으며, 뒤늦게 득의의 시절을 맞고서도 그는 특유의 겸손함을 잃지 않았으며, 또 다른 모습의 시대적 압제와 질곡에 맞서 감연히 떨쳐 일어나 자신에게 주어진 역사적 소명에 최선을 다하고자 하였다.

그는 이 땅의 제2세대 인권변호사로서, 이영희 교수, 이문옥 감사관, 윤석양 사건 등 시국사건의 변호인으로, 때로는 신문·잡지의 시론과 정론을 통하여, 일상이 주는 무중력 생활의 관성에 이끌려 정신적·물질적 타락의 유혹을 즐기는 필자와 같은 시정(市井)의 친구들에게 경종을 울리고, 문제의식을 갖게 하며 때로는 옷깃을 여미게도 한다.

남보다 먼저 근심하고 남보다 나중에 즐기리라는 격조 높은 그의 좌우명이 이 땅의 또 많은 훌륭한 선비들의 시대정신으로 공유되기를 희망해 본다.

이제 그와 같이 허명(虛名)과 이욕(利慾)에 흔들리지 않고 일관성 있는 양식과 맑은 정신을 지닌 선비들이 오늘과 같은 정치 풍토를 변혁하는 데 영향력을 발휘할 수 있는 세력이 된다면, 그들은 21세기 통일조국을 이룩하는 데 초석이 될 것임이 분명하다.

역사와 대의가 그에게 새로운 사명을 부여할지라도 힘없는 민중의 친구 박인제가 여전히 나라의 선비로 건재하리라는 기대에 부응

하는 것은 아직도 박인제 그의 몫이며, 때로는 우리에게 얼마나 소중
한 위안이 될 것인가! 그에게 거는 기대를 시로 전해 본다.

> 서서 꺾어지는 한 있어도
> 무릎으로 기어갈 순 없노라
> 양명의 어깨춤 감연히 뿌리치고
> 겨울산 찾아 떠나간 친구야
> 몇 번을 넘어져도 결코 주저앉지 않으리라
> 푸른 맹세 고향땅 봄바다 반짝이는 윤슬에다
> 꽹과리 울리는 금의환향 대신 뿌려 놓고
> 호젓이 휘파람 불며 떠나간 뒤에
> – 중략 –
> 북서풍에 넓은 이마 드러내고서
> 친구의 눈웃음과 함께 의연히 서 있을 뿐!
> 겨울산은 아직도 울지 않는다

> – 졸시 「겨울산」 중에서

(1996. 2.)

우천(隅泉) 정경선(鄭敬善) 한시집(漢詩集)

『남해대교(南海大橋)』를 편집하고

대저 시란 마음의 소리이다. 그것은 고금을 막론하고 한결같다. 살펴보면 체재(體裁)는 시대에 따라 다르고, 재능(才能)은 사람에 따라 다르고, 세대(世代)는 옮겨감이 있고, 도(道)에는 승강(升降)이 있다. 설자(說者)는 자신의 뜻으로써 작가의 지향하는 것을 맞이하여 곧 그것을 터득하게 된다(夫詩, 心聲也. 無古今一也. 顧體由代異, 材以人殊, 世有推遷, 道有升降, 說者以意逆志, 乃爲得之).

이 글은 중국 최고의 시학(詩學) 이론서인 명대(明代)의 문호 호응린(胡應麟)의 『시수(詩藪)』의 서(序)(汪道昆 撰) 첫머리입니다.

압운(押韻)에 철저하게 충실한 아버님(우천 정경선)의 시편을 편집하면서 느낀 점 또한 위 고전(古典)이 뜻하는 바와 크게 다르지 않습니다.

즉 시사(時事), 절후(節侯), 풍속(風俗), 제의(祭儀), 탐경(探景) 등 다양한 주제의 작품 속에는 아버님의 낙천적, 긍정적, 적극적인 성격과 인후강직(仁厚剛直), 호의염사(好義厭邪), 근면성실(勤勉誠實)한 인품이 용해되어 있습니다.

이 시집은 아버님이 공직에서 은퇴하신 후 1990년부터 2003년까지의 일기(日記)와 인생사(人生史)에 방불한 한시(漢詩) 사백여 수를 싣고 있습니다.

2004년 설과 그해 추석에 각각 불의의 낙상(落傷)으로 대수술을 받는 등의 저간(這間)의 사정으로 절필(絕筆)이 된 결과, 이후의 작품 수록 및 한시의 번역작업은 추후의 과제로 남겨두었습니다.

2003년에 회혼(回婚)을 맞이하신 양친(兩親)께서 미수(米壽), 졸수(卒壽), 백수(白壽), 상수(上壽), 다수(茶壽)까지 해로(偕老)할 수 있도록 건강하시고, 더 많은 시를 남기시는 것이 정경회(貞敬會) 모든 자손들의 한결같은 소망입니다.

2005년 12월 謹 上梓

박정희 시집 『계수나무 집』

파란의 삶을 지탱하는 서정의 힘

– 박정희의 시와 서사시적 인생

박정희 시인과 처음 만났을 때가 1966년 3월이니까 퍽이나 오랜 세월이 흘렀지만, 그가 시인이 되고 또 시집을 낸다는 소식을 들었을 때에는 금방이라도 그 파릇파릇했던 문학소년 시절로 돌아간 것 같은 행복한 기분을 잠시나마 느낄 수 있었다. 그러나 문학과 인생이 서로 다른 세상이 아닐진대 더구나 우여곡절로 점철된 그의 인생사를 곁눈질해 온 친구의 입장에서는 경탄과 축하의 박수와 더불어 시인으로서의 각고의 정진과 더 많은 성취를 주문하게 된다.

시인 박정희가 아닌 인간 박정희에 대하여, 또한 그의 삶에 대하여는 파란만장이라는 말을 제외하고는 달리 표현할 어휘를 찾을 수 없으리라. 유년시절부터 이순을 몇 해나 넘긴 지금까지의 그의 남다른 인생역정은 몇 권의 자서전으로도 다 담아내기가 쉽지 않을 것이다.

그가 어린 나이에서부터 직면했던 '만남과 이별' 그리고 '삶과 죽음'이라는 주제는 여전히 고단한 인생의 어깨를 무겁게 짓누르고 있다. 청소년기에서부터 초로의 나이에 이르기까지 간단없이 계속되는 '도전과 좌절', '성공과 실패'. 그러나 결코 꺾이거나 주저앉지 않는 불요불굴의 정신으로 인간 박정희는 오늘도 새로운 것을 추구하며 창조의 꿈을 꾼다.

박정희의 시는 그의 서사시적인 인생과 무관하지 않다. 특히 그의 모든 시편에서 돋보이는 서사 속의 뛰어난 서정성은 그의 파란만장한 삶을 무너지지 않게 지탱시켜 주는 건강한 힘의 뿌리이다.

아무도 오지 않는 무덤가에
숨 헐떡거리며 다다랐다
– 중략 –
휘영청 달빛 사이로
큰 능구렁이 기어오르고
외할머니가 겨울밤에 해주시던
무서운 이야기들도 기다랗게
뒷산에 누워 있다

– 「동래 뒷산」 중에서

그의 시를 읽으면 대부분 이 시나 아래의 시와 같이 아무런 꾸밈 없이 털어놓은 듯한 이야기 속에 감성을 촉발하는 풍경과 서정적인 시상이 조화를 이루며 펼쳐진다.

팥죽을 먹으며 새알을 세면서
환갑의 의미를 헤아려 본다
어릴 적 외할머니는 집 주위에

팥죽을 뿌리며 한해 소원을 빌었지
아침에 눈을 비비며 참새떼를 쫓고 나면
조개 미역국에 햇김, 달고기로
동지상을 차려 주셨지

  ─「동지」중에서

　박정희 시인은 유년기 시절부터 부모와 헤어져서 살아온, 자기
에 관한 모든 일을 스스로 결정하고 개척해온, 정녕 외로운 사람이었
다. 하루하루가 분주하고 숨찬, 투쟁적인 삶 가운데서도 희망과 긍정
의 끈을 놓치지 않았고, 언제나 자신에 대한 성찰과 문학에 대한 열
망을 포기하지 않았다. 그의 시가 머무는 곳은 건강한 낭만의 토양이
있고, 그의 시가 지향하는 곳에서 순수한 감성이 살아나는 이유이다.
다음의 시편들을 살펴보자. 박정희의 순수서정을 만날 수 있다.

그녀가 오지 않는다면
나는 이대로
스스럼없이 떠나리라

오직 영롱한 맑은 빛을 향하여
다시 돌아보지 않고
깨끗이 가오리다

─ 중략 ─

그녀가 오지 않는다면
다만 이대로

서글픔을 애무하며
사뿐히 가오리다

　　－「라일락의 우수」중에서

소나기가 창을 적시는 오후
비비새는 제 세상을 만난 듯
비비거리고
－ 중략 －
숱한 그리움 속에서 성장해 온
순아!
고이 간직했던 마음일랑
이 하이얀 치자꽃 아래서
펼쳐 볼까나

　　－「비비새는 기뻐서 비비거리고」중에서

봄비 속에서
나는
한편의 시를 읊는다

단 하나의
짧은 꿈을 잉태했던
첫사랑의 시를

보리 내음새 속에서
영글던 풋콩 내음의 사랑이
오해로 짓밟히던 날

진실은 우수 속에서 도태하고
찬란한 꿈은 목련 그늘에 가려
저 무서운 어둠 속으로
사라지는데
사라지는데….

　　－「첫사랑」전문

　　박정희의 시에 반쯤 감추어져 있는 이야기나 언뜻언뜻 비쳐지는
아픈 추억 속의 풍경은 그의 질풍노도와 같은 인생역정과는 달리 이
외로 평화롭거나 여유가 있어서 좋다. 특히 다도에 정통하고 한국과
일본의 차도구에 관한 역사와 교류의 권위자이기도 한 시인 박정희
에게 낭만과 서정성을 뛰어넘어 보다 깊고 뜨거우면서도 원숙한 작
품을 기대하는 것은 그를 아는 모든 이들의 바람임을 전하고 싶다.

이제 나와 그대
무애 막사발로 차 한잔 하세

　　－「남해 하천다숙에서」중에서

(2009. 5.)

상승(上乘)의 공력(功力)을
함양할 수 있는 비급(秘笈)

주인공이 특별한 기연으로 하여 최상승의 무공비급을 얻게 되고, 그것을 익혀 절정고수가 되는 것이 무협소설의 정석적인 스토리이다.

비급의 가르침에 따라 심신을 단련하고 내·외공을 쌓아 자기나름의 성취를 지향하는 것은 무협소설 속에서만 존재하는 것은 아니다.

동서고금을 막론하고 수많은 철인과 현자(賢子)들은 자기개발을 기초로 한 사회적 성공의 비급(지침서)들을 남기고 있다. 노장(老莊), 유묵(儒墨), 손오병법(孫吳兵法) 등 제자백가(諸子百家)의 제설(諸說)을 위시하여 육도삼략(六韜三略)이나 제갈량심서(諸葛亮心書), 심지어 명심보감(明心寶鑑)과 율곡선생의 자경문(自警文)에 이르기까지 비급 아닌 것이 없다.

20세기 미국인들에게 가장 많은 영향을 끼쳤다는 자기개발서의 고전 『적극적 사고방식』(노만 필 著)이나 카네기流의 성공지침서도 모두 서구식 비급의 일종에 지나지 않는다.

최근에 출간된 강응구 兄의 『생각질량』(원제: 나만의 생각질량으로 승부하라, 세창미디어刊)을 읽으면서 이 책이야말로 '상승(上乘)의 공력

(功力)'을 함양할 수 있는 훌륭한 비급임을 거듭 확인하였다. 페이지를 한장 한장 넘길 때마다 이 소중한 비급을 한 살이라도 더 젊은 시절에 만날 수 있었다면 얼마나 좋았을까 하는 아쉬움이 가시지 않았다.

그러나 성취를 향한 공부에 이르고 늦고 젊고 늙고의 분별이 무슨 대단한 의미가 있겠는가 하는 생각이 들어, 이 비급을 『나만의 생각질량으로 승부하라』는 제목의 가르침에 힘입어 머리맡에 두고, 틈틈이 두고두고 몇 번이라도 읽기로 마음먹었다.

이 책은 이해하기 어렵기로 정평이 나 있는 현대물리학의 이론들을 쉽게 풀이하고, 이를 인생의 다양한 국면에 반영, 응용하여, 성취를 위한 기력강화의 길, 공명증폭의 길, 질량흡인의 길을 도출하는 한편, 독자들로 하여금 행동과 실천을 통하여 자기인생을 성공으로 이끌 수 있는 자기개발의 독창적인 지침서이다.

명쾌한 논리와 적절한 예증, 쉽고 간결한 문장에서 독자들은 부드러우면서도 강력한 내공을 느낄 수 있으며, 정독을 하는 동안 독자들은 이 책이 제시하고 있는 공명증폭과 질량흡인을 아울러 경험하게 될 것이다.

이 책을 읽어 가면서 책 속에 녹아 있는 강인하면서도 흐트러짐 없는 자세와 높은 도덕성을 겸비한 저자 특유의 체취를 느낄 수 있었던 점은 개인적으로도 흐뭇하고 즐거운 추억으로 남을 것 같다.

자녀들이나 젊은 후배들에게 이 『나만의 생각질량으로 승부하라』의 일독을 권한다면, 이 21세기의 상승비급은 그들에게 행운과 성취의 이정표가 될 것으로 믿어 의심치 않는다.

(2010. 5.)

짧고도 깊은 봄밤

– 예술의 전당 어느 음악회 소회

계절의 여왕 5월의 밤은 너무 짧아서 안타까웠지만 감동과 열정은 깊고도 뜨거웠다.

코리아 W 필하모닉 오케스트라의 모든 연주자와 그 자리의 모든 청중이 함께 나눈 아름다운 봄밤의 짜릿한 엑스타시 … 그 속에 우리가 있었고, 우리 속의 나는 전율하였다.

하루하루를 바쁘다 바쁘다 하면서 많은 시간들을 낭비하고 보내온 세월을 돌아보는 자괴감, 세계 각국의 다양한 음악의 훌륭한 연주에서 느껴지는 강렬한 예술의 혼, 그리고 음악을 사랑하고 즐기는 많은 사람들의 여유와 진지한 삶의 자세 등에 대한 복합적인 느낌이 가슴을 뜨겁게 하고 머리를 서늘하게 하였다.

그래서 세계음악축제에 자리를 같이 했던 친구(가족을 포함하여)들과의 아쉬워서 더욱 정겨웠던 짧은 뒤풀이 시간도 봄밤처럼 행복했고, 다 헤어지고 혼자서 집으로 돌아오는 긴 시간은 결코 심심하거나 외롭지 않았다.

첫 번째로 연주된 〈짜라투스트라는 이렇게 말했다〉의 웅혼함,

〈보통 사람들을 위한 팡파레〉의 장엄함, 〈백학〉의 감미로움 속의 비애, 〈폴로베치아인의 춤〉의 화려한 선율 속의 우수 등 온갖 주제와 색깔과 소리가 어우러져 파도처럼 밀려왔다.

오랫동안 간직하고 싶은 이 봄밤은 아! 이리도 빨리 지나가는가?
친구들과의 봄밤의 짧은 행복을 아쉬워한 글로서는 이태백(李太白)의 춘야연도리원서(春夜宴桃李園序: 도리원에서의 봄밤의 모임을 아쉬워하며)가 고금의 최고로 친다고 하는데, 고문진보(古文眞寶)에 실린 해의(解意)의 일부(원문은 생략)를 소개함으로써 이번 번개모임의 소회를 마무리하고 싶다.
(* 너무나 수고가 많으신 오 회장님, 황 총무님, 헤어지기 싫었던 뒷풀이 시간을 마련해 주신 민 회장님 감사합니다! 함께 했던 친구 여러분 행복하십시오!)

무릇 天地는 萬物의 宿所요, 光陰은 百代의 過客이다.
그리하여 浮生은 꿈과 같으니, 기쁨이란 그 얼마쯤 되는 것인가.
古人이 촛불을 잡아 밤놀이를 한 것은 참으로 까닭이 있는 일이다.
하물며 陽春에 煙景으로써 나를 부르고,
天地는 나에게 文章을 빌려 주었음에
더욱 이 봄밤을 즐기지 않을 수 없는 것이다.
이에 桃李花 만발한 동산에 모여서
형제와 친구들이 즐거운 놀이(음악놀이: 樂事)를 펼치니….
– 후략 –

(2009. 5.)

'북한의 산업 연구'

새로운 천년과 세기를 눈앞에 바라보고 있는 오늘날, 통일한국의 성취는 우리 민족이 해결해야 할 가장 중요한 명제입니다.

세계사의 조류는 이미 이데올로기적 냉전체제가 붕괴되고 자유민주주의와 시장경제질서의 바탕 위에서 각 나라와 민족 상호간의 화해와 협력, 그리고 경제적 실리추구를 최우선시하는 국력경쟁 등을 통하여 인류공영을 지향하는 방향으로 흘러가고 있습니다.

그러나 같은 민족인 남북한은 동족상잔의 어두운 역사의 그늘을 드리운 채 아직도 분단의 고통을 짊어지고 있는 상태입니다.

그럼에도 불구하고 현재 지구상에서 가장 폐쇄적이면서도 통제적인 사회주의 계획경제체제를 여전히 고수하고 있는 북한은 누적되어 온 경제난과 체제붕괴 위험의 회피수단으로서 우리와의 긴장조성 등을 통해 국제적 분쟁과 알력을 끊임없이 야기시켜 왔습니다.

북한체제는 몰락한 구 공산권 국가들과 마찬가지로 인간의 민주적인 삶의 이상 예컨대 인간의 존엄과 가치, 자유와 평등의 이념 등을 실현하고자 하는 체제로서의 정당성뿐만 아니라, 국민의 기본적인 생존권을 영위하는 데 필요한 최소한의 식량과 물자를 효율적으로 생산, 분배하면서 경제적 부를 축적해 나가는 통치제도로서의 적합성과 그 실질적 기능마저 상실해 가고 있는 것으로 여겨집니다.

따라서 북한으로서는 끝내 자멸의 길을 고수하거나 아니면 개혁·

개방의 길을 선택함으로써 남북한 간의 경제교류 및 산업협력 활성화를 통하여 경제회생과 성장잠재력의 개발을 도모해야 할 것입니다.

북한이 후자의 길을 선택할 경우, 그 길은 순조로운 경제통합을 통하여 평화적인 방법으로 민족통일을 이룰 수 첩경이 될 것임은 자명합니다.

이번에 펴내게 되는 북한산업 관련연구서는 화해와 협력을 바탕으로 한 획기적인 남북한 관계의 진전 및 경제통합과 통일에 대비하려는 목적에서 행한 연구의 결과입니다.

그동안 북한의 산업분야에 관한 국내외의 연구 성과가 단편적이고 미비한 실정에 머물고 있을 뿐만 아니라, 개별업종을 포함한 북한의 산업경제자료의 특성상 북한의 산업에 대한 종합적이고도 체계적인 분석이 어려운 것이 사실입니다.

그러나 북한의 산업에 관한 광범위하고도 정확한 실상파악이 향후 남북경협의 심화, 발전과 경제통합 전략 수립의 전제가 된다는 점에서 이번에 공업, 사회간법자본, 농업 등의 부문을 망라하여 북한의 산업능력과 실태를 상세히 분석함과 아울러 한국산업과 연계하여 북한산업의 구조개편 방안을 제시하고자 한 것은 매우 뜻 깊은 일이 아닐 수 없습니다.

특히 남북한 경제 및 산업협력관계의 심화를 통하여 통일 후 북한산업 개발비용 등 통일비용의 부담을 완화할 수 있다는 인식 하에, 당면한 남북경협전략을 지원하고, 통일시 현실적인 정책수단으로서 실천가능한 북한산업의 발전방안 등을 제시하고자 하여 관련부문의 업무수행과 정책수립에 소중한 자료가 될 것으로 믿어 의심치 않습니다.

- 후략 -

(1999. 8.)

그 산하(山河)에도 햇살이…

- 개성공단 착공식에 다녀와서

남북한 평화번영의 상징이자 실질적인 경제협력의 초석이 될 개성공단 착공식이 거행된 2003년 6월 30일 월요일- 한반도 전역에 걸쳐 장마전선이 머물고 있었다. 조간신문의 머리기사는 북한 핵문제로 인한 국제사회의 대북한 제재가 더욱 가속화될 것이라는 우울한 기상예보와 함께 철도노조 파업으로 교통대란이라는 호우경보가 이미 발령된 상태였다.

그러나 어떠한 악천후도 남북한 간의 새로운 이정표를 세우게 될 이날에 부여된 역사적 의의를 훼손할 수는 없었다. 먹구름이 걷히고, 북녘 땅에도 여름 햇살이 통일의 염원처럼 뜨겁고도 눈부시게 쏟아졌다.

이번에 착공식을 한 북한 개성공업지구 건설 사업은 전체 개성공단구역(산업단지 및 배후도시 약 2,000만 평) 중 1단계 사업구역으로서, 공장용지 약 70만 평을 포함한 공공시설용지, 지원시설용지, 주거용지 등 약 100만 평 규모의 면적에 약 2,200억 원의 사업비가 투여되어 2007년 10월까지 준공될 예정이며, 주요 유치업종은 섬유, 가방, 전기, 전자, 봉제, 의복 등이 될 것으로 알려지고 있다.

공사의 진척 정도에 따라 순차적으로 우리 기업이 진출할 경우

북한·근로자 1인의 평균 월정급여는 일단 65달러 수준에서 남북한 당국자 간에 약정될 것으로 전망된다. (* 급여의 지급방식은 각 기업이 북한 근로자의 월정급여 총액을 북한당국에 한꺼번에 달러로 지급하며, 개별 근로자에게는 직접 지급하지 아니하는 것으로 결정되었다고 한다.)

처음 시작될 때에는 비록 낮은 임금수준이지만, 외화부족으로 경제난이 더욱 가중되고 있는 북한의 입장에서는 개성공단에 진출하는 우리 기업으로부터의 달러 유입은 '가뭄에 단비', 그 이상의 효과를 기대한다고 보아야 할 것이다. 앞으로 개성공단의 발전단계에 따라 북한 근로자의 수가 대폭 늘어나고 임금수준도 점진적으로 상향 조정될 전망이기 때문에, 이에 상응하여 더 많은 달러가 남에서 북으로 흘러들어갈 것이다. 북한으로서는 이들 자금을 효율적으로 활용함으로써 경제회생과 낙후된 산업의 개발에 큰 보탬이 되도록 정책을 펴나갈 수 있는 절호의 기회를 맞이하는 셈이다.

또한 개성공단은 군사분계선에서 약 1km, 서울에서 60km 거리에 불과한 남북연계지역의 서해안에 위치하고 있어 수도권의 각종 정보와 기술 및 경영방식의 활용이 용이하다는 점 등의 장점을 충분히 살릴 경우, 국제경쟁력 있는 산업단지로서 남북교류 및 협력의 새로운 전기를 마련하고, 남북 공동번영에도 크게 기여하게 될 것임은 자명하다.

착공식 공식행사를 마친 남측 참석인사들은 서울에서부터 타고 온 대형버스로 개성시내에 진입, 선죽교와 표충비(포은 정몽주의 충절을 기린 영조대왕과 고종황제의 친필 비석)를 참관하였으며, 선죽교 유적지 부근에 있는 '자남산 여관'에서 점심을 마치고, 옛 개성향교(현재 개성고려박물관)을 잠시 둘러본 뒤, 입북했던 육로를 거꾸로 하여 군사분계선(MDL)을 통과, 귀로에 올랐다.

공식행사에서 발표된 북측의 연설문에서뿐만 아니라 식사시간이나 유적지 참관시간에 나눈 북측 인사와의 대화를 통하여 개성공단 개발에 대한 북한 당국의 의지와 기대를 강하게 느낄 수 있었으며, 남측 일행이 개성 시내를 통과할 때 연도의 북한 주민들이 자연스럽게 손을 흔드는 모습에서도 이 사업의 성공을 위한 간절한 기도가 스며 있는 것 같았다.

북한 당국은 '자남산 여관' 내 매점에서 주류나 인삼제품을 한국 원화를 받고 남측 참석인사들에게 팔 수 있도록 허용하였으며, 착공식 이틀 전인 6월 28일 작년 11월 발표한 '개성공업지구법'의 하위규정으로 「개성공업지구 개발규정」과 「개성공업지구 기업창설 운영규정」을 발표하는 등, 남북경협사업의 본격화에 대한 정책의지의 표명과 아울러 보다 유연하고 진전된 조치를 시행하고 있음을 알 수 있었다.

주마간산격의 '개성직할시 엿보기'에서도 낙후된 북한경제 및 산업전반에 대한 엄청난 개발수요를 예감할 수 있었으며, 남북한 공동번영 또는 통일시대의 민족경제 발전을 위해 "우리는 무엇을 어떻게 해야 할 것인가?"라는 물음을 다시 한 번 가슴에 새김으로써 젖어 오는 눈시울을 감출 수밖에 없었다.

가고 온 군사분계선 안 임시도로 주변에는 분단의 상징인 철조망이 저만치 녹이 슬어 너부러져 있었는데, 그 주위에 피어 있는 이름 없는 풀꽃 위로 나비들이 날고, 남북 간의 끊어진 경의선 철도를 잇는 공사가 진행되고 있는 가운데, 그 옆으로 조만간 개통예정인 왕복 4차선의 육로 개설공사도 한창이었다. (* 두 공사에 소요되는 자재와 장비는 전부 남쪽에서 제공된 것이었다.)

분단이란 이름의 긴 장마가 정말 끝나가고 있는 것일까?

이번 개성공단의 착공을 계기로 북녘의 산하에 개혁과 개방의 무지개가 솟아오를 수만 있다면, 먹장구름 사이로 잠시 청하늘이 보이는가 하다가 어느새 구름 한 점 없는 고려청자의 하늘이 눈부시게 펼쳐지리라! 그 햇살 더욱 눈부시리라!

(『산은소식』, 2003. 7.)

'북한의 산업개발 전략 연구'

오늘 여러 가지로 부족한 점이 많은 제 논문을 설명드릴 수 있기까지 지도해 주시고 이끌어주신 이 자리의 모든 분께 먼저 감사의 말씀을 드립니다.

앞으로도 많이 지적해 주시고 계속 이끌어 주시기 바랍니다.

저는 지난 십수 년 동안 북한의 산업과 경제 분야 등 북한에 관한 공부를 해오는 동안 어떻게 하면 북한이 제대로 발전하여 통일을 앞당길 수 있을 것인가에 대한 문제의식을 갖게 되었습니다. 저의 논문은 이러한 문제의식에서 출발하였으며, 논문의 내용과 방법 모두에 걸쳐 이 자리의 모든 교수님들로부터 배운 바가 그 기본골격을 이루고 있습니다.

제 논문의 목적은 북한이 조만간 전면적이고도 획기적인 체제개혁과 대외개방에 수반하여 산업개발과 경제발전을 추구할 경우 그 정책방향과 개발의 우선순위를 제시함과 아울러 북한의 산업개발에 대한 몇 가지 전략적 시사점을 제시하는 데 있습니다.

이를 위하여 본 논문은 먼저 북한의 산업정책 전개과정 및 북한산업의 현황과 문제점을 고찰함으로써 오늘날 북한이 직면하고 있는 경제난의 악순환구조의 원인을 분석하는 등 북한산업의 구조적 문제점을 파악하였습니다.

　　다음으로 본 논문은 북한의 거시경제모형을 설정하고 이를 통한 정책효과분석을 시도하여 북한의 경제결정요인을 계량적으로 도출하고, 어떠한 정책이 경제회생에 좀 더 효과적인가를 제시하고자 하였는데, 이 내용은 지난 2월 열린 동북아경제학회의 국제학술회의에서 제가 주제논문으로 발표한 것을 간추린 것입니다.(* 그때 많은 분들이 지적과 논평 및 격려를 해주시었고, 특히 박승록 박사님이 CGE모형분석을 권고하였습니다.)

　　다음으로 본 논문의 핵심과제인 북한산업 개발을 위한 투자의 우선순위를 제시하고자 향후 북한의 외자도입을 가정하여 연산일반균형분석, 즉 CGE 모형분석을 통한 북한의 산업별 파급효과를 분석하였습니다.

　　CGE 모형분석을 위해 2000년도 기준 북한의 산업연관표를 작성하고, 이를 기초로 북한의 사회회계행렬(SAM)을 도출하였습니다.

　　본 논문은 CGE 모형분석을 통하여 북한에 외부자금이 투입될 경우, 자본을 투입할 우선순위와 개발전략을 객관적 입잔에서 파악하고자 주력하였습니다. 즉, 외자도입을 통한 북한의 각 산업별 투자증대가 구체적으로 어느 부분에 얼마만큼의 효과를 가져오며, 또한 어느 부문의 투자를 증가시켜야 가장 효율적으로 북한산업을 개발하고 경제를 회생시킬 수 있을 것인가를 제시하기 위하여 몇 가지 시나리오를 상정하였으며, 램지, 캐스, 쿠프만스의 최적 성장 모형을 이론적 바탕으로 한 다부문 동태적 CGE모형을 구축하였습니다.

　　본 CGE모형에서 구체적 모형코드는 MPSGE 솔버(solver)를 통해 러더포드 교수가 모델링한 확장된 형태의 램지 다부문 동태모형을 활용하였습니다. 이 모형에서는 외자도입이 이루어지는 T시점 이후 20년간의 분석기간 동안 경제주체들이 완전예측능력을 가지고 미

래의 정책변화를 예측하고 전 기간에 걸친 통시적 효용과 이윤을 극
대화하려는 방향으로 의사결정을 한다는 가정 하에 다기간 동태분석
을 수행하였습니다.

따라서 본 논문의 분석 모형은 미래의 가격변화가 현재의 의사결
정에 영향을 미치지 못한다는 가정 하에 외생변수의 변화에 따라서
每期를 귀납적으로 연산하는 기존의 연구 모형과는 다르다고 할 수
있을 것입니다.

본 논문의 CGE 분석에서는 북한의 생산부문을 농림수산광업, 경
공업, 중공업, 서비스업으로 크게 분석하였는데, 그 분석 결과 각 시
나리오별 효과를 종합적으로 살펴볼 때, 외자도입을 통한 투자의 산
업별 파급효과는 경공업>농림수산광업>중공업>서비스업의 순으로
나타났습니다.

끝으로 본 논문에서는 CGE 모형분석 등을 통하여 도출된 정책적
시사점을 바탕으로 하여 북한산업개발을 위한 전략적 제안으로서 몇
가지 기본방향을 제시하였습니다.

저의 논문은 북한경제에 대한 기초 자료의 부족이라는 한계에도
불구하고 북한경제의 실상과 문제점을 다양한 시각에서 설명하고자
하였으며, 북한산업의 활성화를 위해서는 전면적인 경제시스템의 개
혁과 과감한 대외개방이 필요하다는 점을 강력하게 주장하였습니다.

본 논문의 CGE 모형분석에서 제시한 바와 같이 북한으로 도입된
외자로 인한 투자자본이 북한의 저렴한 노동력과 결합했을 때, 향후
북한산업의 총산출 증대의 효율성을 극대화시킬 수 있는 부문은 경
공업분야이며, 대북한 투자에 수반되는 정치적, 제도적, 현실적 애로
와 경제적 리스크를 감안할 대에도 경공업부문은 북한은 물론 한국
과 외국의 대북한 투자기업들의 이해관계가 일치할 수 있는 접합점

이 될 것입니다.

　이러한 시사점은 앞으로 북한이 필요로 하는 개발재원의 조달을 한국과 일본 등 외부에 의존할 수밖에 없는 현실과 관련하여 향후 북한산업의 개발방향과 투자의 우선순위를 제시해 줄 수 있는 하나의 로드맵이 될 수 있을 것으로 기대합니다.

　감사합니다.

(학위논문발표 세미나, 2003. 11. 1)

『바보사』를 읽고

　『바로 보는 우리 역사』를 읽고 나서 이 소중한 역사책을 우리 자식들은 언제쯤 읽게 될 것인가를 헤아려 보았다.

　그 까닭은 내가 초등학교에 다니던 시절, 집안에 굴러다니던 『한국통사』(김성칠 지음)라는 우리나라 역사책을 열심히 읽은 기억이 났기 때문이다.

　그 책은 『바보사』와 마찬가지로 한글로 쓰여져 있었고 내용도 이해하기 쉽게 되어 있었으며, 무엇인가 일관된 논리 또는 정신이 깃들어 있지 않았었나 싶다.

　아무튼 그 역사책은 나중에 어른이 되어 시험공부를 위해 어쩔 수 없이 여러 번씩 읽고 외우다시피 한 한우근의 『한국통사』나 이기백의 『한국사신론』 등과는 상당히 다른 종류의 역사책이었음이 분명하다.

　지은이도 책 이름도 잘 알려지지 않은 한 권의 역사책이 나의 성장과정에 의미 있는 영향을 끼친 것과 마찬가지로, 구로역사연구소의 노작 『바로 보는 우리 역사』도 우리네 자식들의 의식 형성에 중대한 영향을 미치게 될 것이며, 그것은 그 무엇으로도 막지 못하리라는 것을 생각할 때 역사에 대한 두려움과 경건한 마음을 느끼지 않을 수 없다.

역사란 과연 존재하고 있는가? 역사의 의미나 법칙이 정말 존재하는가? 혹시 역사란 역사책 안에서만 살아 있는 것은 아닌가? 어떠한 역사의 의미나 법칙도 인간을 구속하여 그 의미나 법칙의 수인(囚人)으로 만들 수는 없지 않는가?

이러한 의문들은 역사가 무엇인지 잘 모르는 내가 최근 『바보사』를 읽고 가슴 속에 되새기고 있는 물음들이다.

국제적 범죄와 대량학살의 역사로 엮여 온 정치권력의 세계사가 인간의 역사일 수 없으리라고, 사람답게 살 수 있는 조건이 배제된 상태에서 오로지 '해방의 내일'이 온다는 희망(또는 신앙)만이 주어진, 질곡과 고통에 찬 민중의 고난사만이 올바른 민중의 역사일 수는 없으리라고 나는 생각한다.

우리의 『바보사』를 우리네 자식들에게 서둘러 권하여 읽게 하기에는 약간의 두려움과 아쉬움 그리고 문제점이 없지 않다고 느끼지만, 그러나 누가 할 것인가! 여민(黎民)이 주인 되는 변혁과 진운의 역사, 그 수레바퀴를 밀고 이끄는 일을….

(역사연구회 『회보』 1990. 9.)

토마스 홉스(Thomas Hobbes)의
『Leviathan』에 대하여

1. 국가권력과 개인의 자유 · 안전과의 대립과 균형

인간은 문명을 가지게 된 이래로 오랫동안 국가생활을 영위하여 왔으며, 어떠한 개인도 싫든 좋든 국가를 떠나서 살 수는 없었다. 국가란 우리의 생존과 직결되어 있는 절실한 문제 중의 하나요, 그 때문에 옛날부터 많은 철학자들이 여러 가지의 이상적인 국가형태와 질서관을 그려 오기도 했던 것이다.

그런데 국가란 곧 정치권력이 가장 강력하게 조직되어 있는 기구이므로, 여기에는 언제나 권력에 의한 지배관계가 성립한다. 이는 국가주권이 전제군주에게 있다고 보는 절대군주제에 있어서나 국민(민중)에게 있다고 보는 민주제에 있어서나 마찬가지다. 이것은 전체와 개체와의 관계에서 본다면, 어떠한 집단도 하나의 전체로서 개체를 규제하게 마련이지만, 특히 국가는 최대의 권력적 존재이기 때문에 그 규제 또한 다른 어떤 집단에 있어서보다도 더 강대하다고 하겠다. 그리하여 전체적인 국가권력의 규제와 국가구성의 요소로서의 개인의 자유가 대립 내지 충돌하는 데에서 개인의 해방을 요구하는 원시적 감정과 함께 국가권력의 지배의 정통성 내지 정당성에 관한 법철학적 문제가 제기되지 않을 수 없게 된다. 지배자와 피지배자가 다

같이 평등한 인간이라고 한다면, 지배자가 피지배자에게 복종을 강요할 수 있는 권리의 근거는 도대체 어디에 있는 것일까? 국가의 구성원으로서의 개인의 자유는 어느 정도로 유보당해야 하는 것일까?

본질적으로 자유란 '외적 구속의 결여'라고 규정될 수 있다면, 정치사회에 있어서의 개인의 자유는 정치권력에 의한 강제나 제한 또는 간섭이 없는 상태를 의미한다고 할 수 있다. 따라서 자유는 당연히 정치권력의 배제를 요구하게 될 것이다. 그러나 현실적으로는 '자유는 언제나 정치권력의 제한을 요구한다'고밖에는 주장할 수 없는데에 오히려 '외적 구속의 결여'라고 하는 자유의 소극적 규정만으로는 설명될 수 없는 정치적 자유의 복잡성이 있다. 라스키(H. Laski)는 이러한 정치권력의 제한을 '필요한 자유와 필연의 권력과의 사이의 균형'이라고 보았다. (* Harold Laski: Liberty in the Modern State)

개인적 자유에 비하여 전체적 권력이 엄청나게 강대했던 시대에는 양자의 균형은 자연히 국가권력을 제한하고 상대적으로 개인의 자유를 확장하는 방향에서 모색될 수밖에 없었다. 근세에 들어서면서 차츰 중세기의 봉건주의적 신분제가 무너질 뿐만 아니라, 종교와 국가, 법왕(교황)과 황제가 분리되고, 마키아벨리(Machiavelli)가 강조했던 무제한한 정치권력에 의하여 일체의 현실적 세속생활이 통제되자, 개인적 자유의 요구는 지배의 정당성에 관한 문제를 제기했으며, 이 문제는 국가권력의 근거가 개인 간의 합의, 즉 계약에 있다고 하는 이른바 사회계약설에 의해서 해결의 실마리를 구하게 되었다.

특히 토마스 홉스가 그로티우스(Hugo Grotius), 알투시우스(Johannes Althusius) 등의 근대적 자연법사상을 도입하여, 봉건적 신분제를 전제로 한 지배복종계약의 이론이나 왕권신수설을 극복하고, 사회계약설을 그의 독자적인 국가이론 및 법사상으로 전개하여 이른바 안전국가적 법치주의 질서사상을 확립한 이후로, 이 이론은 로크

(J. Locke)나 루소에 의하여 국가권력을 제한하고 개인의 자유를 신장하기 위한 정치이론으로 개조·변형·발전됨으로써, 근대국가의 가장 유력한 변증이 되었을 뿐만 아니라 17,8세기의 시민혁명의 이론적 무기가 되었던 것이다.

개인의 자유와 국가권력과의 균형을 확보함으로써 소극적 자연적 자유를 넘어선 적극적 사회적 자유를 실현하려는 노력이 요청되고, 참된 민주주의와 실질적 법치주의의 바른 모습과 옳은 의미의 파악이 절실한 오늘날 우리 한국의 법치현실과 민주주의의 현주소에 비추어 볼 때, 법치주의 사상의 선구자로서의 토마스 홉스의 질서사상을 재검토하는 것은 결코 그 의의가 적지 않을 것으로 믿는다.

2. 토마스 홉스의 계약국가사상

사회계약설은 사회상태 또는 국가상태에 선행하는 자연상태에 있어서 각 개인이 가지는 자연권을 전제개념으로 삼고 있다. 자연상태에 있어서 각 개인은 적어도 형식상 평등하며 일체의 인위적 제한으로부터 완전히 자유이다. 그러나 이러한 자연상태에 있어서의 개인 상호간의 관계는 논자의 인간관의 차이에 따라 전쟁상태로 규정되기도 하고 혹은 상호고립상태 또는 평화상태로 규정되기도 한다.

홉스에 의하면, 국가나 사회도 인간이 만들어 낸 하나의 '인공적 물체(an artificial body)'요, 따라서 국가와 사회의 존재에 선행하는 것은 자유롭고 평등한 개인이라고 한다. 그리고 이러한 개인이 가지는 자연권은 '자기보존의 욕망'이다.

홉스에 의하면 인간은 사교적 본능(사회성)을 갖지만, 그것은 좋은 면뿐만 아니라 나쁜 면으로도 작용한다. 홉스는 국가질서의 존재를 이러한 인간본성의 소극적 측면, 즉 나쁜 면에서부터 이끌어내어 설명한다.

그에 의하면 국가란 '만인의 만인에 대한 투쟁상태(bellum ominium contra omnes)'를 야기케 하는 '힘의 충동'과 이러한 투쟁으로부터 생긴 인간 상호간의 '공포'의 결과이다.

그에 의하면 자연상태에서는 사람은 사람을 두려워하고 경계하고 자기보존을 꾀하게 되며, 이러한 자기보존을 자연권이라고 한다. 이러한 자연권을 모두가 가지고 있는 상태, 즉 '자연상태'에서는 인간은 개인의 자기보존을 위해서라면 무엇이든지 할 것이다.

그러므로 인간이 자연권을 가지고 자기의 힘의 행사와 신장만을 꾀하는 자연상태에 있어서는 '인간은 인간에 대한 이리(homo homini lupus est)'요, 따라서 인간은 필연적으로 고립하고 적대하여 '만인의 만인에 대한 투쟁상태'에 떨어지게 되고 말 것이다.

따라서 인간의 생활은 '추악하고, 잔인하고, 짧은(nasty, brutish, short)' 것이 되고, 이러한 전쟁상태에 있어서는 힘과 기만만이 두 主德이요(Force and fraud are, in war, the two virtues), 하나의 공통적 권력(a common power)이 없으므로 법이나 正·不正의 관념도 성립할 여지가 없다. 그런데 이러한 자연권은 사실상 무의미한 것이다. 왜냐 하면 누구나 그의 자연권은 불안하기 때문이다.

그러므로 인간이 이러한 자연상태에 방임된다면, 상호의 '자기보존의 욕망'의 강조가 도리어 상호의 '자기보존의 욕망'의 성취를 불가능하게 만든다고 하는 결과에 떨어지게 될 것이다. 여기에 인간의 이성에 의한 계약에 의하여 상호의 자연권을 제한할 필요가 생기게 되는 것이다.

사람들로 하여금 평화에로 향하게 하는 정념(情念)은 죽음에 대한 공포요, 안락한 생활에 필요한 것들에 대한 의욕이며, 그들의 노동에 의

하여 그러한 것들을 획득하려는 희망이다. 그리고 이성은 평화에 관한 편리한 조항들을 시사하며, 사람들은 이 평화의 조항에 합의하게 된다.

- 토마스 홉스: Leviathan 제1장

이로써 알 수 있듯이, 평화의 제(諸)조항이란 자연상태에 있어서의 인간의 자연권을 이성에 의하여 합리적으로 실현하기 위하여 안출한 것이요, 이것을 홉스는 자연법(the laws of Nature)이라고 부른다. 따라서 자연법은 당연히 모든 사람의 본능적, 이기적인 자연권의 행사를 규제하고 나아가서는 자기의 '권리의 상호양도' 즉, 계약(contract)을 요구하거니와, 이러한 계약의 보증으로서 '하나의 공통적 권력'이 필요하게 된다.

모든 사람들이 합의에 의하여 자신의 힘을 한 사람이나 또는 하나의 합의체에 위양하고, 그들의 의지를 하나의 의지에 복종시킬 때에(사회계약이 이루어질 때), 그러한 공통적 권력은 성립한다. 이것이 곧 국가권력이며, 국가(common wealth, civitas)가 탄생하게 되는 것이다. 홉스가 구약성서에 나오는 거대한 水生동물의 이름을 따서 국가에 비유한 'Leviathan'이 바로 그것이다. 인간은 비로소 자연상태(Natur Zustand)에서 국가상태 또는 시민상태(beurgerlichen Zustand)로 들어간다.

3. 홉스의 질서사상: 본질과 안전국가질서관

이와 같이 사회계약에 의하여 성립된 국가는 그의 본질상 강력한 전제적 권력을 소지하지 않으면 안 된다. 왜냐하면 국가의 권력이 절대적이면 절대적일수록 인간 상호간의 투쟁(항쟁)이나 침해의 위험성은 감소될 수 있기 때문이다. 홉스는 이러한 국가권력의 절대성을 강조하고 최량의 국가형태를 절대군주제로 보아, 그러한 국가를 'Leviathan'이라고 불렀다. 여기에 바로 홉스가 전체주의 사상가로 오인된 함정이 있는 것이다.

그러나 그가 비록 절대군주제를 시인했다 하더라도, 그것은 결코 왕권신수설에 입각한 군제제가 아니라 어디까지나 평등한 개인의 자연권에 기초를 둔 군주제였다. 다시 말하면 계약국가(Leviathan)에 있어서의 군주나 지배자에 대한 복종은 군주나 지배자의 권위와 힘에 대한 공포에서 나오는 복종이 아니라 각자의 자연권, 즉 각자의 무제한한 자유를 남용함으로써 초래될 전쟁상태에 대한 공포에서 맺어지는 상호계약에의 복종인 것이다.

그리하여 홉스에 있어서는 개인의 자연권(ius naturali), 즉 자기보존의 욕망은 강조되면서도 그것이 이기적인 자연적 자유로서 방임되어야 하는 것이 아니라 계약국가 안에서 자연법을 매개로 하여 시민권(ius civili)에로 전환되어야 하는 것이었다.

홉스에 있어서 국가는 수단이지 목적이 아니다. 즉 국가는 인간 상호간에 있어서 '안전'을 보장하는 도구이지, 그 자체가 아니다. 'Leviathan', 즉 국가의 최소한의 목표와 과제는 시민의 보호, 즉 시민의 안전을 보장하는 데 있으며, 오직 그 한도에서 권위와 지배의 정당성을 갖고, 백성(국민)에게 명령할 근거를 갖는다. 만약 국가가 국민의 안전을 보장 못하는 한 국가의 명령이나 지배는 근거를 잃게 마는 것이다.

그는 말한다.

'군주에 대한 시민의 의무는, 군주가 시민의 안전을 보호할 능력이 있는 한이며, 그 이상은 할 필요가 없다.'

또 그는 '국가의 보호가 없으면, 복종의 의무도 없다'고 외친다.

따라서 홉스는 Leviathan이란 지상에서는 최고권력을 갖는 신이지만, 자기의 존립목적을 달성하지 못할 때는 "죽어야 할 신(Sterblicher Gott, motal God)"이라고 하며, 그럴 경우에는 'Leviathan은 자기권위와 근거를 상실한다'고 말한다.

그러면 홉스가 말하는 '국가가 자기의 존립목적을 달성하지 못하는 때'는 어떠한 경우를 말하며, 그러할 때는 국민 개인은 어떻게 해야 하는가?

홉스에 의하면 국가가 (1) 외적으로부터 국가를 지켜주지 못할 때, (2) 시민 상호간의 안전을 보장하여 주지 못할 때에는 다시 자연상태로 복귀한다고 한다. 만약에 개인 상호간의 안전을 담보(전제)로 하여 성립된 국가권력이, 도리어 개인의 자유와 안전을 침해하거나 안전의 보장과 질서유지의 능력을 상실한 경우에는 당연히 개인은 국가권력에 반항해도 좋다. 이렇게 자연상태로 복귀하게 되면, 인간(국민) 개개인은 자연권을 다시 찾아 자기보존, 자기방어, 자기안전을 강구할 수밖에 없는 것이다.

홉스는 '법률에 의한 보호가 탈락할 때, 온갖 힘을 다하여 자기자신을 방어할 것을 포기(단념)하는 것으로 의무 지어져 있는 시민은 한 사람도 없다'고 역설한다.

이러한 토마스 홉스의 국가사상이 이른바 '안전국가적 질서관(Sicherheitsstaat)'으로서 이른바 칸트(Kant)의 '자유국가적 질서관(Freiheitsstaat)'과 더불어 실질적 법치국가(Rechtsstaat)의 법질서에 있어서 내포되어 있는 양대 핵심개념을 이루고 있는 것이다.

이와 같은 '안전'을 유지하기 위해서는 '평화'가 요청된다. 즉 평화 없이는 안전도 없다. 그러나 평화가 곧 국가의 목적은 아니다. 국가는 평화를 위해 마련되었고, 평화는 개인의 복지에 이바지하는 수단이다. 여기에서의 복지란 홉스에 의하면 추상적인 공공복리와 같은 전체(주의)적인 가치의 표현이 아니라 개인의 복리, 즉 개인의 안전을 뜻하고 있다. 이러한 '안전'은 개인의 생명을 유지하는 것(동물적인 안전)만을 뜻하는 것이 아니라, 사람답게 살 수 있는 안전을 뜻하는 것이다.

그러므로 개인의 복지와 안전을 보장할 것을 목적으로 하는 홉스의 안전국가적 법치주의는 전체주의적 안전국가 또는 공산국가와는 엄격히 구별된다. 또한 '국가의 안보'를 국민의 자유와 권리 위에 군림시키는 안보국가와도 구별된다.

전술한 바와 같이 홉스에 의하면 국가는 수단에 불과하다.

전체주의에 있어서는 국가 그 자체가 목적이다. 추상적인 국가나 전체를 위하여 개인의 자유와 안전을 희생해도 좋다는 전체주의적 국가관과 국가나 전체의 목적이 개인의 복지와 안전에 있다는 안전국가적 법치주의와는 구별되지 않을 수 없다.

적어도 홉스에게 있어서는 '국가란 자유를 안전하게 하는 것이지, 부자유(不自由)를 안전하게 하는 것이 아니다. 평화와 질서는 그 자체를 보장하기 위하여 존재하는 것이 아니라 개인의 자유와 안전을 위해 필요한 것이다.'

그리고 또한 홉스에 의하면 '법률제정과 공포의 목적은 국민의 행동을 제한하려는 것 이외의 아무것도 아니다.' 그 제한 없이 평화는 불가능하기 때문이다. 따라서 '이 세상에서 법률이란 개인의 자유를 제한하기 위해서 만든다. 그러므로 인간은 서로서로 해치지 않고 돕게 된다.' 즉 '국가의 법률이란 국민을 그들이 원하는 행동으로부터 멀리하는 것에 목적이 있는 것이 아니라 국민을 인도하는 데 있다. 사람들이 정열적인 탐욕이나 욕심, 성급함, 경솔로 말미암아 서로서로가 자신을 해치지 아니하게끔 움직이게 하는 데 있다. 그것은 마치 나무울타리가 산보객을 멈추게 하기 위해서 있는 것이 아니라

길잡이가 되게 하기 위해서인 것과 같다.'

홉스의 안전주의국가관은 인간의 자유의 한계를 안전하게 하는데 있으며, 평화란 각자의 한계가 명시되어져서 그것이 국가권력(법률)에 의해서 안전하게 보장된 상태를 말하며, 이것은 공동묘지의 평화상태 '자유 없는 평화, 생명 없는 평화, 목석(木石)의 평화'와는 다르다.

안전국가의 임무와 목적은 '살아 있는 평화'를 확보하는 데 있으며, 이러한 살아 있는 평화상태에 있어서의 인간은 자연상태처럼 '인간은 인간에 대한 이리'가 아니라 '인간은 인간에 대한 신'으로 존재하게 되는 것이다.

4. 이 시대에의 함의(含意)

요컨대 홉스의 안전주의국가관은 자유를 희생시키고 그 대가로서 질서와 평화를 얻는 전체주의국가관이 아니라, 자유를 보장하는 법치주의적 국가관의 선구자로서 또한 죄형법정주의 및 저항권의 현대적 의의를 고찰함에 있어 매우 중요한 지평을 열어주고 있다.

그러나 유감스럽게도 이러한 홉스의 '안전국가적 법치주의(Sicherheitlicher Rechtsstaat' 사상은 그 진의가 몰각된 채, 전체주의, 독재주의의 이론적 근원의 하나를 이루는 유의주의자(有意主義者)로서, 또는 성악설적(性惡說的)인 인간관을 가진 유명론적(唯名論的) 사상가로서, 법의 타당성보다는 법적안정성을 강조한 국가권력절대주의자로서, 또한 칼 슈미트(C. Schmidt)류(流)의 결정주의(決定主義) 법사상가로서 피상적인 평가를 받아왔다.

토마스 홉스는 확실히 국가권력의 절대성을 강조하였고, 또한 正과 不正의 구별을 규정하는 것은 국가의 실정법이라고 주장하고 있

으며, 주의주의적(主意主義的) 윤리관의 색채를 띠고 있으며, 그의 법
개념은 다분히 유명론적(唯名論的)인 면이 없지 않다고 할 수 있다.
그리고 그의 '국가(Leviathan)'는 역사적 소산이라기보다는 기교의
소산이라는 비난도 있다.

그러나 우리가 보다 유의해서 관찰해야 할 중요한 점은 '죽어야
할 신(motal God)'에 있어서 '죽어야 할'이라는 형용사일 것이다.

홉스의 질서사상은 일반적으로 합리주의와 개인주의의 극단적인
귀결로서 설명된다. 그러나 그의 사회계약이론(설) 및 이것의 귀결에
대한 여러 가지 해석의 결과일 따름이다.

홉스에 의하면 인간은 어디까지나 욕망이나 정열에 의해서 지배
되는 동물일 뿐만 아니라 동시에 인간은 이성적 존재이며 자기 자신
을 규정·창조해 가며, 그리고 자기의 환경을 판단하는 규준을 이성
으로부터 추출해 낼 수 있는 이성적인 피조물이다. 즉 홉스는 '인간
은 인간에 대한 이리'로서의 동물성과 '인간은 인간에 대한 신'으로
서의 신성(神性)의 양면성을 가진 존재로 파악하였다.

그럼에도 불구하고 그의 인간관이 동물성만을 강조하는 면만으
로 오인, 과장되어 그의 사상의 진면목이 가려져 온 것이다.

홉스의 질서사상의 본질적 요소는 그의 사회계약에 있으며, 그
사회계약의 형식과 실질에서 본 리포트의 서두에서 제기한 문제, 즉
국가권력과 개인의 자유·안전과의 대립과 균형이라는 문제의 '해답
의 한 단서'를 찾을 수 있을 것이다.

사회계약이란 형식적으로는 상호적 의무관계의 설정을 목적으로
하는 개인의지(의사)의 표명인 것이며, 실질적인 사회계약의 내용은
'개인의 자연권'인 것이다. 이 '개인의 자연권'이야말로 이것과 동
등한 또는 그 이상의 가치의 대가물로 제시되는 이데올로기, 즉 '국
가의 안보', '사회의 복지', '안정', '민족해방', '위대한 사회주의 건

설', 심지어 '경제성장' 등과는 결코 인환(引換)되어져서는 안 되는 것이다.

이러한 관점에서 우리 한국의 법치현실, 즉 국가권력과 개인의 자유와의 관계를 고찰할 때, 오늘날 우리에게 자유는 이미 하나의 환상이 되어가고 있는지 모른다. 뿐만 아니라 자유의 상실을 슬퍼해야 할 아무런 이유도 없는지 모른다. 무엇보다도 안정과 편의와 번영과 행복을 원하는 일반국민들은 이러한 보편적인 욕구만을 충족시켜 준다면 아무런 거리낌 없이 독재정치까지도 용인하고 수인(受忍)하며, 조국근대화, 조국의 평화적 통일이라는 명분아래, 안정과 성장 대신에 국민개인의 자유와 안전을 저당하고 있지는 않는가?

이것이 진실이라면 '근대화는 곧 자유의 발전사'라는 명제와 '자유와 이성의 역사적 승리에 대한 낙관적인 신앙의 고백'이었던 계몽주의사상은, '근대화가 곧 자유의 상실'을 뜻하는 우리의 아이러니컬한 시대상황에 비추어 볼 때, 수정되거나 역사의 박물관으로 사라져야 하는 것은 아닐까?

그러나 우리는 자유의 위기를 슬퍼할 필요도, 또한 새로이 자유의 필요성을 찬양할 필요도 없다고 본다. 자유의 위기는 한갓 수사학적으로 극복할 수는 없기 때문이다. 다만 한 가지 분명한 점은, 결코 안정과 안보 등의 공허한 이데올로기를 위하여 개인의 자유와 안전(개인의 자연권)을 희생시켜야 한다는 어떠한 유혹에도 속아 넘어가지 말아야 한다는 점이다. 오히려 개인의 자유와 안전이 보장되는 사회에 있어서만이 진정한 의미의 안정과 성장과 안보가 가능하다는 점을 확신하여야 한다.

오늘날 국가권력의 강대함에 비해 자유가 하나의 환상이 되고 있다면, 그것은 국민 스스로가 자유로울 수 있는 의지력을 상실하고 있기 때문이리라. 그 밖의 어떠한 다른 이유로도 오늘의 한국현실에 대한 스스로의 책임을 회피할 수는 없을 것이다.

　이는 토마스 홉스의 『Leviathan』, 즉 그의 국가(질서)사상의 본질에 비추어 봐도 명백한 것이다.

(* 1975년 「법철학」 리포트. 심재우 교수님의 강의내용을 기초로 작성.)

김윤환 시문집 『미완성의 餘韻』

선비의 순수서정(純粹抒情)과
사라지는 것에 대한 시정(詩情)

– 혜수(惠水) 김윤환(金允煥)의 문학과 인생

〈1〉

혜수(惠水) 김윤환(金允煥) 선생은 교육자로서의 일관된 삶과 그리고 은퇴 후에는 초야에 묻혀 주옥 같은 시와 명문을 남긴 시인으로서의 삶을 사신 분이지만, 동시에 격동했던 한국현대사의 격랑 속에서도 흔들리지 않고, 고아(高雅)한 성품과 격조(格調) 높은 안목으로 지(智)와 덕(德)의 길, 즉 군자지도(君子之道)를 성실히 추구했던 선비이기도 하다.

교육자로서의 그는 단순히 우리말과 글을 가르치는 국어선생님이 아니라, 우리의 고전 속에 나타난 겨레의 얼과 역사, 소중한 문화와 드높은 정신적 가치를 일깨워 줌과 아울러 문학을 통하여 학생들에게 꿈과 희망과 이상을 추구할 수 있는 길을 제시해 주는 부형(父兄)과 같은 전인격적(全人格的) 스승으로 정평이 났다.

시인으로서의 그는 일찍이 경남과 부산 지역의 명문 중 · 고등학교에 재직하는 동안 여러 초 · 중등학교의 교가를 작사하였으며, 지방에서 문학동인 활동을 하기도 했지만, 본격적으로 작품을 쓰기 시작한 것은 교직을 은퇴한 후 경기도 광주군에 정착하고 난 뒤부터로 여겨진다.

　선비로서의 그는 유교적인 지식과 예절이 몸과 마음에 온전히 배어 있는 구세대임에도 불구하고, 훈고(訓詁)의 아집과 독선이 없고, 현학(衒學)의 자만과 고루(固陋)를 초탈하였으며, 유연한 사고와 건실한 생활 속에서의 실천을 중시하는, '지행합일(知行合一)'과 '온고이지신(溫故而知新)'의 철학을 가진, 그러면서도 자연과 생명과 멋을 사랑하는 賢者였다.

　　　〈2〉

　혜수 김윤환이 살았던 시대는 우리말과 글을 빼앗기고 심지어 성과 이름까지 갈아야 했던, 일본군국주의가 마지막 발악을 한 엄혹했던 일제강점기의 후반기, 해방 후의 혼란과 북괴의 남침에 의한 동족상잔의 비극, 나라경제의 피폐와 빈곤, 정치·사회의 난맥과 격변, 경제개발에 따른 산업화와 도시화, 경제성장과 세계화, 과학문명의 고도화와 자연·환경의 파괴 등 우리나라 오천년 역사를 통하여 볼 때 가장 격동했던 시기였다.

　이러한 시대를 살아남았거나 격동의 역사 속에 사라져간 혜수 김윤환의 세대에 속한 한국인이라면 누구나 가슴 속에 대하소설보다 더 파란만장한 자신의 인생사를 품고 있었다고 해도 과언이 아닐 것이다. 자신의 의지나 능력과는 상관없이 시대의 거세고 냉혹한 격랑에 휩싸여, 설혹 타고난 자기의 본연과 순수성을 상실하거나 포기하더라도, 또는 자기의 뿌리인 조상과 고향과 자연의 의미와 소중함을 망각하거나 외면한다고 하더라도 어쩔 수 없이 이해해 줄 수밖에 없는 사람들이 대다수였을 것이다.

그러나 혜수 김윤환의 경우, 즉 그의 삶과 문학의 특징은 이러한 격변하는 시대적 상황에도 불구하고 교육자로서의 초지일관한 자세와 선비로서의 고매한 정신을 견지하는 가운데, 변하지 않은 순수서정을 바탕으로 인간본연과 자연의 합일을 추구하는 시정신을 그의 문학과 삶의 영역에서 동시에 끝까지 추구한 데 있다고 해야 할 것이다.

그에게 있어서 특히 은퇴 후의 삶은 바로 그의 문학이고, 그의 문학 즉 그의 맑고 고운 시와 명문인 수필은 바로 그의 삶 그 자체였다.

아무리 어제 오늘이 바뀌어도 나는
삶, 그게 다할 때까진
그리움을 좇아서 혼자 걷는다.

　　－「혼자 걷는다」에서

그렇다. 그의 문학의 길, 그의 시의 길은 그리움을 좇아서 혼자 걷는, 아무도 대신 살아줄 수 없는 그의 삶의 길인 것이다.

　〈3〉

혜수 김윤환이 많은 시와 글을 남긴 그 나이에 어울리지 않게, 때묻지도 않고 오염되지 않은 심지어 동심 같은 순수와 심성과 그리고 일관된 정신자세를 간직할 수 있었던 그 놀라운 원동력은 무엇인가? 즉 그의 고매한 시정신의 원천은 무엇인가?

그것은 바로 '그리움'에 대한 천착(穿鑿)과 추구이다.

忘却의 피안으로 사라져 간
아련한 그리움 나의 불씨여
이제사 되살아나
내 마음 燈心에 불붙었는가.
 - 중략 -
그렇다.
석양에 붉게 타는 紅葉처럼
生의 眞味가 무르익는 곳
밝혀진 등불 곁으로 찾아 가잔다.

　- 「석양에 紅葉처럼」에서

내가 타고 가는 시간이라는 배는
그리움만 실어도 만원인데
또 무엇을 실어야 하나.

　- 「소녀의 기도」에서

　그의 '그리움'은 시간적으로 흘러간 과거나 사람에 대한 회고적
인 '그리움'이 아니다. 공간적으로 자신에게 의미가 있는 특정한 장
소와 추억에 집착하는 일방적, 편애적(偏愛的)인 '그리움'이 아니다.
　그의 '그리움'은 '돌아보는 그리움'임과 동시에 '바라보는 그리
움'이다. 그에게 있어서 그리움은 시간과 공간을 아우르는 동시에 과
거와 현재와 미래가 단절되지 않고 연면히 이어져서 마치 핏줄 속에
피가 흐르듯 순환하는 대자연의 섭리와 닿아 있다. 그의 자연과 생명
에 대한 사랑의 정신과 삶의 자세는 이와 같은 '그리움'이라는 그의

시정신의 옹달샘에서 비롯되는 것이다.

그리움이라는 우리말의 뉘앙스가
하도 좋아서
붓글씨로 풀어 쓴 모양새가
그윽할 거라고 생각하다가
나는 그만
그 그리움에 안겨 버린다.

비바람에 외로운
어머님 墓碑의 차가움이
내 보잘것없는 삶의 자취에 얼룩진
불효함을 꾸짖지도 않고
되려, 등골 마디마디에 스며드는 아, 따스한 그 體溫
돌아보는 그리움의 고운 샘이여.

첫 새벽에
샛별에 윙크하며 들이키는
바라보는 그리움 또한
염통 깊숙이 산뜻하구나.

그래서 삶이란
돌아보는 그리움과 바라보는 그리움을 안고 걸어가는 길
끊임없이 이어지는 바로 그 길이다.

　　－「그리움」 전문

〈4〉

　혜수 김윤환의 시정신은 곧 그의 올곧은 삶을 규정하는 동시에 그가 평생 동안 지키고 실천해 온 생활철학이기도 하다. 그는 선비요 지사적인 정신의 소유자로서 결코 시대착오적이고 구태의연한 언행으로 자식과 후학들의 앞길과 언로(言路)를 가로막는, 진부한 범주에서 벗어나지 못하는 꽉 막힌 어른이 아니었다.

　그의 선비적 문학정신과 인생철학은 눈앞에 펼쳐지고 있는 현재의 개인적 또는 시대적 상황과 문제점을 통렬하게 비판하고 아파하면서도, 언제나 미래에 대한 희망과 긍정적 전망을 끝까지 놓치지 않고, 주어진 여건과 조건에 절망하거나 원망하고 개탄하는 것이 아니라, 항상 성실성과 불요불굴의 노력으로 이를 극복하려는 의지를 표현하면서도 멋과 여유를 잃지 않고 있다는 데서 더욱더 빛을 발한다. 그의 인생과 문학의 정수(精髓)는 그의 시편(詩篇)뿐만 아니라 붕우와 큰 아들 등에게 보낸 몇 편의 서간문과 더없이 향기롭고 품격 높은 빼어난 여러 편의 수필에서도 여실히 드러나고 있다.

　그의 온화하면서도 날카로운 지성과 자연과 생명을 존중하는 정신의 시선이 향하는 지점과 시점, 즉 공간과 시간은, '모든 사라져가는 것'들에 대한 애틋한 정이라고 할 수 있을 것이다. 작게는 일상 속에서 만나는 길가의 돌멩이나 풀꽃에서부터 또는 사랑하는 가족과 친구들과의 만남과 헤어짐에서부터, 크게는 소중한 고향과 아름다운 국토 및 山河의 변모와 세월과 연륜의 변화 또는 시대상과 인간사의 변전(變轉)을 넘어 저 대우주 속 밤하늘 별빛들의 명멸(明滅)에 이르기까지, 사라져가는 것들에 대한 그의 시정(詩情)은 그의 문학세계에서 있어서 영원한 주제이자 그의 구도적인 삶의 궤적이기도 한 것이다.

　그의 시정이 살아 숨쉬는 '사라져 가는 것'에서는 탐욕과 허세와 거짓이 발붙여 살아갈 수 없는 시간과 공간이다. 수단과 목적의 가치가 전도된 결과만능주의가 기생할 수 없으며, 결코 완벽이나 완성을 요구하지 않는다.

　그의 문학과 인생의 길은, 매 순간과 과정 속의 성실과 노력이 아름다움과 목표와 이상을 지향하는 그러나 끝내 닿지 못할 미완의 길이었다. 그러나 영원히 포기할 수 없는 그 길을 걸어간 그의 삶은, '그리움'과 함께 '사라지는 것'에 대한 정이 어우러져 '미완성의 여운(餘韻)'으로, 멋있고 향기롭게 후손들과 후학들에게 되살아나게 될 것이다.

내 사랑 꽃망울인 채
시들고 말듯이
吾道여 晩鐘과 더불어
여기 미완성이노라.

귓전에 따가운 비웃음에
六腑가 뒤틀렸지만
필경 미완성이야
낭만과 순수의 菩提
영원한 생명의 餘韻이어라.

삶이란 나에게는
겨울 나그네의 고달픈 고갯길일망정
꿈은 심지에서 명멸하는 불마냥 아련히 빛나서
해 저문 모래밭에 물새 발자국 찾아 헤맨다네.

운명의 심술은 짓궂기 마련인가
보살피고 감싸 안아도 지워지고 말아버릴
약속의 갯가에서
나는 자꾸
미완성의 餘韻을 더듬는다
어루만져도 본다.

　－「미완성의 餘韻」 전문

(2011. 2.)

논어(論語) 속의 효(孝)에 대한 소고(小考)

제1장 머 리 말

일반적으로 효(孝)라고 하면 부모를 받드는 윤리를 뜻하지만, 사상적으로는 훨씬 뜻이 깊어 근본적으로 '인간의 도리'를 포괄한다.

동양의 전통사회, 특히 유교사회에서는 효를 모든 개인적, 사회적 행동의 기본으로 삼았다. 이는 당시 사회에서 일상적으로 사용하던 '孝는 백행의 근본'(孝百行之本) '또는 '효(孝)는 백행의 근원'(孝百行之源)이라는 생활용어에서 잘 드러나 있다.

유교사회 중에서도 중국이나 일본에 비해 한국이 특히 효를 기본윤리 내지 기본덕목으로 가르쳤고 특히 그 실천을 강조하여, 오늘날 우리 한국인의 문화와 생활 속에서도 효라는 가치는 여전히 최고의 윤리관으로 자리 잡고 있다. 유교윤리 중에서 중국은 인(仁)을, 일본은 충(忠)을 강조하는 데 비해 한국은 효를 더 강조하는 것으로 많은 학자들의 연구에서 밝히고 있다.

특히 韓·中·日 세 나라의 전통적 유교사회가 근대화 또는 산업화하는 과정에서, 중국은 친구지간의 의(義)를 강조하는 신의나 의협이 가장 중요한 덕목으로, 일본은 동족 사이의 유대보다는 번(藩)을 중심으로 한 집단주의적 가치관인 忠이 사회질서와 규범을 유지하기 위한 현실적인 덕목으로 생활과 문화 속에 유지되고 있는 데 반해, 한국은 의협심이나 충성심이 없는 것은 아니지만 그 보다는 절대적으로 孝를 중시하며, 그것이 동족간의 효제(孝悌)로 확대되어, 가장 중요한 생활윤리로 작용하고 있다고 지적한다.

이와 같이 한국사회의 효에 대한 강조는 전통사회뿐만 아니라 현대 산업사회에서도 가정과 학교의 교육과 각종 매스 미디어를 통하여 끊임없이 고취되고 있다. 중국이나 일본에 비해 유교의 윤리 중에서 효의 가치를 우선시하는 한국의 특성을 잘 살려서 현대사회의 자발적이고도 합리적인 생활윤리로 발전시켜 나갈 경우, 효사상은 우리 사회의 질서회복과 사회통합뿐만 아니라 새로운 사회경제적 가치를 창조하는 기능을 하게 될 것이다.

본고에서는 유교윤리의 바탕과 원형이 그대로 녹아 있거나 보존되어 있는 『논어』 속의 효에 관한 전거(典據)를 발췌해 살펴봄으로써, 효에 대한 개념과 의의를 파악하고, 그러한 전통적인 효의 가치관이 현대사회 특히 현재와 미래의 한국사회에 긍정적인 윤리관으로 재정립되어 개인적으로나 사회적으로 선기능의 역할과 방향을 모색해 보고자 한다.

- '어버이를 잘 섬기는 사람은 훌륭한 사람이다.' 이 말은 고금을 막론하고 변함없는 진리이기에!

제2장 논어의 효에 관한 원문(原文) 발췌

1. 有子가 말했다. "그 사람됨이 효성스럽고 공경스러우면서 윗사람 해치기를 좋아하는 자는 드무니, 윗사람 해치기를 좋아하지 않고서 亂을 일으키기 좋아하는 자는 있지 아니하다. 군자는 근본에 힘

쓰니, 근본이 확립되면 방법이 생기는 것이다. 孝와 弟라는 것은 그
仁을 행하는 근본일 것이다"(有子曰其爲人也孝弟 而好犯上者鮮矣 不好犯
上 以好作亂者未之有也 君子務本 本立而道生 孝弟也者 其爲仁之本與)(學而
제2장).

2. 孔子께서 말씀하셨다. "제자는 들어와서는 효도하고 나가서는
공경하고 삼가고 미덥게 하며 널리 사람들을 사랑하되 어진 사람과
친해야 한다. 행하고서 남은 힘이 있으면 글을 배운다"(子曰弟子入則
孝 出則弟 謹而信 汎愛衆 而親仁 行有餘力 則以學文)(學而 제6장).

3. 子夏는 말하였다. "어진 이를 어질게 여기되 색을 좋아하는
마음과 바꾸며, 부모를 섬기되 능히 그 힘을 다하며, 人君을 섬기되
능히 그 몸을 바치며, 朋友와 사귀되 말을 하는 데에 믿음이 있으면,
비록 배우지 않았다고 말하더라도 나는 반드시 그를 배운 사람이라
고 평하겠다"(子夏曰賢賢 易色 事父母 能竭其力 事君 能致其身 與朋友交
言而有信 雖曰未學 吾必謂之學矣)(學而 제7장).

4. 曾子는 말하였다. "마침(初喪)을 신중히 치르고 (돌아가신 분을)
멀리까지 추모하면 백성의 덕이 후한 데로 돌아간다"(曾子曰愼終追遠
民德 歸厚矣)(학이 제9장).

5. 孔子께서 말씀하셨다. "아버지가 살아 계실 경우에는 그 뜻을
관찰하고, 아버지가 돌아가시고 안 계실 경우에는 그 행동을 살피는
것이니, 3년 동안 아버지가 하시던 방법에서 고쳐짐이 없어야 孝라
할 수 있다"(子曰父在 觀其志 父沒 觀其行 三年 無改於父之道 可謂孝矣)(學
而 제11장).

6. 孟懿子가 孝를 묻자 공자께서 말씀하셨다. "어김이 없어야 한다." 樊遲가 수레를 몰고 있었는데 공자께서 그에게 고하여 말씀하셨다. "孟孫氏가 나에게 孝를 묻기에 어김이 없어야 한다고 대답하였다." 樊遲가 물었다. "무엇을 이르신 것입니까?" 공자께서 말씀하셨다. "살아계실 때는 섬기기를 禮로써 하고 돌아가신 후에는 장사지내기를 禮로써 하며, 제사지내기를 禮로써 하는 것이다"(孟懿子問孝 子曰無違 樊遲御 子告之曰孟孫 問孝於我 我對曰無違 樊遲曰何謂也 子曰生事之以禮 死葬之以禮 祭之以禮)(爲政 제5장).

7. 孟武伯이 孝를 묻자 공자께서 말씀하셨다. "부모는 오직 그 자식의 질병만을 근심하게 된다"(孟武伯 問孝 子曰父母 唯其疾之憂)(爲政 제6장).

8. 子游가 孝를 묻자 공자께서 말씀하셨다. "지금의 孝라는 것은 (몸을) 봉양하는 것을 말하지만 개와 말에 이르러서도 다 기름이 있으니 공경하지 아니하면 무엇을 가지고 구별하겠는가?"(子游問孝 子曰今之孝者 是謂能養 至於犬馬 皆能有養 不敬 何以別乎)(爲政 제7장).

9. 자하가 효를 묻자 공자께서 말씀하셨다. "얼굴빛을 보고도 뜻을 헤아리는 것이 어려운 것이니, 일이 있을 때 동생이나 아들이 그 수고로움을 대신하고, 술과 밥이 있을 때 아버지나 형에게 잡숫게 하는 것이 일찍이 효라고 할 수 있겠는가?"(子夏問孝 子曰色難 有事 弟子服其勞 有酒食 先生饌 曾是以爲孝乎)(爲政 제8장).

10. 季康子가 물었다. "백성으로 하여금 공경스럽고 충성스러우며 그러면서도 (일에) 힘쓰도록 하려면 어떻게 합니까?" 공자께서 말

씀하셨다. "(백성들에게) 임하기를 장엄하게 하면 공경스럽게 되고, 효도와 사랑을 베풀면 충성스럽게 되고, 우수한 사람을 들어 쓰고 잘 못하는 자를 가르치면 백성들은 (일에)힘쓰게 된다"(季康子問使民敬忠 以勤 如之何 子曰臨之以莊則敬 孝慈則忠 擧善而敎不能則勤)(위정 제20장).

11. 어떤 사람이 공자에게 말했다. "선생께서는 어찌하여 정치를 하지 않으십니까?" 공자께서 말씀하셨다. "『書經』에 '孝로다. 오직 孝하며 형제간에 우애하여 정사에 베푼다'고 하였으니 이 또한 정치를 하는 것이니 어찌 그 정치한다는 것만을 일삼겠는가"(或謂孔子曰子 奚不爲政 子曰書云孝乎唯孝 友于兄弟 是於有政 是亦爲政 奚其爲爲政)(爲政 제21장).

12. 제사를 지내실 때에는 선조가 계신 듯이 하셨으며 신을 제사 지낼 때에는 신이 계신 듯이 하셨다. 공자께서 말씀하셨다. "내가 제 사에 참여하지 않으면 제사하지 않은 것과 같다"(祭如在 祭神如神在 子 曰吾不如祭 如不在)(八佾 제12장).

13. 공자께서 말씀하셨다. "부모를 섬기되 은밀하게 간해야 하는 것이다. 뜻이 (내 말을) 따르지 아니한 것을 보면 더욱 공경하여 (부모 의 뜻을) 어기지 않으며, 수고롭더라도 원망하지 않아야 한다"(子曰事 父母 幾諫 見志不從 又敬不違 勞而不怨)(里仁 제18장).

14. 공자께서 말씀하셨다. "부모가 생존해 계시면 먼 데 가서 놀 지 아니하며 놀더라도 일정한 장소가 있어야 한다"(子曰父母在 不遠遊 遊必有方)(里仁 제19장).

15. 공자께서 말씀하셨다. "3년 동안을 아버지의 道를 고치지 않아야 孝라고 이를 수 있다"(子曰三年 無改於父之道 可謂孝矣)(里仁 제20장).

16. 공자께서 말씀하셨다. "부모의 나이는 알지 않을 수 없다. 한편으로는 그 때문에 기쁘고 한편으로는 그 때문에 두렵기 때문이다"(子曰父母之年 不可不知也 一則以喜 一則以懼)(里仁 제21장).

17. 공자께서 말씀하셨다. "공손하되 禮가 없으면 수고롭고, 신중하되 禮가 없으면 두려움을 갖게 되며, 용맹스럽되 禮가 없으면 亂이 일어나고, 강직하되 禮가 없으면 빡빡해진다. 군자가 부모와의 관계가 돈독하면 백성들은 仁에서 흥기하고, 옛 친구를 버리지 않으면 백성들은 각박해지지 않는다"(子曰恭而無禮則勞 愼而無禮則葸 勇而無禮則亂 直而無禮則絞 君子篤於親則民興於仁 故舊不遺則民不偸)(泰伯 제2장).

18. 曾子가 병이 들자 문하의 제자들을 불러놓고 말했다. "내 발을 열어보고 내 손을 열어 보라. 『詩經』에 '조심조심하여 깊은 못가로 가는 듯, 엷은 얼음을 밟는 듯한다'라고 하였으니 지금 이후에야 나는 벗어난 줄 알겠다, 제자들아"(曾子有疾 召門弟子曰啓予足 啓予手 詩云 戰戰兢兢 如臨深淵 如履薄氷 而今而後 吾知免夫 小子)(泰伯 제3장).

19. 공자께서 말씀하셨다. "禹임금은 내가 비난할 데가 없다. 음식은 간략하게 하면서도 귀신에게는 효도를 다하였고, 의복을 검소하게 입으면서도 黻이나 冕과 같은 제복에는 아름다움을 다했으며, 궁실을 낮게 하면서도 논도랑을 다스리는 데 진력하였으니, 禹임금은 비난할 데가 없다"(子曰禹 吾無間然矣 菲飮食而致孝乎鬼神 惡衣服而致

美乎黻冕 卑宮室而盡力乎溝洫 禹 吾無間然矣)(泰伯 제21장).

20. 공자께서 말씀하셨다. "효성스럽다 閔子騫이여! 사람들이 그 부모형제에 대한 말에서 트집 잡지 못하는 도다"(子曰孝哉 閔子騫 人不間於其父母昆弟之言)(先進 제4장).

21. 子路가 "들으면 곧 행해야 합니까?"하고 묻자 공자께서 말씀하셨다. "父兄이 계시니 어떻게 듣고 곧 행하겠느냐?" 冉有가 물었다. "들으면 곧 행해야 합니까?" 孔子께서 말씀하셨다. "들으면 곧 행해야 한다." 公西華가 말했다. "由가 '들으면 곧 행해야 합니까?'하고 물었을 때는 선생님께서 '父兄이 계신다'고 하셨고, 求가 '들으면 곧 행해야 합니까?'하고 물었을 때는 '들으면 곧 행해야 한다'라고 대답하시니 저는 의혹되어 감히 묻습니다." 공자께서 말씀하셨다. "求는 물러나므로 나아가게 한 것이고, 由는 남보다 배는 앞서가므로 물러나게 한 것이다"(子路問聞斯行諸 子曰有父兄在 如之何其聞斯行之 冉有問聞斯行諸 子曰聞斯行之 公西華曰由也問聞斯行諸 子曰有父兄在 求也問聞斯行諸 子曰聞斯行之 赤也惑 敢問 子曰求也退 故 進之 由也兼人 故 退之)(先進 제21장).

22. 齊나라 景公이 공자에게 정치에 대해서 묻자, 공자께서 대답하셨다. "임금은 임금답고 신하는 신하다우며 아버지는 아버지답고 아들은 아들답게 되는 것입니다." 公이 말하였다. "좋도다! 진실로 만일 임금이 임금답지 못하고 신하가 신하답지 못하며 아버지가 아버지답지 못하고 아들이 아들답지 못한다면, 비록 곡식이 있더라도 내가 그것을 먹을 수 있겠습니까?"(齊景公 問政於孔子 孔子對曰君君臣臣父父子子 公曰善哉 信如君不君臣不臣父不父子不子 雖有粟 吾得而食諸)

(顔淵 제11장).

　　23. 葉公이 공자에게 말하였다. "우리나라에 정직하게 행동하는
자가 있으니 그의 아버지가 양을 가로챘는데 아들이 증명을 하였습
니다." 공자께서 말씀하셨다. "우리나라의 정직한 자는 이와 다르다.
아버지가 자식을 위하여 숨겨주고 자식이 아버지를 위하여 숨겨주니
정직함은 그 가운데에 있는 것이다"(葉公語孔子曰 吾黨有直躬者 其父攘
而子證之 孔子曰吾黨之直者 異於是 父爲子隱 子爲父隱 直在其中矣)(子路 제
18장).

　　24. 宰我가 물었다. "삼년상은 너무 깁니다. 君子가 3년 동안 禮
를 행하지 않으면 禮가 반드시 무너지고, 3년 동안 음악을 익히지 않
으면 음악이 반드시 무너질 것입니다. 묵은 곡식이 다 없어지고 새 곡
식이 오르며, 부싯돌을 갈아 불을 바구니, 일년이면 그칠 만할 것입니
다." 공자께서 말씀하셨다. "쌀밥을 먹고 비단옷을 입는 것이 너에게
는 편안하냐?" "편안합니다." "네가 편안하다면 그렇게 하라, 대저
군자가 居喪할 때에 기름진 것을 먹어도 달게 느껴지지 않으며, 음악
을 들어도 즐거워지지 아니하며, 처소에 있어도 편해지지 않았다. 그
러므로 하지 아니한 것이다. 지금 네가 편안하다면 그렇게 하라." 宰
我가 밖으로 나가자 공자께서 말씀하셨다. "子(宰我)의 仁하지 못함
이여! 자식은 태어나서 3년이 지난 연후에야 부모의 품에서 벗어난
다. 대저 삼년상은 천하에 공통된 喪이니 子는 그 부모에게 3년 동안
의 사랑받음이 있었는가?"(宰我問三年之喪 期已久矣 君子三年不爲禮 禮
必壞 三年不爲樂 樂必崩 舊穀旣沒 新穀旣升 鑽燧改火 期可已矣 子曰食夫稻
衣夫錦 於女安乎 曰安 女安則爲之 夫君子之居喪 食旨不甘 聞樂不樂 居處不
安 故 不爲也 今女安則爲之 宰我出 子曰子之不仁也 子生三年然後 免於父母

之懷 夫三年之喪 天下之通喪也 子也有三年之愛於其父母乎)(陽貨 제21장).

25. 子張이 말하였다. "선비가 위태로움을 보면 목숨을 바치며, 소득을 보면 의로운가를 생각하며, 제사를 지낼 때는 공경함을 생각하며, 喪事에 슬픔을 생각한다면, 된 것이다"(子張曰士見危致命 見得思義 祭思경 喪思哀 其可已矣)(子張 제1장).

26. 子游가 말하였다. "喪에 있어서는 슬픔을 극진히 하기만 하면 그만이다"(子游曰喪 致乎哀而止)(子張 제14장).

27. 曾子가 말하였다. "내가 선생님께 들으니 '사람이 자기의 일을 극진히 할 것은 없지만 반드시 親喪(부모상)에서는 그렇게 한다'고 하셨다"(曾子曰吾聞諸夫子 人未有自致者也 必也親喪乎)(子張 제17장).

28. 曾子가 말하였다. "내가 선생님께 들으니 孟莊子의 孝 중에서 다른 것은 할 수 있지만, 그 아버지의 신하와 아버지의 정치방법을 고치지 아니하는 것, 그것은 하기 어렵다"(曾子曰吾聞諸夫子 孟莊子之孝也 其他可能也 其不改父之臣與父之政 是難能也)(子張 제18장).

제3장 논어에 나타난 효의 개념과 의의

1. 논어 속의 효의 개념

논어에서 孝와 관련된 내용이 언급된 장(章)은 전체 499장 중 20여 장에 불과하다. 분량으로 보면 인(仁)이나 예(禮)에 비해서 너무 적고, 충(忠)에 비해서도 상당히 적은 편이다. 효의 개념이나 의미도 명확히 정의되어 있지 않고, 다만 행위로만 규정하고 있을 뿐이다. "효란 무엇인가"가 아니라, "효란 어떻게 하는 것인가"에 대해서 말하고 있는 셈이다.

孝는 '효도 효자'로서, 자식(子)이 늙은 부모(老)를 받들어 모신다는 뜻이다. 『설문해자(說文解字)』는 "孝는 부모를 잘 섬기는 것이다."라고 하여 '어버이를 섬김(事親)'의 의미로 풀이하였다. 논어에서의 효는 이러한 '어버이를 잘 섬김(事親)'이라는 의미가 체화됨을 기본으로 하고 있는 효의 행위론이라고 할 수 있다.

논어에 나타난 효사상의 연장선상에서 정립된 효경(孝經)에는 다음의 다섯 가지를 제대로 했을 때 자식으로서 부모를 제대로 '섬겼다'고 하고, 이를 효라고 규정하였다.

첫째, 부모가 아직 기력이 있어 정상적으로 활동할 때에는 '마음을 다하여' '공경'하여야 한다.

둘째, 부모가 연만해서 봉양할 때에는 '마음을 다하여' '즐겁게' 하여야 한다.

셋째, 부모가 병이 났을 때는 '마음을 다하여' '근심'하여야 한다.

넷째, 부모가 돌아가셨을 때에는 '마음을 다하여' '슬퍼' 하여야 한다.

다섯째, 제사를 지낼 때에는 '마음을 다하여' '엄숙히' 하여야 한다.

이상의 다섯 가지, 즉 경(敬), 낙(樂), 우(憂), 애(哀), 엄(嚴)이 효의 핵심적 가치이며, 이를 '마음을 다하여' 실천하는 것을 효라는 행위의 기본으로 하고 있다. 이러한 효경의 효에 대한 개념은 본고 제2장에서 열거하고 있는 논어의 각 장에 포괄적으로 혼재되어 있는 효사상과 효에 관한 행위규범을 보다 체계적으로 정립한 것으로 보아야 한다.

논어의 효에 관하여 언급하고 있는 내용은 모두가 효란 인을 실천하는 근본적인 덕목이면서(學而 제2장, 제6장, 泰伯 제2장), 동시에 부모가 살아계실 때나 돌아가셨을 때를 막론하고 어느 경우에나 '어버이를 섬기는' 도리를 지극히 해야 한다는 실천윤리임을 강조하고 있다. 본고 제2장에서 발췌한 논어의 각 장은 위의 다섯 가지 孝의 핵심적 가치를 실천해야 할 상황과 범위를 경우에 따라 제시하면서 孝에 대한 개념을 유추해 나갈 수 있게 하고 있다.

논어 속에서는 효, 즉 '부모 섬김(事親)'의 개념에 관하여 여러 측면이 포괄적으로 강조되고 있는데, 이러한 효의 핵심가치(敬, 樂, 憂, 哀, 嚴)들의 각 단계마다 섬김이라는 행위규범이 각각 다른 것이 아니라 매 단계마다 이전 단계의 행위(실천과제)에다 다음 단계의 행위(실천과제)가 계속 추가되는 특징을 지니고 있다. 즉 기력이 약할 때는 공경함과 한 가지로 즐겁게 하고, 병이 났을 때는 공경함과 즐겁게 함과 한 가지로 근심하고, 돌아가셨을 때는 그 모든 마음을 한 가지로 하면서 슬퍼하고, 그리고 제사를 지낼 때는 평상시 부모가 살아계실 때처럼 敬과 樂과 憂와 哀를 같이하면서 엄숙히 해야 한다는 개념이 내포되어 있다.

2. 논어 속의 효의 의의

앞에서 살펴본 바와 같이 논어 속에서 제시하고 있는 포괄적인 효의 개념을 가장 명백하고 단순하게 정의한다면, '효란 부모를 섬기는 것(事親)이다'라는 데 대해서는 이론의 여지가 없을 것이다. 그러면 이 섬김의 진정한 의의는 무엇인가? 어떻게 하는 것이 부모를 잘 섬기는 것인가? 孝의 진정한 의미란 무엇인가? 이러한 동일한 내용의 질문에 대한 해답을 논어 속에서 찾아보기로 한다.

첫째, 효란 부모를 잘 부양하는 것이다. 그러나 물질적으로 부모를 잘 부양하는 것만이 부모를 잘 섬기는 것인가?

공자는 "지금의 효라는 것은 몸을 봉양하는 것을 말하지만 개와 말에 이르러서도 다 기름이 있으니 공경하지 아니하면 무엇을 가지고 (사람과 짐승을) 구별하겠는가?"라고 하였다. 이러한 논어 속의 공자의 가르침은, 효의 행위적 측면에서 가장 큰 섬김, 즉 대효(大孝)는 부모를 공경하는 것이고, 다음 섬김은 부모를 욕(辱)되지 않게 하는 것이고, 그 다음 섬김은 부모를 부양하는 것, 이른바 존친(尊親)과 불욕(不辱)과 능양(能養)의 개념으로 그 의미가 확장, 발전된다. 물질적으로 부모를 잘 부양하는 것은 가장 낮은 효로 보았고, 남에게 잘못 길러진 자식이라는 소리를 듣지 않는 것, 그리하여 부모로 하여금 욕 듣게 하지 않는 것을 그 중간으로 보았으며, 가난해도 정신적으로 부모를 공경하는 것을 가장 높은 효로 보고 있다.

또한 공자의 "얼굴빛을 보고도 뜻을 헤아리는 것이 어려운 것(色難)이니, 일이 있을 때 동생이나 아들이 그 수고로움을 대신하고 술과 밥이 있을 때 아버지나 형에게 잡숫게 하는 것이 일찍이 효라고 할 수 있겠는가?"라는 가르침도, 효의 내용을 부모의 몸을 봉양하는 데에서 뜻을 봉양하는 데로 심화시킴으로써, 부모와 한마음이 되어 부모의 뜻에 따르는 공경이야 말로 참다운 효라는 것을 잘 나타내고 있다.

효에는 두 가지 종류가 있다고 한다. 하나는 양구체(養口體)의 효이고, 또 다른 하나는 양지(養志)의 효라고 한다. 양구체의 효는 육체적으로 쾌적하게 해드리는 것으로서 용돈도 풍성하게 드리고 맛난 음식과 좋은 옷으로 섬기는 것을 말한다. 한편 양지의 효는 정신적으로 안락하게 해드리는 효도이다. 비록 경제적으로 넉넉지 못할망정 항상 마음을 편안하게 해드리는 효도인 것이다. 논어에서도 육체적, 물질적 효도인 양구체의 효보다는 정신적 효도인 양지의 효를 강조하고 있는 것이다.

둘째, 효란 부모를 즐겁게 하고, 부모에게 걱정을 끼치지 않는 행위이다.

공자의 "부모는 오직 그 자식의 질병만을 근심하게 된다."와 "부모가 생존해 계시면 먼 데 가서 놀지 아니하며 놀더라도 일정한 장소가 있어야 한다."라는 논어 속의 가르침은 孝의 가장 핵심적이고도 본질적인 의의를 지니고 있다.

부모를 편안히 잘 모신다는 것은 누구보다도 자식인 내가 부모로부터 물려받은 내 생명체(유기체)를 가장 온전한 상태로 유지해야 한다는 것을 의미한다. 내 유기체의 온전한 유지는 효의 의미를 구성하는 요소일 뿐 아니라, 효라고 하는 행위에 대하여 가장 절실히 요청되는 것이기도 하다. 나의 생명과 신체를 부모에게서 물려받은 그대로 조금도 훼손하지 않고 보존하는 것, 그것이 효의 시작이라는 유명한 명제는 바로 논어의 이러한 가르침에 근거하고 있는 것이다.

나를 병들지 않게 하는 것, 나의 건강을 최대한 지키는 것이야말로 부모를 가장 즐겁게 하는 것이고, 가장 편안히 섬기는 것이다. 달리 잘못 생각하면, 이러한 행위는 효가 아니라 자기 몸만을 지키려는 행위이고, 부모를 잘 섬긴다고 하기보다는 오히려 자기 욕구만을 충족시키려는 이기적인 행위로 비쳐질 수 있다. 그러나 부모에게는 몸이 손상된 자식만큼 마음을 아프게 하는 것이 일이 없다. 그래서 자식은 부모 앞에서 언제나 밝은 얼굴, 좋은 혈색, 건장한 체구, 건강한 체력을 보여주고 있어야 한다. 그것이 부모의 가장 큰 즐거움이고 편안함이다.

또한 부모는 자녀를 자기 자신보다도 더 사랑하므로 자녀의 안전에 대하여 늘 걱정한다. 부모의 이러한 사랑을 받아들이는 방법은 부모에게 걱정을 끼쳐드리지 않는 것이다. 먼 데 가서 놀거나 부모가 모르는 장소에 가서 놀면 부모가 걱정하므로 그렇지 않도록 해야 한다.

그러나 부모가 아닌 자식의 생활이 이루어지는 사회나 환경에서는 건강이나 안전만을 지향하는 행동을 유지하기란 쉽지 않다. 건강이나 자신의 안전을 저해하는 행위도 얼마든지 행해질 수 있다. 술, 담배, 섹스, 취미, 기호나 잘못된 교우관계에 연루된 도박이나 폭력, 범죄 등을 통하여 부득이하게 자신의 몸과 안전을 해치는 유혹과 관습, 행태와 버릇은 수없이 늘려 있다. 실제로 그러한 구렁텅이에 잘못 빠지면 좀처럼 헤어 나오지 못하는 경우가 비일비재한 것이 현실이다. 그러나 부모를 섬기는 사람은 부모의 생전에 항상 삼가고 자제하여 이들에 빠지지 않고, 가장 활력에 찬 모습을 부모 앞에 보여줌으로써, 부모를 즐겁게 하고, 근심을 덜어 주어야 한다. 이것이야말로 진정 논어의 효에 대한 가르침을 실천하는 시작(孝之始也)이라 할 것이다.

셋째, 논어에서는 부모의 잘못을 간하여 바르게 하는 것이 효라고 하였다.

오륜(五倫)의 첫째 덕목인 부자유친(父子有親)이라는 윤리규범은 혈연적 관계를 기초로 하여 제시되었지만, 혈연이란 끊으려고 해도 끊을 수 없는 관계로서 본능적인 사랑의 감정이 존재한다. 이러한 관계를 친(親)이라고 하는 것이다. 친해야 하는 부자간의 구체적 관계는 부모는 자식을 사랑하고 자식은 부모에게 효도하는 것으로 이른바 부자자효(父慈子孝)로 표현된다. 따라서 이러한 부자관계는 일방적·시혜적·수직적·종속적인 사랑이 아니라, 쌍방적·호혜적·수

평적인 사랑으로 이루어지는 것이 그 본질이다. 그런데 부모의 사랑은 그 실천이 본능적으로 확보되어 있으나 자식의 부모에 대한 사랑은 그만큼 일정하지 못하거나 부족하게 마련이다. 논어에서 부모의 사랑보다는 자식의 효도를 더욱 강조하는 연유가 여기에 있다고 할 것이다.

그런데 이러한 부자유친의 관계에서 부모가 잘못을 저지러거나 잘못될 가능성이 있을 경우에 어떻게 하는 것이 부모를 잘 섬기는 것인가? 공자는 "부모를 섬기되 은밀하게 간해야 하는 것이다. 뜻이 내 말을 따르지 아니한 것을 보면 더욱 공경하여 부모의 뜻을 어기지 않으며, 수고롭더라도 원망하지 않아야 한다"고 하였으며, 또한 자기 아버지의 잘못을 고발한 것이 정직한 행동이라고 주장하는 어떤 사례에 대하여 공자는 "우리나라 정직한 자는 이와 다르다. 아버지가 자식을 위하여 숨겨주고 자식이 아들을 위하여 숨겨주니 정직함은 그 가운데에 있는 것이다"라고 가르쳤다.

부모가 나쁜 일을 할 때는 나쁜 일을 한 뒤에 가서 따질 것이 아니라, 조짐이 보일 때 미리 은밀히 설득함으로써 미연에 방지해야 한다. 그러나 자기의 뜻이 잘 받아들여지지 않는다고 강력히 요구하고 따지다 보면 다투게 되어 부모와의 '하나 됨' 즉 부자유친의 관계가 훼손될 수 있으므로 지나치게 따지지 않아야 한다. 그렇다고 부모가 나쁜 일을 하는 것을 보고만 있을 수는 없다. 더욱 공경하고, 자녀에 대한 부모의 희망을 저버리지 않기 위하여 더욱 노력하며, 부모를 섬기는 일이 비록 수고롭더라도 꾸준히 노력하면, 부모는 결국 반성하고 돌아설 것이다. 옛날 순(舜)임금의 아버지는 완악하고 계모인 어머니는 모질어 순을 죽이려고 하였으나 순은 이것을 섭섭하게 여기지 않고 계속 효도로써 어버이를 섬겨 마침내 어버이의 마음을 돌려놓았다는 '만세(萬歲)의 대효(大孝)'라고 칭송받는 '대순상경(大舜象

耕)'의 설화는 어렵고도 지극한 효의 도리를 잘 드러내어 주고 있다.

또한 부모가 잘못을 저질렀을 경우에 남에게 고변하지 않고 숨겨 주는 것이 부자유친의 본마음이며, 이러한 본마음이 왜곡됨이 없이 표현되는 것이 정직한 것이라고 보는 것도 같은 맥락에서 효를 실천하는 것이다.

넷째, 논어에서의 부모를 '잘 섬기는' 도리, 즉 '부모를 공경'하는 효행위에는 현재 이 시점에서 부모를 공경함은 물론, 상례(喪禮)와 제사(祭祀) 등 돌아가신 부모와 그 부모의 뿌리가 되는 조상도 아울러 공경하는 행위(조상숭배)까지 확장된다.

조상숭배는 과거 시간에 살았던 사람에 대한 단순한 경배만이 아니다. 거기에는 현재 살아계신 부모도 곧 조상이 될 것이라는 전제가 포함되어 있다. 따라서 현재 살아계신 부모에 대한 공경과 돌아가신 부모를 포함한 조상에 대한 숭배는 시간상으로는 엄연히 구분된다 하더라도 행위상으로는 동일한 공경과 섬김의 도리인 것이다. 즉 같은 성격과 같은 방향, 동일한 차원의 행위가 중첩적으로 반복되는 셈이다. 이는 상례와 제사에서도 마찬가지다. 가장 슬픈 마음(哀)으로 상례를 치르는 것과 가장 엄숙한 마음(嚴)으로 제사를 올리는 것은 분명히 과거를 향한 섬김과 공경이지만, 현재 살아계신 부모에 대한 공경과 마찬가지로 이루어지고, 이 양자는 시간의 차이로 인해 분리되거나 경시되지 아니한다.

다섯째, 돌아가신 부모(당연히 조상이 포함된다)의 유업과 뜻을 잘 받드는 것이 부모를 잘 섬기는 효의 중요한 요소에 포함된다는 점을 논어에서는 거듭 강조하고 있다. 공자의 "3년 동안을 아버지의 도를 고치지 않아야 효라고 이를 수 있다"라는 가르침이나, "3년 동안 아버지가 하시던 방법에서 고쳐짐이 없어야 효라 할 수 있다"는 가르침을 비롯하여, "내가 선생님께 들으니 맹장자(孟莊子)의 효 중에서 다른 것은 할 수 있지만, 그 아버지의 신하와 아버지의 정치방법을 고치지 아니하는 것, 그것은 하기 어렵다"라는 논어의 가르침은, 일반적인 효의 내용 가운데 부모를 봉양하는 것보다 부모의 뜻을 받드는 것이 더욱더 어렵고 중요하다는 점을 강조하고 있다.

아버지가 있는 사람은 아버지의 뜻에 따라 행동하므로, 그 사람의 마음속에 있는 뜻을 살펴야지 행동으로 평가할 수 없으며, 아버지가 없는 사람은 자기 뜻대로 행동하기 때문에 행동으로 그 사람을 평가할 수 있다. 부모가 돌아가시자마자 '이제는 내 세상이 되었다'고 생각하고 자기 마음대로 하는 것은 부모를 그리워하는 사람의 태도가 아닌 것이다.

여섯째, 논어에 의하면 효는 가족 안의 개인적 행위이면서 동시에 사회적 행위이다.

"그 사람됨이 효성스럽고 공경스러우면서 윗사람을 해치기를 좋아하는 자는 드무니, 윗사람 해치기를 좋아하지 않고서 亂을 일으키기 좋아하는 자는 있지 아니하다. 君子는 근본에 힘쓰니, 근본이 확립되면 방법이 생기는 것이다. 孝와 悌라는 것은 그 仁을 행하는 근본인 것이다"라는 논어의 가르침에서 보는 바와 같이 효는 인을 실천하는 근본이자 방법이다. 인을 실천하는 방법에는 논어 학이편 제1장의 학(學)을 통한 방법과 효를 통한 방법이 있다고 한다.

전통사회, 특히 유교사회에서는 효를 모든 사회적 행동의 기본으로 삼았다. 이에 대한 유교사상의 근거는 효란 인을 이루는 근본이자 실천방법이라는 데에 있다고 본다.

나의 삶의 주체가 성(性)이고 그 성은 남의 삶의 주체가 되기도 하기 때문에 성의 입장에서 남과 내가 하나가 됨을 알 수 있는데, 성의 이러한 특징을 인이라고 표현하기도 하고 인의예지(仁義禮智)로 세분하기도 한다. 본래의 모습은 성(性), 즉 천명(天命)에 의하여 영위되고 있는 상태이므로 본래의 모습에 있어서는 천명을 주체로 하여 모두 하나가 되는 상태이다. 인(仁)은 인(人)과 이(二)의 합어체(合語體)인데 여기서도 '두 사람이 하나가 된다'는 뜻을 찾아낼 수 있다.

따라서 인(仁)은 자(自)와 타(他)가 구별되지 않는 만물일체의 상태이며, 만물일체를 실천하는 마음의 상태, 다시 말하면 남을 나처럼 아끼고 사랑하는 마음의 상태이다. 현실적 인간관계 속에서 남과 내가 하나임이 실현되는 경우는 부모와 자녀와의 관계에서이다. 부모는 자녀를 자기 자신처럼 사랑한다. 그러므로 부모의 사랑은 자녀의 입장에서 볼 때 가장 귀한 것이며 따라서 그 부모의 사랑을 지속적으로 받으려는 노력을 하게 되는데 그것이 효이다. 효를 통하여 부모와 자녀는 '하나 됨'을 계속 유지할 수 있다. 그런데 부모와 내가 하나이고 부모와 형도 하나이기 때문에 부모를 통하여 나와 형이 하나가 되고, 아버지와 큰아버지가 또 하나이므로 나와 큰아버지도 하나가 된다. 이와 같이 하면 나와 하나가 되는 관계가 확산되어 결국 모든 인류가 하나가 되고, 나아가서는 만물과도 하나가 되어 만물일체가 실현된다. 따라서 효(孝)와 제(悌)는 만물일체의 상태인 인을 이루는 근본이 된다.

이와 같이 효라고 하는 행위는 도덕적 규율이 요구되는 나의 개인적 행위이면서 동시에 일상생활에서 타인과의 교류와 소통에 불가결한 윤리적 요구가 수반되는 사회적 행위가 된다. 부모, 형제, 가족, 친척, 친구, 이웃, 사회, 국가로 개인의 활동이 확장되면서 효는 그 개인에 대한 인격과 성품 및 자질에 대한 전반적인 평가기준으로 작용한다.

논어에서 "효도와 사랑을 베풀면 (백성들이) 충성스럽게 되고"와 "오직 孝하며 형제간에 우애하여 정사를 베푼다"라거나, "임금은 임금답고 신하는 신하다우며 아버지는 아버지답고 아들은 아들답게 되는 것"이라는 공자의 가르침은 효의 사회적 성격을 잘 나타내고 있다고 할 것이다. 정치의 목적은 모두가 잘 살 수 있는 질서 있고 조화로운 사회를 건설하는 것인데, 질서 있고 조화로운 사회는 사회의 구성원 모두가 각각의 역할(사회적 기능)을 충실히 할 때 건설될 수 있다.

또한 "효성스럽다 민자건(閔子騫)이여! 사람들이 그 부모형제에 대한 말에서 트집 잡지 못하는도다."라는 공자의 칭찬에서도 효란 개인적 행위이면서도 사회적 행위의 성격을 지니고 있다는 점을 알 수 있다.

이와 같이 효라고 하는 행위가 본질적으로 내포하고 있는 사회적 성격은 '부모를 욕되지 않게 한다(不辱)'는 부모 섬김의 핵심적 가치로 발전된다. 부모를 욕되지 않게 한다는 것은 규범에서 벗어난 행동을 하지 않는다는 것을 뜻하고, 사회적으로 오직 책임지는 행동만을 수행한다는 것을 의미한다(立身行道). 이는 보다 소극적으로는 남에게 손가락질 받는 행동을 하지 않는다는 것을 의미하고, 보다 적극적으로는 훌륭한 사회인으로 남에게 존경받는 사람이 된다(揚名)는 것을 의미한다. 남에게 존경받는 사람이 된다는 것은 또한 부모의 이름도 장차 널리 알리고 빛내는 것(顯父母)도 된다.

부모 섬김이라는 효 행위는 이와 같이 사회화되면서 많은 사람들에게 영향을 끼치게 되고 그 윤리적 가치도 더욱 발현될 수 있다. 이와 같이 孝 행위의 사회화란 효 행위가 가족 밖의 사회로 연장, 확대되어 가는 것을 의미한다. 곧 孝의 사회적 확대행위라고 할 수 있다. 효의 일차적인 실천의 장(場)은 가족이다. 효 행위는 집안에서 부모에게 하는 것으로 완결되는 것이 아니라 사회생활에 그대로 연속된 사회적 행위로 나타남으로써 비로소 완결된다. 즉 부모를 섬기는 데서 효 행위는 시작되어서 사회적 인간으로 규범을 제대로 실천할 사람이 되는 데서 효 행위는 끝이 난다. 예컨대 남의 윗자리에 있을 때 교만하지 않고, 남의 밑에 있을 때 거역하지 않는 것, 또한 불특정 다수의 무리 속에서 쟁투하지 않는 것, 이것은 모두 가족 내에서 부모에게 교만할 수 없고 쟁투할 수 없는 것과 같은 것이며, 이 모든 행위는 부모에게 하는 행위의 연장, 확대라는 것이다. 보다 넓혀서 국가사회 내에서의 정치행위도 이 가족 내에서의 효행위의 확대라고 보는 것이다. 즉 그 효가 실천되고 발현되는 장이 가족 내에서 사회로 확대되어가는 행위가 효 행위라는 점을 논어는 가르치고 있다. 이는 "부모에게 효도하고 형제간에 우애하는 것, 그것이 바로 정치하는 것"이라는 공자의 가르침에 잘 나타나 있다.

제4장 효를 통한 한국사회의 미래가치 모색

1. 현대사회에서의 효의 수행가능성

지금까지 논어가 가르치고 있는 효의 개념과 효행위의 의의를 살펴보았다. 그러나 이러한 효 행위는 전통사회에서도 지켜지기 어려웠고, 현대사회에서는 더더욱 수행되기가 여간 어렵지 않은 과제이다. 그것은 생래적으로 실천의 어려움을 안고 있다. 존친(尊親)과 불욕(不辱)이라는 의미에서의 효는 차치하고라도 능양(能養)의 측면에서의 효도 너무 힘든 과업이다. 능양 또한 단순한 부모 부양이 아니라 '편안히 모신다'는 측면에서의 부모 봉양이라면, 이 또한 말할 수 없이 어려운 것이다. 이처럼 전통사회에서나 현대사회에서 효하기란 참으로 힘든 것이다.

논어의 가르침 등 전통적인 의미 속에 담긴 효의 특징은 시간적으로는 과거와 현재와 미래가 중첩하고, 공간적으로는 집안(가족 내 행위)과 집밖(가족 외 행위)이 중첩한다고 볼 수 있다. 공간적인 효의 중첩성은 한 행위가 다른 행위로 연장, 반복, 확대된 데서 비롯되는 중첩이다. 이러한 효행위의 중첩적 · 확대적 성향은 전통사회 내에서 중요한 비중을 차지하고 있는 큰 덕목인 인과 충에서는 찾아보기가 어려우며, 인과 충은 시간적으로 모두 현재지향이다. 그리고 인과 충은 효처럼 한 행위가 다른 행위로 연장, 확대되고 있는 것이 아니라, 한 행위 그 자체로 완결된다.

또한 인과 충에 대한 사회적 요구도 효에 대한 사회적 요구보다 그 강도가 낮다고 볼 수 있다. 인과 충은 특정 계층, 특정 사람들에게 더 많이 요구되고, 그리고, 특정 시기, 특정 상황에서 보다 많이 요청된다고 할 수 있다. 논어 등 전통적인 가르침에 의하면 인과 충도 모든 계층의 사람들에게 필수적으로 요구되는 덕목이지만 효만큼 강하게 요구되지는 않으며, 모든 상황, 모든 시간에 걸쳐 필요한 것으로 역설되기는 하지만, 효만큼 생활화하도록 주창되지는 않는다. 그리고 인과 충은 설혹 행한다고 하더라도 그 행함이 효처럼 밤낮주야로 지속적 · 비단절적이 아니라, 시의에 따라서 상황에 맞추어서 행해지는 간헐적인 것이다. 간헐적인 것인 만큼 효처럼 강조되지도 않고 효처럼 많이 주창되지도 않는다. 그러니만큼 행위 자체도 효보다 훨씬 가시적이다. 일회에 그쳐도 돋보이고, 한번 행한 것으로 일생동안 영예가 주어질 수도 있다.

이러한 효 행위는 현대사회에 와서 그 수행이 더욱 어렵다 할 수 있다. 무엇보다 현대사회는 분화되고 다원화된 사회다. 시간적으로 중첩되고 공간적으로 연장, 확대되는 것과는 정반대의 방향을 띠고 있다. 현대사회는 과거는 과거로, 현재는 현재로, 미래는 미래로, 철저히 또는 가능한 한 분리시킨다. 가족 내 행위와 가족 외 행위도 서로 갈라놓는다. 가족 내 행위는 그것이 부모에 대한 것이든 형제자매에 대한 것이든 모두 1차 집단행위이고, 가족 외의 행위는 거의 예외 없이 모두가 2차 집단의 행위이다. 가족 내의 행위는 비공식적 행위이고, 가족 외의 행위는 공식적 행위이다. 그것은 서로 정반대되는 행위이다. 따라서 한 행위가 시간적으로 중첩적이 되기도 어렵고, 공간적으로 다른 행위로 연장 확대하기도 어렵다. 효의 특성과는 정반대되는 구조와 지향이라고 할 수 있다.

이와 같이 효의 실천과 수행이 어려움에도 불구하고, 효는 전통사회나 현대사회를 막론하고 끊임없이 강조되어 왔으며, 그 어떤 사회적 덕목이나 사회적 행위보다 어려운 이러한 효 행위는 세대를 계승하고, 시대와 공간을 넘어 현대사회에서도 가장 중요하면서도 뛰어난 가치규범으로 인식하고 실행하는 노력이 지속되고 있다.

2. 한국사회에서의 효 가치의 재정립

유교의 윤리체계가 인간의 가장 기본적인 공동체인 '가족'을 근간으로 하여 구성되어 있다는 사실은 의심의 여지가 없다. 이것은 유교 규범의 원형인 오륜(五倫) 가운데 제1조가 부자유친(父子有親)이라는 데에서도 확인할 수 있다. 유교적 가족공동체주의는 부자간의 깊은 관계성(父子有親)과 그 규범인 부자자효(父慈子孝)를 기축으로 한다. 유교는 효를 기초로 가족이론을 만들고 그 위에 정치이론을 만들어 하나의 체계를 세운 것이다.

그런데 동일한 연원에 기반을 둔 유교적 윤리체계에 의하여 역사와 문화를 형성해 온 한국, 중국, 일본의 세 나라 중에서 한국은 다른 나라에 비해 孝를 더욱 중시하는 나라로 알려져 있음은 모두가 인정하는 바이다. 한국사회에서는 아직도 명절뿐만 아니라 조상의 기일(忌日)에 봉제사(奉祭祀)를 빠뜨리는 것(형식의 여하를 불문하고)을 큰 불효(不孝)로 인식하고 있으며, 경로효친의 예절이 상식화되어 있음은 물론 어버이날과 스승의 날이 들어 있는 5월을 가정의 달로 정하여 한국인의 생활에 많은 영향을 미치고 있다.

앞에서 살펴본 바와 같이, 전통적인 효에 관한 규범을 현대사회에서 그대로 수용하여 지키는 것은 정말 어려운 일이다. 특히 유교의 가르침에 내포되어 있는 가족주의가 가부장적 권위주의와 남존여비적 질서를 바탕으로 한 보수적 규범체계의 온상으로 비판받아 온 데다, 효의 지나친 강조가 그 가족이 갖고 있는 경제력을 고갈시키거나 경제적으로나 사회적으로 감당할 수 있는 능력을 넘어서게 하는 경우를 야기하는 결과를 불러오는 등의 과거의 폐단과 '내 부모만을 공경하고 내 자식만을 사랑하는(老吾老幼吾幼)' 가족이기주의적인 경향의 만연 등으로 현대의 한국사회에서도 孝의 가치관이 점차 퇴색, 망실되어 가고 있는 것이 오늘의 현실이다.

중국의 경우, 19세기 말 사상가와 혁명가로서 반유운동(反儒運動)에 앞장 선 담사동(譚嗣同)은 유교적 덕목, 이른바 삼강오륜(三綱五倫) 가운데 하나만 남기고 모두 폐지시킬 것을 주장했다고 한다. 그의 주장은 충(忠)과 효(孝)와 제(悌)를 모두 상하관계로, 부부간도 종속·차별을 미화시킨 봉건적인 윤리관으로 간주하고, 친구만큼은 동등한 관계이므로 벗과의 신의 하나만 남기고 나머지 덕목을 모두 버려야 한다는 것이었다고 한다. 십팔사략(十八史略)이나 기타 중국의 역사를 보면 특히 각 왕조의 권력이 변천되는 과정에서의 빈번한 골육상잔의 예를 보거나, 오랜 봉건체제에서의 중국 백성들의 차별과 속박을 보면, 위 담사동의 주장도 새겨들을 부분이 없다고는 할 수 없겠으나, 유교적 덕목 특히 논어에 기초한 효의 근본원리는 앞에서 살펴본 바와 같이 일방적·시혜적·수직적인 상하간의 윤리가 아니라, 쌍방적·호혜적·수평적인 윤리, 즉 '자(自)와 타(他)가 하나 됨'을 지향하는 중첩적, 확대적인 공동선의 실천임을 간과한 주장이라고 할 것이다.

이와 같이 개인적 행위이자 사회적 행위로서 공동선의 실천을 목표로 하고 있는 효의 가치와 그 순기능을 오늘의 한국사회에 적극적으로 수용하여 재정립하여야 할 필요성이 있다고 본다.

첫째, 효는 한국사회의 통합에 기여하는 역할을 수행할 수 있을 것이다. 사회통합은 사회발전과 표리의 관계를 갖는다. 효의 통합적인 속성은 우리 사회에 일어나고 있는 사회해체현상 내지 사회분열현상과 계층간이나 세대간의 갈등 등을 저지하거나 치유하는 기능을 할 수 있다고 본다. 효의 통합적인 속성과 기능은 무엇보다도 가족가치의 고양에서 나오지만, 가족가치의 파괴현상, 즉 가족의 해체는 효의 파괴와 효 가치의 함몰로 이어진다. 이러한 이유에서 효는 사회의 해체 이전에 가족의 해체를 막고, 건강하고 건전한 가족을 만드는 가장 결정적인 요인으로 작용할 수 있다.

둘째, 효의 실천과 수행에 대하여 사회경제적인 관점에서 제도적으로 지원하거나 정책적인 보완책이 마련될 여지가 있다.

최근 각종 미디어의 보도에 의하면, 우리나라는 세계에서 가장 출산율이 낮은 나라이면서 동시에 고령화가 가장 빨리 진행되고 있는 나라이다. 또한 한국인의 평균수명도 늘어나서 세계국가들 중 선두그룹에 들어 있다. 한국사회 전체적으로도 조만간 노인세대의 부양문제를 포함한 한국사회의 고령화문제는 정치, 경제, 사회, 문화, 교육 등 모든 방면에 걸쳐 엄청난 변화와 영향을 미칠 것이 자명하다. 이러한 상황에서 가족제도와 가족의 기능이 제대로 유지된다면, 가족가치의 고양과 발현에서 효의 가치는 상당한 범위와 수준에서 우리 사회나 국가가 모두 다 감당할 수 없는 부분을 일정부분 대체해 나가는 기능을 할 수 있을 것이다. 서구사회에서 발달한 사회복지제도는 일종의 가족의 대체제도라고 할 수 있다. 사회복지제도야말로 가족이 실현하기 어려운 것을 실현해 주고, 빈번한 가족해체에서 오는 비극을 최대한 완화시켜 주리라고 기대했으나, 그러한 기대와는 달리 오히려 정상적인 가족까지 해체하는, 가족해체요인으로 작용하여 사회통합이 아니라 거꾸로 사회해체의 위기를 높여왔다고 볼 수 있다. 서구사회의 복지제도의 실패 또는 복지정책의 진로수정은 그 어느 측면에서든 이 가족해체와 연결되어 있으며, 이들 서구사회에서의 사회보장제도가 노인이나 사회적 약자를 보호하고 지원하는 능력에 한계가 있음을 드러내었고, 그들도 이제는 스스로 직접 나서서 자기들 가족을 보호하고 부양하는 자조적인 기능을 강화하고 있는 추세임을 간과해서는 안 될 것이다.

국가 혹은 사회조직이 아무리 이상적인 사회보장체계를 갖춘다고 하더라도, 사랑과 책임감과 희생정신이 아울러 갖춰진 효 행위보다 더 좋은 봉사를 제공할 수는 없다. 우리나라의 경우 각종 세제나 기타 제도적 장치를 통해 부모를 부양하는 세대에 일부의 혜택을 주고 있지만, 이러한 시혜적인 장려책이 아닌 보다 근본적이고도 지속적인 정책을 개발, 시행함으로써 가족기능을 복원하고 활성화함과 아울러 孝의 가치를 선양해 나가도록 해야 할 것이다.

셋째, 효를 통하여 한국의 미래가치를 구현할 수 있도록 효의 실천을 보다 규범화하는 사회적 노력과 합의가 필요하다고 본다.

앞에서 살펴본 바와 같이 한국사회에서는 세계 어느 사회보다 孝가 강조되고 있고, 국민들의 윤리규범으로서의 효에 대한 인식수준이 높다고 할 수 있다. 그리고 효 행위의 사회화 또한 세대를 거듭하면서 결코 줄어들지 않고 있다. 이처럼 한국사회에서의 효의 의미와 다른 사회에서의 효의 의미는 다르다고 할 수 있다. 한국의 부모들은 자식에 대해서 거의 일방적으로 애정을 쏟고 희생하고 봉사한다. 자식을 위해 한국의 부모만큼 인고하는 부모는 찾아보기 쉽지 않다. 한국의 부모마음은 인위적 작심에서 나오는 것이 아닌 천심이며, 천성 그 자체라고 해도 과언이 아닐 것이다. 또한 한국의 가족은 자식이 태어나는 순간부터 부부중심 가족에서 자식중심 가족으로 돌아가 버리는 특성을 갖고 있다. 앞에서 여러 번 강조한 바와 같이 또한 한국 가족의 효는 일방적이거나 위계서열적이 결코 아니며, 비록 시혜와 보은 간에 시간차는 있다고 해도, 어디까지나 부모와 자식 쌍방의 호혜적인 상호주의가 성립되어 있다고 할 수 있다.

따라서 한국인의 잠재의식 속에는 그것의 실천여부를 떠나서 효는 행해야 할 사회규범으로 남아 있다고 본다. 즉 '자식으로서 효해야 한다'는 의식은 적어도 한국사회에서는 아직까지 누구에게나 잠재화되어 있다고 보는 것이다.

효를 통한 한국사회의 미래가치의 모색은 이러한 한국인의 잠재의식 속에 규범화되어 있는 효의 가치를 보다 현실화하는 사회적 노력에서 출발해야 한다. 효가 보다 생동적이고 실효성이 있는 사회규범으로 작용하기 위해서는 한국고유의 가족가치와 전통문화를 유지, 발전시키는 각 방면의 노력과 아울러 미래 선진한국의 융성과 번영에 효의 규범적 가치야말로 필수불가결한 요소가 된다는 인식을 다함께 공유함으로써 이를 실현할 수 있도록 사회적 합의를 구축해 나가야 할 것이다.

(『아름다운 노후 아카데미』, 2011. 2.)

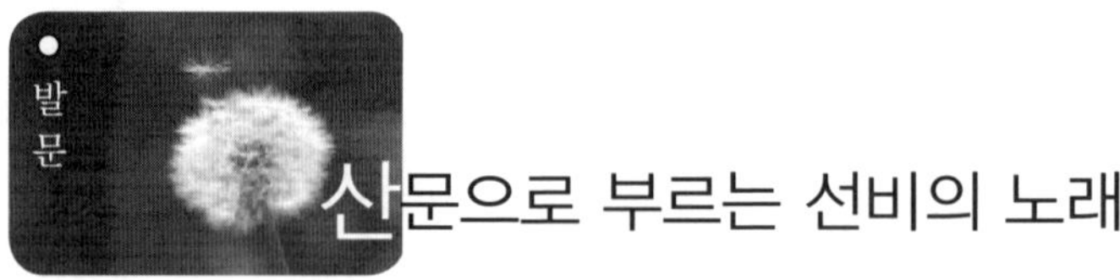

산문으로 부르는 선비의 노래

김 장 실

('예술의 전당' 사장, 전문화체육관광부 1차관, 정치학박사)

〈1〉

　시인이자 경제학자이면서 고향선배인 정봉렬 兄께서 첫 시집
『잔류자의 노래』 이후 이십몇 년 만에 나온 두 번째 시집 『기다림
속에는』을 얼마 전에 보내와 아직 다 읽어 보지도 못했는데, 이번에
는 산문집을 엮는다면서 필자에게 발문을 써 줄 것을 부탁하면서 원
고를 부쳐왔다.

　평소 자주 만나지는 못하지만 가끔 만나면 서로 의기가 통하는
사이인지라 그의 부탁을 명령(?)으로 받아들일 수밖에 없어, 원고를
틈틈이 읽어보고 메모를 해가다가 나중에는 낡은 서가를 뒤져 그 첫
시집까지 찾아 읽어보게 되었다.

　그 시집 맨 뒤쪽 표지에는 그의 시와 시세계를 설명하고 있는 발
문으로부터 다음과 같은 내용을 따옴표 안에 인용하고 있었다.

　"그는 지사적 정신의 소유자이다. 어두운 시대의 흐름에 맞서 그것을
거슬러 올라가 처음 본연의 모습을 되찾고 확인하고자 한다. 거슬러 올
라가다가 깨지고 찢겨나가고 좌절하고 절망하는 개인 및 집단의 실존적

몸짓, 그러면서도 마침내 노래를 잃지 않고자 하는 모습이 그의 시의 주요한 시적 감동을 이루며 그의 시를 시답게 한다."

그리고 1986년 10월에 그가 쓴 『잔류자의 노래』 후기에는 '나는 지금까지 시를 생각하며 견디어 온 나의 젊은 날을 후회하지 아니하며, 앞으로도 시를 통하여 부끄럼 없는 삶을 살고자 한다. 목적에 의하여 정당화되는 수단의 폭력과 수단에 의하여 함몰당하는 목적의 허상을 동시에 거부하면서, 비록 이 시대의 가장 외로운 삶들 가운데의 하나로 남을지라도…'라고 하는 자기 자신에 대한 준엄한 서약과 함께 자신의 노래가 지향하는 세상은 참다운 선비정신이 살아 숨 쉬는 시대와 세상임을 암시하고 있다.

이번에 산문집 원고와 그의 두 권의 시집을 읽고 느끼고 확인한 것은, 정봉렬 시인의 산문모음 『우수리스크의 민들레』는 바로 그가 오랫동안 산문으로 불러온 또 하나의 '선비의 노래'라는 사실이었다.

〈2〉

산문집 원고를 읽고 나서 오래 전에 정봉렬 형에게서 들은 이야기가 생각났다. 그의 딸이 중학생일 때 백일장에서인지 작문숙제에서인지 '우리 가족'이라는 주제로 글을 썼는데, 자기 아버지를 소개하는 대목에서 "우리 아버지는 시인이다. 아버지는 나라걱정과 세상 걱정을 많이 하신다. 평소에 공자님 맹자님 말씀을 많이 하시지만 아무도 듣는 사람이 없다"라고 하였다는 이야기이다.

그렇다. '불우국비시야(不憂國非詩也)'라는 말이 있는 것처럼 그의 시는 나라와 시대의 문제를 생각하고 노래하는 것들이 주류를 이루고 있다. 뿐만 아니라 그의 산문집 원고 전편에 걸쳐 흐르는 문제

의식과 시대정신은 바로 이 나라와 사회에 대한 오랜 고뇌와 성찰 그
것이다. 비록 그의 딸이 날카롭게 지적한 것처럼 그의 말에 귀기울여
듣는 이가 아무도 없다고 할지라도….

정봉렬 시인의 산문모음 『우수리스크의 민들레』는 다양한 내용
과 형식의 글들을 망라하고 있는 약간은 '특이한 책'이라는 평가를
해도 좋을 것 같다. 통상적인 수필집도 아니고 칼럼집이나 회고록도
아니다.

이 책 속에는 여러 가지 이야기가 숨어 있고, 아름다우면서도 뜻
깊은 노래가 흐르고 있다. 이 책은 비록 정봉렬 시인의 개인사적인
기록과 글임에도 불구하고, 우리는 이른바 유신시대로 불리는 1970년
대부터 세기말을 거쳐 새 밀레니엄 시대인 오늘에 이르기까지의 약 40
년 동안, 그를 포함한 우리 세대가 살아오며 경험하고 있는 현대사의
곡절(曲折)을 단편적이나마 돌이켜 들춰볼 수 있는 단서(端緒)를 제공해
주고 있다.

또한 이 산문집을 이끌어 가는 문장도 특이하다고 할 수 있다. 강
건한 문체로 논리를 전개하는 내용의 글에는 한시(漢詩) 또는 시구를
적절히 인용함으로써 딱딱한 느낌을 덜어 주고, 시대적 절망감이나
좌절감 또는 분노 등을 삼켜야 할 때에는 유려한 문체와 더불어 멋있
는 비유가 살아 있는 문장의 리듬이 마치 노래를 부르는 것 같은 느
낌을 주기도 한다.

〈3〉

정봉렬 형이 젊은 시절부터 이순(耳順)의 나이를 넘긴 최근까지
여러 지면에 발표한 글들을 중심으로 편집한 이 산문모음의 글들을
필자가 읽고 놀란 사실은, 그 내용이나 글을 쓴 매 순간마다 최선을

다한 고심의 흔적과 그 시대상황이 손에 잡힐 것 같은 생동감에 있는 것이 아니라, 짧지 않은 세월이 흘렀음에도 불구하고 그 글들의 중심을 관통하는, 즉 그의 정신과 사상의 기저를 이루고 있는 기본적인 그의 신념과 가치관 및 역사관이 시종여일(始終如一) 변함없이 일관성을 유지하고 있다는 점이다. 그의 글에서 느끼게 되는 정신적 자세와 태도는 옛날 선비들의 옹고집을 연상하리만치 치열하면서도 확고하다. 어쩌면 복고적인 고루(固陋)와 시대착오적인 현학(衒學)으로 오해받을 수도 있을 정도이다.

그의 삶을 이끌어 온 사고방식과 가치관은 비교적 젊은 나이에 일찍 형성된 것 같으며, 동서양의 고전 등을 두루 섭렵하는 가운데 그의 관심분야와 신념체계는 더욱더 확대, 심화된 것으로 여겨진다. 이 땅의 지식인의 한 사람으로서 그가 청년시절부터 갖고 있는 시대정신과 문제의식은 '민주주의'와 '동양적 가치' 그리고 '통일문제' 등 세 가지로 집약할 수 있을 것 같다.

앞에서 언급한 그의 나라와 세상에 대한 근심은 바로 이 세 가지 문제에 대한 오랜 공부와 통찰에서 비롯된 것임이 분명하다.

특히 이 책 제1부에 수록되어 있는 '늦게 오는 자에 대한 심판'은 베를린장벽의 붕괴와 독일의 통일, 뒤이은 소련제국의 몰락과정 및 그 역사적 맥락과 시사점 등을 망라하여 박진감 있게 설명하고 있는데, 필자는 이 분야의 글들 중에서 지금까지 이 글처럼 짧은 지면의 제약을 뛰어넘어 간단명료하면서도 적절한 메시지를 전달하는 글을 읽어 본 적이 없다. 또한 이 산문집의 표제이기도 한 '우수리스크의 민들레'는 우리 한민족의 이산(離散)의 비애가 바탕에 깔려 있는 가운데 체제전환 이후 러시아가 직면했던 각양각태의 혼란상을 보여줌으로써 통일 후 우리의 준비과제가 다방면으로 강구되어야 할 것임 암시하고 있다.

정봉렬 시인의 산문모음 『우수리스크의 민들레』는 제1부 '묵은 편지 속의 새 소식', 제2부 '길 이야기'를 비롯하여 제3부 '을지교차로'에서와 제4부 '의자제세(義者濟世)의 세상을 꿈꾸며' 등 4부 총 49편의 무거우면서도 주옥 같은 소중한 내용들을 담고 있다. 각종 수상(隨想)과 기행문, 시론(時論)과 시사(時事)칼럼, 서평(書評)과 발문(跋文), 독후감과 발제문(發題文) 등 원고의 성격에 따라 주어진 다양한 방식을 통하여 표출된 그의 글들은, 길이의 장단(長短)과 글을 쓴 시기의 이격(離隔)을 불문하고 시종일관 흐트러짐이 없다. 독재와 억압의 시대에 그가 쓴 글들에서 읽히는 저항정신은 그 다음의 시대에도 여전히 날카로운 비판의식으로 살아나고 있다.

이번에 이 책의 원고를 가장 먼저 읽을 수 있는 기회를 갖게 된 것은 필자에게는 정말 즐겁고도 보람된 추억이 될 것 같다. 이 책이 제시하고 있는 바람직한 우리나라와 보다 나은 사회에 대한 전망에 더하여 품격 높은 고전(古典)의 향기를 접할 수 있었을 뿐만 아니라, 행간에 숨어 있는 한국현대사의 맥락을 나름대로 짚어 볼 수 있었기 때문이다.

우리의 노래, 즉 가요를 통하여 한국의 정치사와 사회상의 변천을 탐구해 오고 있는 필자가 보기에는 정봉렬 형의 산문모음 『우수리스크의 민들레』야말로 민주주의에 대한 신념과 동양적 가치에 바탕을 둔 그의 지사적 정신이 녹아 있는 노래집에 다름 아니다.

– 오랫동안 시인이 산문으로 불러온 '선비의 노래'인 것이다.

(2011. 5.)